GIOCO DI FANTASIA

LA SERIE DI SASHA URBAN: LIBRO 4

DIMA ZALES

♠ MOZAIKA PUBLICATIONS ♠

Pubblicato da Mozaika Publications, stampato da Mozaika LLC.
www.mozaikallc.com

Copertina di Orina Kafe
www.orinakafe-art.com

ISBN: 978-1-63142-545-5
Print ISBN: 978-1-63142-546-2

CAPITOLO UNO

LO STUPIDO CAMPANELLO della porta squilla.

Attraverso le palpebre ancora chiuse, vedo i raggi del sole fare capolino dalla finestra. E ciò significa che, sebbene mi senta come se fossi appena andata a letto, è già mattina.

Chiunque ci sia alla porta, non è così irragionevole come sembra.

"Felix!" grido, senza aprire gli occhi. "Puoi aprire tu?"

"È andato al lavoro" dichiara Fluffster nella mia testa, e quasi riesco a percepire il suo desiderio di aggiungere: "A differenza di qualcuno."

"E tu?" Mi tiro le coperte sopra la testa. "Puoi andare tu ad aprire?"

"Io?" La confusione prende il posto del piglio aggressivo di Fluffster. "Non posso aprire la porta con queste zampette."

Sappiamo entrambi che le sue 'zampette' possono

trasformarsi in giganteschi artigli che squarciano e uccidono, ma non ribatto. Piuttosto, apro gli occhi di malavoglia e abbasso la coperta.

Sì, è giorno.

Brontolando, mi alzo, infilo una vestaglia e, scavalcato Fluffster, mi trascino fino alla porta d'entrata.

Mentre cammino, diventa chiara la ragione del mio intontimento.

Nonostante le speranze, il mio sonno *non* è stato senza sogni. Ho avuto incubi su gangster controllati mentalmente, che cercavano di uccidermi. Ancora peggio, in alcuni sogni c'eravamo io e il mio capo in posizioni compromettenti... e non sto parlando delle azioni nel nostro portafoglio.

"Chi è?" chiedo alla porta con voce rauca.

"Sono Rose."

Lo spioncino conferma la verità della dichiarazione, quindi sblocco la serratura.

"Che ore sono?" chiedo, sfregandomi gli occhi.

"Oh cielo." La mia anziana vicina sbatte le ciglia dal mascara pesante. "Ti ho svegliato?"

"Sono le otto del mattino" risponde Fluffster, presumibilmente in entrambe le nostre teste. "Sasha arriverà tardi al lavoro."

Dannazione. Con tutto quello che è successo, mi sono completamente dimenticata di mettere la sveglia.

"Nero mi ucciderà" mormoro. "Arriverò tardi il mio primo giorno di rientro."

"Oh." Rose sembra mortificata. "Volevo chiederti

una cosa..."

L'adrenalina attacca la mia sonnolenza. "Che c'è? È successo qualcosa?"

"No, niente del genere." Guarda me con aria colpevole, poi Fluffster. "Che ne dici di fermarti nel mio appartamento, prima di andare al lavoro, così ti preparo la colazione?" suggerisce. "Hai bisogno di un nutrimento adeguato."

Mi mordo il labbro, consapevole del tempo. "So che non esistono le colazioni gratis."

"Mi fai sembrare così machiavellica." Ridacchia. "Volevo solo chiederti un piccolissimo favore."

"D'accordo. Dammi un minuto." In effetti, devo mangiare.

Si allontana, trascinando i piedi, e chiudo la porta.

"Di che si tratta, secondo te?" mi chiede Fluffster, mentre vado in bagno a prepararmi.

"Non ne ho idea" gli rispondo. "Qualunque cosa sia, spero sia rapida."

Chiudendo la porta prima che Fluffster possa entrare, mi occupo di tutte le mie faccende in bagno, terminando con uno spruzzo d'acqua gelida in faccia.

Adesso sono sveglia, ma profondamente delusa.

Speravo che una bella notte di sonno potesse chiarire gli avvenimenti di ieri sera, ma eccomi qui, la mattina, e non c'è ancora alcunché di sensato, specialmente quel bacio...

"Allora, cos'è successo dopo che te ne sei andata?" chiede Fluffster, mentre vado nella mia stanza.

"Felix non te l'ha detto?" Comincio a prepararmi.

"Sì. Ma ha anche detto che hai riattaccato, perciò mi chiedevo se..."

"Non è successo granché, dopo che ho riattaccato" mento. "Sono uscita di lì e sono tornata a casa."

Il cincillà inclina la testa in un gesto stranamente umano. "Beh... ci sono, se vuoi parlarne."

Il messaggio mentale di Fluffster è risuonato pieno di saggezza nella mia mente, o è la mia immaginazione?

"Grazie" mormoro.

Ovviamente, *non* intendo parlare con il mio peloso domovoi del bacio con Nero.

O con Felix.

O con nessuno, davvero.

Penso che potrei vedermi parlarne con Ariel, se indagasse sul serio, ma è in riabilitazione per la dipendenza dal sangue di vampiro, e non le capiterà molto presto di parlarmi.

Sospiro. Mi manca già Ariel, e sono ancora molto preoccupata per lei, anche se sta finalmente ricevendo l'aiuto che le serve.

Ma la cosa peggiore è il senso di colpa. Si annida appena sotto la superficie della mia mente, pronto a soffocarmi... come Ariel mi ha quasi soffocato, mentre era sotto il controllo di Baba Yaga.

Scuotendo la testa, mi guardo allo specchio e corrugo la fronte.

È comprensibile.

Agendo in modo puramente meccanico, indosso i pantaloni di pelle, i braccialetti neri, il panciotto nero di vinile, e il resto del mio abbigliamento da ristorante.

Beh, e allora?

Quando Nero ha negoziato in maniera così brutale il mio rientro, non si è soffermato a discutere di dress code... quindi posso indossare tutto quello che voglio, anche se sembra che sto andando al locale dark più vicino invece che in un fondo d'investimento.

Uscendo di corsa dalla stanza, mi fermo vicino alla porta per infilare i miei stivali antinfortunistici, poi mi dirigo nell'appartamento di Rose.

Apre la porta prima che io suoni al campanello, ricompensandomi con un largo sorriso.

"Entra" dice, guidandomi in cucina.

Mi brontola lo stomaco, nel respirare l'aroma dei muffin appena sfornati e del tè al gelsomino.

"Siediti. Mangia" dice Rose, indicando il posto a capotavola... dove ha preparato la mia colazione.

"Ho tempo solo per un boccone veloce." Guardo il suo orologio da parete e rabbrividisco. "A Nero non piacciono i ritardatari."

"Sono sicura che preferirebbe vederti quando hai mangiato" dice Rose, con un sorriso che le sfiora gli angoli degli occhi. "Altrimenti, è lui che potresti mordere."

Soffoco il rossore. "Non so bene cosa tu stia cercando di sottintendere con questo." Soffio sul mio tè con la massima naturalezza possibile.

"Okay, dimmi, allora" afferma. "Cos'è successo, dopo che Vlad ti ha portato al centro di Gomorra?"

Allora lo faccio. Le racconto di aver spiato Nero, e di avere così scoperto un antico contratto russo tra il mio capo e l'uomo che si è rivelato il mio padre biologico: Grigori Rasputin. Mentre Rose sgrana gli occhi, racconto di come Nero abbia rispettato la sua parte di quell'accordo... tenendomi d'occhio per tutta la vita e intromettendosi ogni qual volta lo riteneva opportuno. Mi fermo prima di dirle del bacio, ma dal modo in cui muove le sopracciglia durante la parte in cui lui mi ha scoperto con la cartella tra le mani, mi chiedo se non l'abbia comunque intuito.

"Allora il tuo compleanno non è in estate?" chiede, quando smetto di parlare.

Per poco non mi va di traverso il tè. "È *questa* la tua reazione a tutto quello che ti ho detto? Non che ho più di cent'anni, per esempio? O che Nero ha fatto quello che ha fatto? Tra milioni di cose, ti preoccupi del mio compleanno?"

"Devo sapere quando prenderti il regalo" replica Rose con gli occhi che luccicano. "I regali sono importanti."

"Festeggerò comunque il mio compleanno in estate" dico, lottando contro l'impulso di roteare gli occhi. "È il giorno in cui i miei genitori adottivi mi hanno trovato in aeroporto, e non vedo alcun motivo per non festeggiarlo come ho sempre fatto."

"Ottimo" commenta Rose. "Ce l'ho nel calendario."

Addento il mio delizioso muffin ai mirtilli e sorseggio il tè.

Lei si limita a guardarmi, seduta.

"Non sei indignata per il comportamento di Nero? Non pensi che sia stata una cosa grossa, se lui..."

"Il cattivo comportamento di Nero è la ragione per cui sei viva... e anche Vlad" risponde, in tono ora cupo. "A differenza di te, tendo a non guardare in bocca a caval donato."

"Beh, accomodati pure su questo cavallo" brontolo, sbrigandomi a finire il muffin per poter sgattaiolare via. Rose non capisce chiaramente la perversità della situazione.

"Ho già il mio bellissimo cavallo da cavalcare, grazie" replica impassibile Rose. "E poi, non credo che lo pensi veramente. Dubito che vorresti che un'altra donna montasse su quel..."

"Sono in ritardo." Con il viso in fiamme, balzo in piedi. "Cos'era quel piccolissimo favore che volevi?"

"Aspetta. Non scappare via così."

Castigata, mi rimetto seduta, dando mentalmente la colpa a Nero per la mia scortesia.

"Scusa se ti ho turbato" dice Rose, quando risollevo la tazza di tè. "È solo che ho visto come Nero ti ha guardato, quando Isis ti ha fatto calare in quel sonno rigenerante, ieri."

"Certo. Come Paperon de' Paperoni con la sua piscina piena d'oro."

"Il modo in cui parli di lui ti tradisce, sai. Tu lo vuoi, ma pensi che sia inappropriato, quindi non sei disposta a dargli una possibilità."

Mi ritrovo a stringere la tazza così forte, che è una meraviglia se non si frantuma. "Hai indovinato solo una cosa. L'orribile scenario *sarebbe* inappropriato."

"Oh bambina." Gli occhi azzurri di Rose diventano

distanti. "Capisco la tua situazione molto più di quanto tu creda."

"Davvero?"

"Ma certo." Rose fissa la tovaglia, come per determinare il numero dei fili. "Anch'io mi ritrovo in una relazione che è l'inadeguatezza personificata e, quand'è cominciata, negavo la realtà, come te, e probabilmente per le stesse ragioni."

Provo il forte impulso di gridare che io e Nero *non* abbiamo alcun tipo di relazione. Voglio anche precipitarmi fuori dalla stanza e sbattere la porta dietro di me, come un'adolescente. Ma non mi permetto di fare niente di tutto ciò. Rose sta finalmente navigando nelle misteriose acque della sua relazione con Vlad, e sono troppo curiosa per interromperla.

Restando in silenzio, sollevo leggermente le sopracciglia.

Il risultato potrebbe essere stato simile a un tic nervoso.

"La vita del mio amato è teoricamente senza limiti" dice piano Rose. "Nel frattempo, a me restano solo pochi decenni di vita."

Trattengo il fiato, temendo che perfino un'esalazione possa spaventarla.

"Non potremmo mai avere dei bambini... e io volevo così disperatamente una figlia..." Continua a fissare il tavolo, come se fosse lo schermo di un film che trasmette la sua lunga vita. "Il suo sangue sortisce su di me lo stesso effetto del sangue di Gaius su Ariel" dice in tono ancora più sommesso. "Dobbiamo stare sempre estremamente attenti."

Incapace di trattenere ancora il respiro, lo lascio andare.

Questo suono a malapena udibile, o qualche ricordo, sembra strappare Rose alle sue strane fantasticherie. Alzato lo sguardo, incrocia il mio e storce le labbra. "Questo è, penso, un modo lungo per dire che non importano le circostanze, vale sempre la pena di avere l'amore nella tua vita."

"Su questo non ho da obiettare" dico. "Mi riterrei fortunata, se trovassi qualcuno che significa per me tutto quello che Vlad significa chiaramente per te. Grande enfasi sul *se*."

Sorride, poi guarda timidamente l'orologio. "Ti farò arrivare in ritardo. Vuoi un sacchetto per il muffin, per mangiarlo lungo la strada verso l'ufficio?"

"Certo" dico. "Sarebbe fantastico."

Finisco il tè, mentre lei si alza e va lentamente verso il forno a prendere un muffin.

"Allora, a proposito di quel favore" dice, mentre copre la mia goduria. "Vlad vuole portarmi di nuovo a fare una piccola vacanza..."

"È fantastico." Mi alzo in piedi. "Voi due dovreste divertirvi."

"Giusto" dice. "Eccoti." Mi porge il sacchetto marrone, senza incontrare il mio sguardo. "Per Luci, le nostre vacanze sono stressanti. E si è trovata così bene a casa tua, ieri. Speravo..."

"Vuoi che faccia da babysitter alla tua progenie infernale?"

"È già nel suo trasportino" si difende Rose. "Ed è stata lavata."

Inspiro profondamente.

Rose si merita una vacanza. Anche Vlad. Visto come ha rischiato la vita per noi ieri, dovrei essere disposta anche a fare il bagno alla gatta per lui. Senza dispositivi di protezione.

"Dov'è?" chiedo, rassegnata.

Rose mi guida in salotto e raccoglie il trasportino.

Lucifera sta dormendo dentro, simile ad un angelo felino.

O Rose ha drogato la bestia, o Vlad ha usato la malia su di lei... se funziona sui gatti o i demoni, s'intende.

Non volendo perdere un arto, sollevo con cautela la cesta e la porto nel mio appartamento. Rose mi accompagna.

"Non uccidere la gatta" dico a Fluffster, quando fissa la gabbia con espressione sbalordita.

"Un'altra bocca da sfamare?" Il cincillà guarda Rose, indignato.

"Porterò qui il suo cibo e i giocattoli" lo informa Rose. "Sasha, ti conviene sbrigarti. Nero aspetta." Ammicca.

"Grazie" dico, soffocando il bisogno di roteare gli occhi. "Goditi la vacanza."

"Sì" risponde, e torna a casa sua per prendere l'armamentario della gatta.

L'ascensore è ancora guasto, grazie a me che l'ho

travolto con la macchina, perciò scelgo le scale.

Quando salgo sul taxi, prendo il muffin e comincio a masticarlo.

Assolutamente no.

Il cibo non serve a sopprimere le farfalle affamate che sembrano essersi stabilite in fondo al mio stomaco.

Sul serio? Mi preoccupa il fatto di vederlo?

Ma è proprio una cosa sciocca.

Eppure l'ansia aumenta, mentre ci avviciniamo al fondo. Mi frullano in testa delle domande, ognuna più difficile dell'altra.

Come mi devo comportare quando ci incontriamo?

Devo fingere che il bacio non ci sia mai stato?

Questo, probabilmente, riuscirei a gestirlo, anche se sarebbe come stare tra le macerie della propria casa, e fingere che il tornado che l'ha distrutta non sia mai arrivato.

Inghiottendo a fatica un altro morso del muffin, rivivo nella mia testa la fine dell'incontro di ieri sera come un disco rotto.

Poi mi ritrovo con le dita che sfiorano le labbra, e allontano di scatto le mie mani traditrici.

Un pensiero continua ad assillarmi.

Baciare il vero Nero è stato completamente diverso dall'esperienza con Kit, che fingeva di essere lui. Con il finto Nero, ricordavo che era il mio capo, e per tutto il tempo sapevo che qualunque legame tra noi sarebbe stato sbagliato.

Ma non con quello vero.

Ieri sera, è come se il mio cervello avesse fatto una

pausa, lasciando che fossero gli ormoni a guidare il corpo... nonostante il fatto che l'aspetto capo/Mentore, adesso, sia solo la punta di questo iceberg d'inadeguatezza grande come una montagna.

Nero è abbastanza vecchio da essere un mio lontano antenato, a parte la mia strana nascita accaduta un secolo fa... e mi ha visto crescere.

Questo non lo rende un po' come quell'Humbert di *Lolita*?

Ma d'altra parte, io *ho* tra i venti e i trent'anni.

Aspetta, lo sto davvero difendendo? Le parole di Rose mi hanno stregato, oppure il bacio mi ha causato danni cerebrali permanenti?

"Ci siamo" dice il tassista, strappandomi ai pensieri confusi.

Pago, mi caccio in bocca il resto del muffin, e corro verso gli ascensori.

Arrivata al mio piano, faccio un cenno del capo ad alcuni colleghi, la maggior parte dei quali mi guarda in modo strano, e vado alla mia scrivania.

Ma la mia scrivania non c'è.

E non manca solo quella. La mia sedia, il mio computer... è tutto sparito.

C'è invece un biglietto scritto a mano... cosa rara in questo ufficio senza carte.

Giace coraggiosamente sul pavimento, ora vuoto.

L'impeccabile calligrafia dice con tratti forti e mascolini:

Per prima cosa, vieni da me.

-Nero

CAPITOLO DUE

PASSANDO IMPETUOSAMENTE DAVANTI A UN'INDIGNATA VENESSA, mi precipito nell'ufficio di Nero senza essere annunciata.

La sua scrivania sit-stand è in posizione eretta e lui sta beatamente digitando sulla tastiera, a quanto pare ignaro del mio arrivo.

Indossa una camicia a righe e si è arrotolato le maniche fino ai gomiti... in una maniera molto simile a quella adottata da noi illusionisti, per provare di non tenere niente nascosto nelle maniche.

Che mucchio di stronzate.

Mi fiderei di Nero tanto quanto chiunque dovrebbe fidarsi di un illusionista. Cioè, per niente.

Mi schiarisco la gola.

Non prende atto della mia presenza.

"Dov'è la mia scrivania?" Sebbene sia completamente vestito, non posso evitare di vedere l'immagine di lui nudo... Senza dubbio è colpa dei suoi avambracci scoperti. "Come dovrei lavorare senza una sedia o un computer?"

"Finalmente ci degni della tua presenza?" Nero smette di digitare e mi squadra, soffermandosi con lo sguardo sui miei pantaloni di pelle. "Esiste qualcosa come il casual *Monday*?"

"I consigli sulla moda fanno parte del tuo famoso addestramento da Mentore?" Mi abbandono senza invito sulla sedia dei visitatori. "In tal caso, mi tornerebbero comodi dei consigli sul trucco."

"Non ti serve il trucco." Gli occhi di Nero esaminano il mio viso, come se stesse disegnandone la mappa di una stampante 3D.

Aggrotto la fronte. "Era un complimento?" Se voleva distrarmi con quell'affermazione, ci è riuscito in modo eccellente.

Nero abbassa la scrivania e si siede sulla propria sedia, portando i nostri occhi allo stesso livello.

"Raccontami tutto" dice imperiosamente.

"42" dico. Solleva le sopracciglia, quindi spiego: "È la risposta alla vita, all'universo, e a *tutto*."

"Ho conosciuto Douglas Adams, sai... l'autore del libro a cui fai riferimento." Le labbra di Nero si curvano, sardoniche. Prima che possa tempestarlo di domande su questo fulmine a ciel sereno, dice: "Lascia che mi spieghi. Come ti sei messa in quel casino con Baba Yaga?"

"Questo non sembra collegato al lavoro." Incrocio lentamente le gambe ricoperte dai pantaloni di pelle... in un'imitazione di *Basic Instinct*.

Il gesto sortisce l'effetto sperato. Gli anelli limbari negli occhi di Nero sembrano crescere, e per un momento sembra che stia per balzarmi addosso dalla sua sedia.

Aspetta. Perché dovrei volerlo? Con il battito cardiaco che accelera, sciolgo le gambe e mi siedo protesa in avanti in modo belligerante. "Perché dovrei dirtelo?"

Riprende il controllo di se stesso in un batter d'occhio, e con una calma irritante chiede: "Perché non vuoi farmi incazzare?"

Sto per rispondergli di cuore: "Sì, voglio proprio fare questo", ma deve capire le mie intenzioni, poiché mi rivolge un astuto sorriso da squalo e dice: "Non importa. Sono il tuo Mentore. È mia prerogativa, in quanto tale, sapere queste cose, quindi *risponderai*. Sono stato chiaro?"

Con un sospiro, spiego come le ricerche sulle mie origini mi abbiano condotto a Baba Yaga... e ciò che la strega cattiva voleva in cambio, per dare a Fluffster i ricordi della sua appartenenza a Rasputin. Quando arrivo alla parte della sua richiesta di farmi fare sesso con Yaroslav il bannik, il viso di Nero diventa così scuro, che temo di vedere spuntare i suoi artigli squarta-orchi.

Mi affretto a spiegare che il sesso con il bannik non è mai accaduto e non accadrà mai con il mio corpo cosciente, e Nero si rilassa leggermente. Poi parlo della mia fuga, e di come ho scoperto del rapimento di Ariel.

Infine, gli racconto del salvataggio fino alla parte in cui l'ho chiamato per farmi aiutare.

"È stata tutta colpa tua" concludo. "Hai sempre saputo chi è mio padre. Se me l'avessi detto e basta, non avrei conosciuto Baba Yaga."

"Adesso ti vedrai con Lucretia." Nero estrae il telefono e guarda lo schermo. "Tra due minuti."

"Cambi semplicemente argomento così?" Resisto all'impulso di alzarmi di scatto.

"Vedere Lucretia farà parte del percorso con il Mentore, e quindi il tempo che passerai con lei non verrà detratto dal tuo incarico lavorativo."

Incarico lavorativo? Sta scherzando? E le risposte che mi deve dare?

"Chi è mia madre?" chiedo. "E dov'è..."

"Lucretia ti aspetta nel suo ufficio." Nero mette via il telefono.

"Non vado da nessuna parte, finché non mi parli di miei genitori."

"Abbiamo fatto un patto" dice freddamente Nero. "Quando si tratta del percorso con il Mentore e del tuo lavoro qui al fondo, eseguirai ciò che ti viene detto."

"È la clausola di segretezza in quello stupido contratto?" Incrocio le braccia. "Non possiamo pensare a qualcosa per scavalcarla? Magari puoi scrivermi un'e-mail; non erano state inventate nel 1916."

Nero guarda me, poi fissa marcatamente la porta.

"Ti prego, Nero." Lasciando cadere l'aggressività, faccio gli occhi da cucciola, nella speranza che lui sia sensibile al trucco che funziona sempre con Felix.

"Immagina se qualcuno ti nascondesse la *tua* famiglia. Se..."

Smetto di parlare, perché la faccia di Nero diventa cupa e terrificante. I cieli sopra Mordor non erano tanto brutti. Poi si muove, sfocato, con quella rapidità soprannaturale che aveva preceduto il massacro degli orchi, e in una frazione di secondo è in piedi vicino alla porta.

"Fuori" ringhia, indicando ripetutamente l'uscita con il pollice. "Subito."

Qualcosa nella sua voce mi spinge ad obbedire senza discutere.

Balzo in piedi e corro fuori dall'ufficio, come se qualcosa di molto pericoloso stesse per inseguirmi.

E per quanto ne sappia, poteva essere anche così.

CAPITOLO TRE

"ACCOMODATI" dice Lucretia, quando entro nel suo ufficio.

Mi lascio cadere sulla chaise longue di pelle marrone, allungo le gambe, e metto in pratica la respirazione per rilassarsi, come lei stessa mi aveva insegnato.

Mi guarda apparentemente con pazienza infinita.

Quando mi sono calmata a sufficienza, riesamino l'ambiente.

Ora che so che Lucretia è vecchia di centinaia di anni, la tradizionale sensazione data da quest'ufficio è più sensata. Può aver posseduto quell'antica libreria da quand'era nuova, e aver visto la sua collezione di libri ingiallire ed assumere un aspetto costoso nel corso degli anni.

D'altra parte, anche Nero è antico, eppure il suo ufficio è ultra-moderno.

Si alza e chiude le tende intricate che coprono le pareti di vetro dell'ufficio.

"Pensi che così abbiamo privacy?" dico. "Nero ha senz'altro costellato questa stanza di dispositivi di monitoraggio."

"Abbiamo un contratto, io e Nero." Va verso la libreria, prende qualcosa e si avvicina alla mia chaise longue. "Quello che succede in questa stanza *è* privato."

"Se non ti dispiace, darò per scontato che quell'uomo sia un bugiardo e un traditore." Mi guardo intorno e non vedo dispositivi nascosti... ma significa solo che qualcuno ha svolto bene il proprio lavoro.

"È un contratto scritto e vincolante." Lucretia mi porge l'oggetto che tiene in mano... una specie di bambola antica. Devo stringerla per alleviare lo stress? Prima che possa chiederglielo, aggiunge: "Questi contratti non si possono infrangere."

"Può rubare i tuoi appunti." Stringo il giocattolo. Decisamente, un sollievo dallo stress. "L'ha fatto con la terapista di mia mamma."

"La privacy dei miei appunti è inclusa nel contratto." Si abbassa sulla sua sedia simile a un trono.

"Beh, okay, ma per quanto ne sappia, potresti andare a raccontargli tu stessa tutto quello che dico."

Emette un secco sospiro con l'espressione di chi ha ricevuto un pugno nello stomaco.

"Scusa." Abbasso lo sguardo sulla bambola tra le mie mani. "Oggi non sono esattamente nello spirito della fiducia."

"Perché non me ne parli" dice piano. "Fa' come se

davvero non avessimo alcuna privacy. Ci saranno sicuramente degli argomenti di cui possiamo comunque parlare?"

"Hai ragione." Mi raddrizzo sulla poltrona e la guardo. "Quanto sai della mia situazione?"

"Non molto. Perché non mi fai una carrellata dall'inizio?"

Mi lancio quindi nel racconto... la performance in TV andata storta, gli attacchi degli zombie, le visioni, il Consiglio, la collaborazione con Ariel per affrontare una negromante di nome Beatrice, gli orchi di Nero, la fidanzata succubo di Beatrice, Harper, e la vendetta di Harper.

Poi comincio a raccontarle di quel casino con Baba Yaga, e lei si sposta sul bordo della sedia, quando arrivo alla parte del bannik.

Perché, di tutte le cose orribili che mi sono successe, è proprio questa a catturare in particolare l'attenzione?

"Conosci Yaroslav?" chiedo, seguendo l'istinto.

Si agita nervosamente, e una punta di colore si diffonde sulle sue guance. "Quando aveva più autonomia, Yaroslav era un mio cliente. Ci vediamo ancora, ogni tanto, ma in modo meno formale, vista la sua nuova situazione."

"Lo vedi ancora?" L'idea del bannik che va da una strizzacervelli sembra strana, ma d'altro canto ci sto andando anch'io, quindi perché no? In effetti, se *io* fossi alla mercé di Baba Yaga come Yaroslav, avrei sicuramente bisogno di tonnellate di terapia.

"Perché non dovrei vederlo?" Il suo rossore si fa più

vivo. "Mi è permesso concedermi un trattamento alla spa, di tanto in tanto, quindi perché non chiacchierare con qualcuno che si trova già lì?"

"Penso che a Baba Yaga potrebbe importare" dico.

"Non può importarle di una cosa che non sa." Il pallore normale (per una pre-vampira) ritorna finalmente sul viso di Lucretia. "Conversiamo solo quando nella sua sauna non c'è nessuno. La banya è aperta a chiunque sia disposto a pagare, e Baba Yaga va orgogliosa dei profitti di quel posto. In realtà, è molto popolare nella comunità dei Conoscenti, soprattutto tra i vampiri."

"Sul serio?"

"Perché no?" Solleva le sopracciglia. "Anche ai vampiri piacciono le spa. Ci ho visto Gaius in parecchie occasioni, e anche alcuni altri Esecutori. Quand'ero là la settimana scorsa, c'era un..."

"Eri là la settimana scorsa?" Per poco non mi alzo dalla chaise longue.

"Certo. Ma prima della tua sfortunata avventura." Si morde il labbro. "Però, non posso rivelarti altri dettagli... riservatezza del cliente, capisci."

"Ma..."

"Ti prego, Sasha" dice Lucretia. "Parliamo di te."

Sospiro. È chiaramente tornata in modalità strizzacervelli, e non dirà altro su questo intrigante argomento.

Però, non riesco a impedire alla mia mente di chiederselo.

Anche Lucretia ha una relazione inappropriata? E

per di più con un cliente? Yaroslav *era* effettivamente gradevole da guardare, perciò non posso biasimarla per...

"Raccontami il resto della storia" dice Lucretia, chinandosi in avanti per fissarmi intentamente.

Oops. Le mie emozioni hanno in qualche modo tradito quello a cui stavo pensando poco prima?

Lei *è* un'empatica.

"Ero quasi alla fine" rispondo, e continuo a raccontarle del piano del bannik per la mia fuga, basato sulle visioni, e degli eventi successivi. Concludo poi con la ricerca dei miei genitori, che ieri sera ha svelato il ruolo di Nero nella mia vita.

Non dico a Lucretia del bacio, però ho la stessa sensazione di quand'ero con Rose: che la psicologa possa averlo in qualche modo dedotto.

La sua espressione sembra anche troppo d'intesa.

"Sono molte cose da assimilare" commenta Lucretia, quando mi zittisco. "Le tue emozioni sono a soqquadro. Nero aveva ragione a suggerirti di vedermi."

"Non l'ha suggerito." Stringo la bambola. "L'ha ordinato."

"Beh." Mi rivolge un sorriso enigmatico. "Almeno è stato di cuore."

"Il suo cuore è probabilmente un pezzo di metallo, che lui tiene in qualche bunker sotterraneo" brontolo.

Ridacchia. "In ogni caso sei qui, quindi tanto vale che tu tragga beneficio dalla situazione."

"Presumo di sì."

"Perché non scegli un argomento. Qualunque argomento. Poi possiamo semplicemente parlarne come amiche" suggerisce.

"Onestamente, non saprei da dove cominciare." In qualche modo, mi sta mettendo a mio agio con il solo fatto di essere nella stessa stanza... uno strano effetto che ho notato al nostro primo incontro.

"Ho percepito molto senso di colpa, mentre mi raccontavi la tua storia" dice, "e il senso di colpa è un grosso peso da portare. Quindi, a meno che non c'entri con l'argomento proibito di Nero, perché non parliamo di cosa ti fa sentire così?"

Provo qualche senso di colpa legato a Nero?

L'ho effettivamente spiato con l'aggeggio di Felix, e ho anche fatto irruzione in casa sua.

Assolutamente no. Nessun senso di colpa in questo senso.

Anzi, ne vado quasi fiera.

L'unica cosa di cui potrei pentirmi, è di aver risposto al bacio. Forse. Eppure, non mi sento *in colpa* per questo.

Se c'è qualcuno che dovrebbe sentirsi in colpa per il bacio, è Nero. Le tresche non rientravano nell'accordo stretto con mio padre, ne sono piuttosto sicura.

"Possiamo cambiare completamente argomento" dice Lucretia, quando resto in silenzio. "C'erano alcune emozioni molto complesse, che ho percepito verso la fine della tua storia, e..."

"La colpa è un buon argomento" replico rapidamente. Non esiste che io scavi nelle emozioni riguardanti il bacio. "Mi sento tremendamente in colpa per la situazione difficile di Ariel."

"La dipendenza dal sangue di vampiro è un'orribile sciagura." Lucretia mette le dita a forma di piramide. "All'inizio della mia carriera, in realtà, ho lavorato in quel centro di riabilitazione. È eccellente. Se Ariel davvero *vuole* riprendersi, riusciranno ad aiutarla."

"Non so se voglia riprendersi." Mi tiro le gambe contro il petto e le abbraccio. "Spero di sì."

"Hmm." Lucretia mi fissa senza battere le palpebre, come se stesse scrutando nella mia anima. "So che la logica non sistema situazioni come questa, ma potrebbe essere un buon punto di partenza."

"Logica?"

"Non hai trascinato tu Ariel nella lotta contro Beatrice" dice. "È accaduto il contrario. Stava andando ad affrontare la negromante, e tu l'hai costretta a portarti con sé. Eppure, ti comporti come se fosse rimasta ferita perché le hai detto di andare."

"Mi stava proteggendo dai miei problemi." Abbasso le gambe e stringo forte a me il giocattolo, come farei con Fluffster. "Se non fosse stato per me, non sarebbe rimasta ferita, e quindi non avrebbe assaggiato il sangue di vampiro."

"Ti rendi conto che bere una volta da Gaius *non* avrebbe dovuto innescare una dipendenza?" dice Lucretia.

"No?"

"No." Storce la bocca. "Lo so per esperienza personale. Un po' di tempo fa sono rimasta ferita e, per caso, Gaius mi ha salvato in un modo simile. Non ho sviluppato nemmeno un briciolo di dipendenza. È molto simile ad assumere la morfina dopo un'orribile ferita; le possibilità di euforia sono minime."

"Anche se ciò che dici è vero, sospetto che sia diventata una droga a causa del suo disturbo da stress post-traumatico."

"Lo dici come se *questo* fosse colpa tua" replica. "Non l'hai mandata in guerra. Non l'hai..."

"Però avrei potuto fare di più." Mi ritrovo quasi a soffocare la povera bambola e allento la presa. "Avrei potuto consigliare ad Ariel di vederti, per esempio."

"Pensi che avrebbe funzionato?" chiede. "Lei non nega la realtà del suo disturbo da stress post-traumatico?"

"Avrebbe funzionato, se mi fossi impegnata abbastanza" rispondo, testarda. "E poi, la dipendenza è solo una parte dell'insieme. Non sono neanche riuscita ad accorgermi che la mia amica era stata rapita."

"Hai detto che aveva smesso di tornare a casa, prima del rapimento. Come potevi sapere che non fosse solo uscita con Gaius?"

"Presumo sia così." Appoggio la bambola in grembo. "Eppure, non mi sento molto meglio."

Questa è in realtà una bugia.

In qualche modo, *mi sento* un po' meglio.

"Possiamo parlarne meglio più tardi" dice... senza dubbio percependo il mio sollievo con i suoi poteri di empatica. "C'erano altri problemi, legati al senso di colpa, di cui volevi parlare?"

"Forse" mi sorprendo a dire. "O meglio, la mia mancanza di senso di colpa."

Mi lancia un'occhiata d'incoraggiamento, e provo il forte impulso di spremermi di bocca quelle dannate parole.

"Ho sparato agli uomini di Baba Yaga e li ho uccisi." Afferro di nuovo la bambola. "E non ho provato alcun rimorso. Ho continuato a sparare" sussurro, ricordandolo con un brivido. "E non mi sono soffermata a pensare alle loro morti fino a questo preciso istante. Anche le morti di Beatrice e Harper. Certo, non ho personalmente..."

"Sento quanto ti disturbano quelle azioni" dice Lucretia, accigliandosi.

Mi mordo la parte interna della guancia. "Beh... temo di essere una specie di mostro."

"Non farlo. Ho conosciuto alcuni veri mostri nella mia vita" dice aspramente. Poi fa un profondo respiro per calmarsi, e sembra scuotersi di dosso qualunque stranezza l'abbia pervasa. "Tu non sei così" aggiunge con voce più ferma. "Le tue stesse domande dimostrano che sei capace di provare rimorso." Fa un sorriso appena accennato. "I mostri non parlano dei loro peccati con i terapisti. I mostri non si sentono combattuti."

"Non mi definirei combattuta." Poso la bambola sul tavolino vicino alla chaise longue. "Quello che percepisci, probabilmente, è dovuto a una certa persona che a volte *voglio* uccidere."

Il sorriso si diffonde ai lati dei suoi occhi. "Anche la fonte della tua angoscia potrebbe sentirsi così."

Aggrotto la fronte. "Non so se lui... voglio dire, la fonte... sia capace di sentimenti."

"Rimarresti sorpresa" dice, poi lancia un'occhiata alle tende. "Quando si tratta di sentimenti, l'ipotetica persona potrebbe provare tanta paura quanto te, anche se le tue ragioni sono diverse."

"Paura?" Sono tentata di prendere di nuovo la bambola, invece mi limito a fissarla, confusa, senza sapere bene cosa mi sembri più impossibile: le cose assurde che sta insinuando su di me, o il fatto che Nero possa aver paura di qualcosa.

"Preferirei, penso, che tu arrivi a queste introspezioni nel corso di molte sessioni." Abbassa lo sguardo. "Non sono una brava terapista, se sollevo questo argomento all'inizio."

"Ma ora che l'hai fatto, devi elaborarlo" dico. "Come amica."

Lancia un'occhiata verso la porta.

"Hai detto che nessuno sta origliando" le ricordo. "Non puoi usare questa scusa, quando ti fa comodo."

"D'accordo." Mi guarda in faccia. "È da tanto che non hai una relazione. E non ne hai mai avuta una in cui ti sentissi vulnerabile dal punto di vista emotivo. Dico bene?"

Aspetta un secondo. Io non le ho mai raccontato del mio periodo improduttivo, o delle brevi e insoddisfacenti relazioni che l'hanno preceduto.

L'ha capito davvero grazie a qualche metodo da strizzacervelli in stile Hannibal Lecter?

L'illusionista dentro di me vuole una spiegazione più semplice, quindi chiedo: "Hai preso queste informazioni nei file che Nero tiene su di me?"

I suoi occhi azzurri diventano addolorati. "Sapevo che era una pessima idea."

"No." Apro le mani, accorgendomi di averle strette a pugno. "Hai ragione sul mio passato, ma allora? Ho solo avuto sfortuna. Ero concentrata sulla scuola e poi sulla carriera. Non ci sono sinistri significati nascosti."

Inclina la testa. "Hai paura di essere abbandonata dalla persona di cui t'innamori."

"Beh, ma non mi dire" commento. "Non succede a tutti?"

"Non a me" replica. "Non a Vlad e Rose. Non..."

"Va bene" la interrompo, stizzosa. "Anche se ciò che dici fosse vero, e non lo è, non ha niente a che fare con il perché non dovrei provare dei sentimenti per l'ipotetica persona di cui parlavamo prima. È del tutto normale essere diffidenti dei bastardi cattivi e manipolatori." Noto che sto cominciando ad alzare la voce, perciò inspiro profondamente e aggiungo, più calma: "*Lui* di cos'ha paura?"

"Che muoia un'altra persona a cui tiene" risponde tristemente. "Ma non chiedermi i dettagli, perché non sono io a doverteli rivelare."

Come in attesa di quel preciso istante, la pancia di Lucretia brontola come un orso che si risveglia dal letargo.

Coprendosi il ventre con una mano delicata, ridacchia senza gioia.

"Salvata dalla pancia" mormoro, ancora sopraffatta dall'argomento in cui siamo incappate. Deglutisco e drizzo le spalle. "La sessione termina qui?"

"Se vuoi." Annuisce.

Mi alzo in piedi. "Che ne dici se ti offro la colazione, prima di andare ad affrontare di nuovo una certa persona?"

"Affare fatto" risponde, alzandosi dal suo trono. "Ma devi promettermi di ritornare."

"Dubito di avere altra scelta" dico, mentre usciamo dall'ufficio.

Anche a me va di andare in mensa.

Per affrontare di nuovo Nero, devo consumare abbastanza caffè espresso, da far girare un rinoceronte come una trottola.

CAPITOLO QUATTRO

AGITATA a causa di tutta la caffeina, entro di slancio nell'ufficio di Nero per la seconda volta nello stesso giorno.

Stavolta, smette subito di digitare e mi squadra da capo a piedi.

"Hai fatto presto" esordisce. "Non ho mai detto che dovevi velocizzare la tua terapia."

"Sono qui per occuparmi del mio 'incarico lavorativo'" rispondo. "Non vedo l'ora di sapere che cos'è, e come posso portarlo a termine senza una scrivania."

"Seguimi" dice, e marcia fuori dall'ufficio.

Quando riesco a stare al passo con le falcate delle sue gambe lunghe, ha già chiamato l'ascensore.

Sorprendendomi con un gesto da gentiluomo, Nero impedisce alla porta dell'ascensore di chiudersi. "Dopo di te."

Mi sta prendendo in giro?

Con il battito cardiaco più rapido per qualche motivo (senza dubbio per la rapida camminata), sgattaiolo dentro e mi appoggio contro il fondo della cabina.

Nero entra tranquillamente, fermandosi vicino ai pulsanti dell'ascensore con il fianco rivolto verso di me.

Digrigno i denti, seccata. Quest'uomo riesce ad essere bellissimo addirittura di profilo.

Sento la gola fastidiosamente arida, mentre mi rendo conto che siamo rinchiusi insieme in uno spazio ristretto.

Occupa sempre più spazio di quello concesso dalle leggi della fisica?

Ignaro del mio disagio, Nero tira fuori una tessera dall'aspetto insolito e la passa su quello che credevo essere il controllo manuale dei pompieri, sul pannello dei pulsanti dell'ascensore.

L'ascensore approva con un tintinnio.

Nero preme il pulsante con l'etichetta B01... uno dei molti che non funzionano, se premuti da un mero impiegato di basso rango, indipendentemente dalla sua curiosità.

Scendiamo in un silenzio che diventa sempre più imbarazzante. "Stiamo andando nel tuo covo sotterraneo segreto?" chiedo, scherzando solo parzialmente.

Le continue voci sulla caverna piena di soldi e di ricchezze di Nero parlano spesso di questi piani interrati off-limits.

Nero solleva un sopracciglio, ma non risponde.

"Di certo mi piacerebbe fare una nuotata nell'oro" dico.

"Oggi non c'è tempo, temo" replica con espressione immutabile. "Il tuo compito è estremamente semplice. Devi fornirmi un consiglio su un'azione. Una sola. Tutto qua."

"Non sembra tanto male." Gli rivolgo un sorriso sollevato, e lui lo contraccambia... ma c'è qualcosa che non va. Sembra che stia ridendo di me, non con me.

L'ascensore tintinna.

Usciamo in un lungo corridoio scarsamente illuminato, che mi ricorda i passaggi segreti che conducono all'hub del portale, nell'aeroporto JFK.

Mentre seguo Nero in alcune diramazioni, la somiglianza diventa più forte.

Per sicurezza, prendo furtivamente il telefono e mi appunto le svolte che facciamo... proprio come nel labirinto del JFK quando mi ci ha portato Ariel.

Giriamo a destra, e il corridoio termina con una porta metallica.

Sulla porta c'è uno schermo digitale.

Nero allunga la mano, e mi preparo a spiare con noncuranza quello che digita.

Come se il sensitivo fosse *lui*, Nero usa il proprio corpo per nascondere dalla mia vista i tasti che preme.

L'unica cosa che riesco a guardare bene è la sua schiena... non male come premio di consolazione.

"Questa è una cassaforte?" chiedo, quando la porta si apre. "È qui che tieni i tuoi soldi?"

Nero mi fa solo segno di entrare, e obbedisco.

La cassaforte non è una cassaforte.

È una stanza arredata.

Sul pavimento c'è un tappeto peloso con un motivo d'arte moderna e un cuscino da meditazione, apparentemente comodo, al centro. Anche la mia vecchia sedia è qui. Si trova di lato, ma non c'è la scrivania o il computer. Comunque, in fondo c'è un divano.

Il computer potrebbe essere in una delle stanze adiacenti? In effetti, vedo due porte all'interno, quindi forse è lì che tengono la postazione di lavoro?

L'unico schermo simile ad un monitor è un tastierino numerico, identico a quello esterno.

Nero nasconde di nuovo ciò che digita sul tastierino e, quando ha finito, sullo schermo sopra di esso compare 08:00.00. Un secondo dopo, l'orologio diventa 07:59.59.

Aspetta un attimo.

Non può significare...

"Questo è l'incarico lavorativo" dice Nero, indicando il conto alla rovescia digitale. "Devi metterci otto ore di lavoro ogni giorno della settimana."

"È assurdo." Guardo la lucentezza metallica delle pareti, poi il mio capo.

Nero inarca di nuovo un sopracciglio. "Sarai l'unica persona al fondo a lavorare per così poche ore, e lo sai. Anche tu lavoravi di più."

"Mi riferisco a questo." Muovo la mano intorno, per indicare il congegno simile ad una cassaforte. "È il peggiore incubo di tutte le persone claustrofobiche."

"Sono più di ottanta metri quadrati, il che lo rende il secondo ufficio più grande del palazzo." Nero incrocia le braccia. "E tu non soffri di claustrofobia."

"Dopo otto ore in questa gabbia, potrebbe anche venirmi" mormoro.

"Se convinci Lucretia del fatto che ti sia veramente 'venuta la claustrofobia', scambierò ufficio con te." Nero avanza verso di me.

Mi allontano da lui. "Perché fai questo?"

"Questa stanza è insonorizzata, e nessuno potrà interromperti." Con mio sollievo, si ferma a mezzo metro da me. "Riesci a pensare ad un ambiente più favorevole per le tue visioni?"

Vorrei darmi uno schiaffo per non esserci arrivata prima.

Certo.

Questo *è* il luogo perfetto per il raccoglimento della meditazione... come potrebbe esserlo, per esempio, una caverna nelle montagne.

D'altro canto, è anche molto simile alla segregazione in solitudine, che di solito è una punizione peggiore della sola carcerazione.

E tutto per quelle stupide visioni.

Come potevo dimenticarlo?

Grigori Rasputin... o dovrei dire *mio padre biologico*... ha dato a Nero una profezia che elencava tutti gli eventi importanti negli anni tra il 1916 e il 2016. Come Biff, il cattivo di *Ritorno al futuro - Parte II*, Nero ha trasformato la preveggenza di Rasputin in una vergognosa ricchezza.

Perciò, adesso che siamo fuori dalla sequenza temporale della lista, Nero userà *me* per continuare a far scorrere il denaro.

Forse sono fortunata, se il suo intento è di lasciarmi uscire da questa gabbia dopo otto ore.

O almeno presumo che lo faccia.

Si gira verso la porta.

"E il pranzo?" chiedo rapidamente.

Si dirige verso una delle porte e la apre. A parte le pareti di metallo, la stanza assomiglia ad una cucina di fascia alta, con un microonde e un forno normale, un tostapane, e un frigorifero gigantesco con le pareti di vetro.

Nel frigo ci sono abbastanza piatti gourmet, da nutrire un esercito dei buongustai più esigenti.

Alcune cose sembrano così buone, che quasi vorrei non aver mangiato tutti quei muffin.

"E il bagno?" chiedo, con il cuore che cade ancora più in basso, perché so dove andremo a parare.

Nero mi guida verso l'altra porta e, ovviamente, dietro c'è un enorme bagno elegante... con un box doccia e una Jacuzzi. Cosa più conturbante, apre un armadio a muro, e lo vedo pieno delle mie marche preferite di cosmetici, shampoo, saponi, e perfino di prodotti femminili.

"E se ci fosse un'emergenza?" chiedo, soprattutto per evitare di chiedermi come sapesse quali prodotti prendere.

"Premi 911 sul tastierino" risponde Nero. Evidentemente, scorge uno scintillio nei miei occhi, poiché aggiunge: "Se lo fai quando non c'è un'emergenza, il tuo incarico lavorativo per quel giorno verrà raddoppiato."

Esco, irosa, dal bagno.

Lui mi segue. "E non provare a indovinare la password, affermando di voler digitare il 911. Se viene inserita una password errata in qualunque momento e per qualunque motivo, verrò a saperlo... e il tuo incarico lavorativo verrà raddoppiato per una settimana intera. Sono stato chiaro?"

"Limpidissimo." Gli lancio un'occhiata minacciosa.

Come ho potuto baciare un uomo così insopportabile? Devo essere stata pazza, per trovarlo attraente a qualsiasi livello.

"Ci vediamo quando hai finito" dice, e si dirige verso l'uscita.

"Ti aspetti che ti consigli un'azione senza fare una vera ricerca?" chiedo, accigliata, alla sua schiena. "Senza usare alcuna tecnologia?"

"Credo in te." Nero si gira e si dà un colpetto sulla fronte. "Adesso mettiti al lavoro."

Se ne va, e la spessa porta di metallo si chiude, definitiva come una verifica fiscale.

"Sei una rottura di palle!" grido, ma dubito che possa sentirmi oltre lo spessore del metallo.

Già. Non arriva alcuna risposta. In effetti, la stanza è così silenziosa, che è strana per una newyorchese come me.

Nel silenzio di tomba, sento il mio respiro rapido.

Che faccia tosta, quell'uomo.

Come può aspettarsi che io abbia delle visioni, se continua a farmi incazzare così?

D'altro canto, ha fatto male i suoi calcoli.

Non ha detto esplicitamente che devo avere una visione, per dargli il suggerimento sull'azione.

In teoria, potrei dirgli di comprare qualunque azione mi salti in mente.

Non abbiamo mai investito nella CAKE, per esempio, che è il ticker di The Cheesecake Factory. Né abbiamo mai comprato EAT: un'azienda che possiede diverse altre catene di ristoranti.

No, dev'essere il mio stomaco a parlare. C'era della torta in frigo.

In alternativa, forse dovrei offrire BOOM, un'azienda metalmeccanica che usa esplosivi. Anche l'investimento in quell'azione farebbe un boom.

Sorrido come il Grinch, entrando nello spirito dell'esercizio.

Forse dovrei dire a Nero d'investire nella Harley-Davidson Motorcycles? Gli starebbe bene: il loro ticker è HOG, e Nero *sta* facendo la carogna.

O sta facendo il cane? In tal caso, esiste WOOF, un'azienda di medicina veterinaria.

No.

Troppo ovvia.

Gli dirò d'investire nella Majesco Entertainment, un'azienda di videogame con il ticker 'COOL'.

A meno che lui, in questo modo, non pensi che siamo 'fighi', perché non è vero.

Il mio sorriso vacilla.

Che succede, se gli dico uno di questi divertenti nomi delle azioni, e lui perde una valanga di soldi? Anche questo raddoppierà il mio 'incarico lavorativo'?

Sospiro.

Ora che sono più calma, dovrei provare a fornire a Nero un consiglio su un'azione basato su una visione... indipendentemente da quanto mi sarei goduta la meschina vendetta di spingerlo ad investire in azioni del tutto casuali.

Parcheggiando il sedere sul cuscino da meditazione, chiudo gli occhi e cerco di entrare nello Spazio Mentale.

Quando il respiro si stabilizza, la mia mente diventa beatamente vuota. Adesso non noto che il mio respiro.

Mi libro in quel bellissimo stato per un tempo indeterminato, finché i palmi delle mani non diventano caldi.

Ci siamo.

I fulmini si sprigionano dalle mani agli occhi, e mi allontano in una spirale.

———

LA SOLITA STRANEZZA incorporea dello Spazio Mentale mi circonda di nuovo.

Fluttuo lì, cercando di riabituarmi all'estranea serie di sensazioni uniche di questo posto.

Presto, divento consapevole delle forme surreali tutt'intorno a me... forme che rappresentano delle visioni.

Okay, e adesso? Non ho idea di come localizzare le forme che faranno arricchire Nero.

Devo cercare delle forme verdi e al sapore di menta? O simili a monete o diamanti?

Una domanda migliore è: perché devo *sempre* capire queste cose da sola?

Perché Nero ha dovuto spaventare Darian, per tenerlo lontano da me?

Nonostante tutti i suoi difetti e i suoi ovvi piani, Darian mi ha salvato la pelle parecchie volte, ormai... e dubito che avrei raggiunto lo Spazio Mentale così presto senza la videocassetta, il suo regalo per la Grande Festa.

Il buon, vecchio Darian manipolatore.

Dov'è adesso? C'è un modo per farlo parlare con me, senza incorrere nell'ira di Nero?

Riesco quasi ad immaginarmelo adesso, mentre evita le mie domande con il suo perfetto accento da famiglia reale britannica...

All'improvviso, succede una cosa molto strana... cioè, strana perfino per lo Spazio Mentale.

Una forma in movimento compare vicino a me.

Una forma così diversa dalle altre, che potrebbe anche appartenere ad una specie differente.

No, è più simile al paragone tra un oggetto fisico concreto (come un sottaceto o una moffetta) e qualcosa di effimero (come l'onore o la giustizia).

Oltre agli attributi dello Spazio Mentale che ho definito, come temperatura, colori, gusto e musica, quest'apparizione ne ha altri milioni... per la maggior parte privi di paragoni sensoriali.

Eppure non è ciò che mi sembra più strano.

È la convinzione che la sua comparsa sia stata innescata dai miei pensieri su Darian.

Oltre al fatto che è senziente.

Non so come faccio a saperlo. So solo che *essa* è come *me*. Scommetto che, se rivolgessi magicamente la mia attenzione dello Spazio Mentale verso l'interno, probabilmente vedrei la stessa, impressionante complessità.

L'aspettativa (in mancanza di una definizione migliore) pulsa dall'entità.

"Cosa vuoi che faccia?" vorrei chiederle, ma non so come.

L'entità emette la miriade di attributi in un caleidoscopio, impaziente.

Fluttuo lì, chiedendomi cosa fare.

Poi ho un'illuminazione.

Perché non faccio la solita prova?

Con le forme normali, dovevo più o meno protendermi e toccarle metaforicamente per attivare una visione.

Funzionerà in questo caso?

Ci provo.

L'entità pulsa dall'eccitazione e sembra allungarsi verso di me, proprio mentre io mi allungo verso di essa... ed è a quel punto che un buco nero, simile ad una visione, mi risucchia.

CAPITOLO CINQUE

FISSO una carta da gioco nella mia mano.

Le mie dita hanno uno strano aspetto... sono più grosse e prive di smalto per le unghie.

Che bizzarria.

Cerco di muovermi, ma scopro di non riuscirci.

Eh?

"Due di quadri" pensa una voce maschile dentro la mia testa con un chiaro accento britannico.

"Darian?" replico. "Che stai facendo nella mia testa?"

Nessuna risposta.

I miei occhi, piuttosto, si spostano dalla carta per osservare l'ambiente... ed è allora che mi accorgo di non poter controllare il mio corpo.

I dintorni sono sorprendentemente familiari.

Questo è il ristorante dove mi ero esibita nei numeri di magia, finché non me l'avevano vietato... solo che tutto è sbiadito, in mancanza di un termine migliore.

È come se tutto fosse stato filmato con una vecchia cinepresa, e poi qualcuno avesse trasformato quelle riprese in un ambiente della realtà virtuale.

Le persone agli altri tavoli sono impercettibili, e perfino il colore è prosciugato dalla maggior parte degli oggetti.

Senza averne l'intenzione, prendo una bottiglia di birra dal tavolo e bevo un sorso.

Con mia sorpresa, la lager scura ha un buon sapore, non è amara come al solito.

"Due di quadri" dice una voce femminile che assomiglia alla mia, ma non proviene dalla *mia* bocca.

Alzo lo sguardo.

Eccomi lì, con in mano un mazzo di carte, mentre sorrido.

È un altro scherzo di Kit?

Può darsi, ma questa *me* non ha esattamente il mio aspetto... e Kit era piuttosto precisa.

Questa persona assomiglia ad una mia sorella più sexy, che si è sottoposta a massicci interventi di chirurgia plastica ed è stata poi modificata con Photoshop per qualche anno.

Ingrandisco quel viso, come se stesse per spuntarle un'aura da angelo.

"Come ci sei riuscita?" dico all'altra me con la voce di Darian.

Aspetta, la mia voce è anche quella di Darian?

"Molto bene" dice la versione top model di me

stessa, ammiccando seducente. "Adesso prova tu." Si gira verso la donna alla mia destra.

Aspetta un secondo.

So cosa sta per succedere.

La donna sta per scegliere una carta in condizioni estremamente eque, e io gliela rivelerò.

Certo.

Questa è una strana replica del giorno in cui ho conosciuto Darian per la prima volta... l'incontro che ha portato alla fatidica performance in TV e al resto della follia.

Ma perché vedo questo ricordo in maniera così strana?

"Lei è così focosa" pensa Darian dentro la mia testa. "Proprio come lo era Matilda."

"Chi diavolo è Matilda?" tento di chiedere, ma lui non risponde... probabilmente perché sono sprovvista di una bocca con cui parlare.

La versione esterna di me stessa indovina correttamente la carta della donna, poi nomina un'altra carta, scelta in eque condizioni di esperimenti di laboratorio, poi un'altra, e un'altra.

"È così audace" pensa Darian. "Così versatile e creativa."

Il mio doppione nomina la carta di lui, che applaude e pensa: "Così scherzosa con il pubblico, così coraggiosa... e così maledettamente bella."

"Grazie, amico, ma davvero..."

La me stessa del ristorante porge il mazzo di carte e mi chiede di spezzarlo.

Quando le sue dita, lisce come quelle di una modella delle mani, sfiorano le mie, provo una strana sensazione all'inguine.

Aspetta.

Cosa?

Da quando possiedo questo tipo di idraulica?

Ho sviluppato una specie di schizofrenia narcisistica? Perché tutto questo comincia a ricordarmi di quella scena di *Essere John Malkovich*, in cui il personaggio John Malkovich entra nella sua stessa testa.

Ma alla fine ho un'illuminazione.

In qualche modo... e non so proprio come... sono dentro il ricordo di Darian del nostro incontro.

Quella che ho appena provato è la *sua* eccitazione molto mascolina.

È sensato... per quanto possa esserlo una cosa del genere.

Ecco perché tutto intorno a noi sembra così strano. La memoria non è una perfetta registrazione di eventi, quindi Darian non ne ricorda il succo, come i colori delle cose o quali altre persone stavano mangiando ai tavoli vicini.

A proposito di ciò, è per questo che la selezione della carta è stata molto più equa di quando ho effettivamente eseguito questo numero. Lui ricorda ciò che volevo che i miei spettatori ricordassero in seguito, non quello che è *veramente accaduto*.

Questo spiega anche perché la me stessa del suo ricordo appare così perfetta.

Sono *io*, ma vista con gli occhi di Darian, stralunati per la birra...

La scena attorno a me vortica e si disintegra come un miraggio, ma viene semplicemente sostituita da un'altra.

CAPITOLO SEI

MI TROVO DAVANTI a uno specchio da bagno e sto cercando di svegliarmi.

Contro la mia volontà, i miei occhi mi guardano allo specchio e confermano la mia teoria.

Darian ricambia il mio sguardo, senza camicia.

Wow.

O Darian sta riscrivendo la storia, o si stava mettendo parecchio d'impegno con la palestra a questo punto della sua vita.

"Qualcosa non va" pensa Darian nella mia testa (la sua). "Dov'è?"

L'ululato di un lupo fende l'aria.

"Dev'essere turbata" pensa Darian. "Ma perché..."

La porta viene spalancata e una donna nuda entra di corsa.

Una donna nuda incinta.

Darian la squadra e fischia scherzosamente.

Dev'essere di nuovo la sua memoria a giocare

scherzi, poiché i comuni mortali non sono perfetti come questa donna. La sua pelle, priva di difetti, sembra cioccolato bianco fuso sulla seta. Perfino il pancione sembra in qualche modo progettato da Leonardo da Vinci.

Darian sorride. "Ottimo. Perché preoccuparsi di quei fastidiosi vestiti?" Poi qualcosa sul suo viso lo zittisce.

Nonostante la furia nei suoi lineamenti, oltre alla loro bellezza quasi soprannaturale, qualcosa nel viso della donna ha un'aria vagamente familiare.

Darian la conosce intimamente, è chiaro, ma dove l'ho vista? Su una copertina della rivista *Maxim*, forse?

"Come hai potuto?" grida lei con voce melodica.

"Che succede, tesoro?" Darian si schiarisce la gola. "È successo qualcosa?"

Lei dà uno schiaffo a lui/me sulla guancia.

È bruciante.

"Matilda!" Si massaggia la guancia. "Che cos'è questo?"

"Allora è questa la Matilda a cui mi hai paragonato al ristorante?" chiedo, ben consapevole del fatto che Darian non risponderà. "Perché hai detto che *era* focosa?"

"*Io so*" gli risponde, concentrando il significato di un intero romanzo in appena due parole. "Piantala con la farsa."

"Non può sapere" pensa Darian. "Come potrebbe?"

La paura che accompagna quel pensiero è più potente di qualunque altra abbia provato io stessa...

eppure, con tutto quello che è successo, pensavo di essere un'esperta in materia.

D'altra parte, la paura può rimanere memorizzata nei ricordi in maniera più amplificata rispetto alla sensazione della prima volta. Soprattutto se sta per accadere qualcosa di terribile, che imprima questo episodio nella memoria di Darian.

"Ancora non ti seguo" mente.

"*Ci credo*" replica Matilda con la mascella tesa. "È da un po' di tempo a questa parte che hai problemi a 'seguirmi', non è vero?"

La paura si concretizza in un iceberg in fondo allo stomaco di Darian. "Non avrai..."

"Sì" afferma lei. "Ho chiesto a Chester di nascondermi agli occhi dei veggenti."

"Pazza di una donna" pensa Darian. "Tuo marito non è stupido. Intuirà..."

L'espressione sul viso di lei manda in cortocircuito i pensieri di Darian.

"Non volevi dirmi che cosa non andava" dice a denti stretti. "Così, mi sono messa al riparo dal tuo potere, quel tanto che bastava per ingaggiare un camminatore dei sogni e scoprire cosa stessi nascondendo."

Le emozioni negative di Darian sono difficili da distinguere, a questo punto.

Ricordo lontanamente che Felix aveva menzionato una camminatrice dei sogni, sua amica, che lavora per il centro di riabilitazione dove abbiamo lasciato Ariel. Diceva che possono entrare nei sogni delle altre persone e manipolare il loro ambiente.

A quanto pare, sono anche in grado di rubare segreti.

"E tu ti fidi di un ciarlatano?" esclama Darian, sforzandosi di caricare la propria voce d'indignazione, ma sa di apparire disperato.

"Non farlo." Se si potesse mozzare una testa con uno sguardo, Darian avrebbe perso la sua.

"Il camminatore dei sogni ti ha detto il *perché*?" Il panico s'insinua nella sua voce.

"Perché?" Lei sputa fuori quella parola. "Perché non mi hai detto che la mia bambina morirà, vuoi dire?"

Lui freme, come se l'avesse schiaffeggiato di nuovo.

"Posso intuirlo" dice la donna. "Sai che la bambina è *sua*. Senza dubbio hai visto un futuro, dove ho finalmente chiuso con la nostra... qualunque cosa fosse, per il bene di mia figlia. Senza dubbio tu..."

Alla velocità della luce, Darian si concentra in un modo che non riesco bene a capire, e immediatamente si ritrova nello Spazio Mentale.

Wow. Come ci è riuscito così rapidamente e senza meditazione?

Compie un'altra azione, troppo rapida perché io possa comprenderla... ed entra in una visione.

Per me, essa diventa il ricordo di una visione... ed è in un certo senso surreale.

Darian è sul limitare di un cimitero.

"In agguato e nascosto, come un codardo" pensa fra sé nel dolore.

Chester e un gruppo di persone in abiti neri sono vicino alla tomba, scavata di fresco.

L'abituale volto allegro da satiro di Chester è contratto da una profonda tristezza.

Una tristezza che non è nulla, a paragone di ciò che prova Darian...

La visione finisce e torniamo nel bagno, con Matilda che esclama, nuda e furiosa: "...piuttosto che la bambina morisse, così potresti avermi tutta per te..."

"Il futuro è cambiato" pensa Darian, ignorando le sue parole. "Lei morirà adesso, a meno che..."

La scena attorno a noi vortica e si disintegra di nuovo, sostituita quindi da un'altra.

CAPITOLO SETTE

DARIAN È NELLO SPAZIO MENTALE.

Si allunga verso una forma vicina, e ha inizio una visione.

E che visione.

Wow.

Queste sono decisamente più informazioni di quante ne avessi bisogno.

Provo piacere mentre Darian penetra una donna da dietro.

Se avessi la faccia, in questo momento sarebbe diventata del colore di un pomodoro troppo maturo.

Darian afferra la vita stretta della donna.

Lei geme.

"Allora è questo, che prova un uomo?" chiedo a nessuno in particolare. "È sempre così fantastico?"

No.

Non può essere.

Si tratta senza dubbio di un altro scherzo della memoria.

Già. Concentriamoci su *questo*, e non sui grugniti di lui e i gemiti di lei.

Meglio focalizzarsi sugli aspetti metafisici della situazione... le connotazioni surreali, eccetera.

Intendo, mi ritrovo dentro un uomo, mentre lui è dentro qualcun altro...

No. Così s'impazzisce.

Forse dovrei occuparmi del mistero dell'identità della donna?

È a quattro zampe con lo sguardo in avanti, perciò non posso vedere chi è... so solo che si sta divertendo.

La mente di Darian è completamente sopraffatta dal piacere, quindi lui non sta pensando a qualcosa di utile, per esempio il suo nome.

Spero comunque, anche se è troppo pallida, che sia la Matilda del ricordo precedente.

Magari lui ha trovato il modo d'impedire la visione del cimitero? Magari lei ha lasciato il marito e ha appianato le sue divergenze con Darian... e la sua bambina è viva?

A quel punto, la comprensione m'investe tanto forte, quanto l'orgasmo che deve provare l'attuale partner di Darian. O almeno, presumo che sia questo il motivo per cui inarca la schiena, producendo suoni come una gatta in calore.

So già cos'è successo a Matilda.

E perché il suo viso aveva un che di familiare.

E chi è la bambina.

Gaius mi ha raccontato una versione di questa storia prima del Rito... ma la sua era diversa da quella che sembra essere la verità.

Quando mi ha spiegato la faida tra Chester e Darian, Gaius ha detto che Darian aveva rivelato una profezia alla moglie di Chester, dicendole che lei sarebbe stata la causa della morte della propria figlia... e che era stata quella profezia a spingere la mamma al suicidio.

L'ha definita 'una moglie licantropo'... e ciò spiega l'ululato che ho sentito nel ricordo di Darian, e la sua nudità.

In seguito ho scoperto che la bambina in questione è Roxy, la mia stronza compagna di classe.

Ecco perché il viso di Matilda era così familiare. Roxy ha ereditato molto dai lineamenti della madre.

Ma la storia intera è decisamente diversa dal racconto di Gaius. A quanto pare, non è che Darian ne avesse parlato con la moglie di Chester dopo una visione.

Per quanto ne so io, lei... Matilda... e Darian avevano una relazione, poi lui ha avuto la visione sulla morte di Roxy, ma *non* l'ha rivelato a Matilda. Quest'ultima, in ogni caso, ha percepito che Darian le stava nascondendo qualcosa, e ha escogitato un modo per tirare fuori la verità... con risultati disastrosi.

Se avessi i polmoni, libererei un sospiro.

Chester sapeva della relazione?

Visto che Matilda gli aveva chiesto di nasconderla agli occhi di un veggente... e considerando il persistente malanimo tra i due uomini... scommetto che Chester aveva intuito qualcosa.

Se avessi una testa, la scuoterei dalla frustrazione.

Non mi meraviglio del fatto che Chester volesse uccidermi.

Deve aver pensato che Darian nutrisse qualche interesse romantico nei miei confronti... e voleva colpire la sua nemesi nel punto in cui avrebbe fatto veramente male.

La sua motivazione non riguardava soltanto l'impedire ad una veggente di essere riconosciuta, come aveva affermato all'Earth Club.

Ciò spiega anche perché mi abbia lasciato in pace dopo il suo primo attacco. Deve aver deciso che Darian non si sarebbe messo con me a causa di Nero, e il resto.

O forse mi ha lasciato stare, perché sono la pupilla di Nero?

L'autoconservazione annulla la vendetta?

Ovviamente, tutto ciò presumendo che Chester mi abbia veramente lasciato perdere, e non lo so per...

L'estasi invade il cervello di Darian, guastando completamente i miei tentativi d'ignorare quello che sta succedendo.

Oh.

È la mia astinenza prolungata, oppure non ho mai provato qualcosa di così bello?

Darian si china in avanti per abbracciare la donna, che ride e si volta.

Fisso il suo viso, e vorrei tanto avere una bocca per poterla spalancare.

Quella è la *mia* faccia.

"Ti amo" dice con la mia voce quella che spero sia Kit, e sorride stupidamente a Darian.

"Io ti amo di più" risponde Darian a lei/me.

Mentalmente aggiunge: "Ti amo quasi quanto amavo Matilda… e sono riuscito a salvarti, mentre non ho potuto salvare lei."

Mi ha salvato?

Da che cosa?

Spero che stia pensando ai salvataggi che si sono già verificati. Come quella volta in cui mi ha mandato un messaggio, mentre andavo al lavoro dopo il disastro in TV… un'azione che, come lui aveva sostenuto in seguito, mi aveva fatto temporeggiare abbastanza da permettermi di sopravvivere. Oppure può riferirsi all'avvertimento di ieri, quando ha detto: "Fa' attenzione alla luce rossa."

Cosa più interessante, sta parlando davvero di sentimenti teneri.

Ora che *non* è più nel bel mezzo del coito, gli altri suoi pensieri diventano sdolcinati nei confronti della Sasha davanti a sé, resa esausta dal sesso.

Ed è a questo punto che faccio due più due.

Quando abbiamo ballato all'Earth Club, Darian mi ha detto di averci visto insieme nel futuro.

E questo ricordo è cominciato nello Spazio Mentale… quindi dev'essere una visione di qualche futuro.

Vorrei darmi una botta sulla fronte mancante,

invece fisso me stessa nuda attraverso gli occhi di Darian.

Questa Sasha prova una felicità peccaminosa, mentre sta tra le sue braccia.

Una parte di me rifiuta ciò che sto vedendo, ma un'altra parte si chiede se questo futuro sarebbe una cosa negativa.

Non voglio essere *così* felice, un giorno?

No, aspetta. Cosa sto pensando?

È un effetto collaterale dell'avere letteralmente scopato me stessa?

Non possono nascere dei sentimenti verso qualcuno, in base a ciò che succede nel loro ricordo di una visione di un futuro, che potrebbe concretizzarsi oppure no.

Sarebbe una paradossale profezia che poi si avvera.

Inoltre, anche in questo roseo futuro, Darian sembra paragonarmi alla sua Matilda.

Voglio competere di continuo con un fantasma?

Cosa più importante, potrei essere più felice con qualcun altro? Qualcuno come, per esempio...

La scena attorno a me si disintegra di nuovo, e mi ritrovo fuori dai ricordi di Darian... in un luogo diverso da tutti quelli che abbia mai visto.

CAPITOLO OTTO

QUESTO NON DEV'ESSERE il solito Spazio Mentale, poiché la mia vista sembra tornata normale. Sono circondata da un'oscurità simile al vuoto, e in mezzo c'è un ologramma, in mancanza di un termine migliore.

Un ologramma di Darian.

Se le verdi sinapsi cerebrali delle mie lezioni di biologia dovessero delineare una persona spettrale, avrebbe proprio questo aspetto.

La sagoma semitrasparente di Darian sembra attaccata alla misteriosa forma-entità che mi ha trascinato in questa disavventura dello Spazio Mentale. Comunque, non è con gli occhi che vedo il collegamento.

Lo percepisco con la speciale consapevolezza dello Spazio Mentale.

Essa mi dice che l'entità sembra cresciuta.

No, non è corretto. Si è aggrovigliata con un'altra entità.

A questo punto abbasso lo sguardo e mi accorgo di essere io stessa un affusolato ologramma di sinapsi, solo che sono attaccata alla seconda forma-entità.

"Non allarmarti" dice Darian.

Ha pronunciato quelle parole in senso tradizionale?

Le sue labbra fantasma si sono mosse, ma nutro il forte sospetto che qui non ci sia aria che vibri. E le sue orecchie semitrasparenti sembrano prive di timpani... presumo, quindi, che valga lo stesso per le mie.

"Che cos'è, questo?" gli chiedo.

Figo. Riesco a sentirmi nella mia testa, come se avessi parlato nel mondo reale.

"Hai pensato a me nello Spazio Mentale." La sua sagoma spettrale fluttua verso l'alto. "Mi trovavo anch'io contemporaneamente nello Spazio Mentale, perciò eccoci qui." Indica con il dito le entità intrecciate.

"Certo" dico, sarcastica. "Questo spiega tutto. Grazie."

Fluttua verso di me, ma mi libro d'istinto all'indietro.

Fantastico. Anch'io posso fluttuare.

Si libra verso il basso, finché i nostri occhi non sono paralleli. "Lascia che ti spieghi. Pensavi che lo Spazio Mentale fosse uno spazio solo dentro la tua testa, come suggerisce questo appellativo alquanto sfortunato?"

Mi stringo nelle spalle. In realtà, ho pensato che potesse essere un'altra dimensione, ma non mi ci sono soffermata molto dopo la conversazione iniziale con Felix.

"Beh, il nostro incontro smentisce chiaramente questo comune equivoco." Muove la testa in direzione delle entità ultraterrene. "Nella realtà, la chiave della definizione è la parola 'spazio'. Lo Spazio Mentale è un tipo di, beh, *spazio*, che tutti i veggenti possono visitare." Apre le braccia. "Uno condiviso per tutti. E se per caso non fosse chiaro" indica di nuovo le due cose a cui siamo agganciati, "quelle sono manifestazioni di te e di me, come appariamo nello Spazio Mentale. I nostri attuali corpi semitrasparenti non sono altro che un parto della nostra immaginazione, e vengono usati per facilitare la conversazione."

La testa mi gira piuttosto bene, per essere solo immaginaria.

Prima ci sono state le Altre Terre... che sono essenzialmente degli universi paralleli. Adesso la conferma che lo Spazio Mentale è un regno completamente a sé... e completamente estraneo al nostro comune regno tridimensionale.

"Non dovrebbe essere una grossa sorpresa" dice Darian, fraintendendo il mio silenzio. "Devi essere al di fuori del tempo, per vedere il futuro."

"Presumo" mormoro, mentre ancora elaboro il tutto. "È solo che, con questo cervello semitrasparente, mi è difficile comprendere l'idea del 'tempo esterno.'"

"Non posso biasimarti per questo." Fa l'occhiolino. "Veggenti più potenti di me non sono riusciti a capire completamente lo Spazio Mentale. Hanno semplicemente imparato ad utilizzarlo... per le visioni e per comunicare in segreto, come stiamo facendo noi adesso. Ma può essere pericoloso comunicare in questo modo... ed è il motivo per cui oggi ho risposto alla tua chiamata. Volevo avvertirti."

"Pericoloso?" Cerco d'incrociare le braccia sul petto, ma si attraversano semplicemente come quelle di un fantasma.

"Tanto per cominciare, può nuocere alla sanità mentale" spiega Darian, con una serietà assoluta dipinta in viso. "A volte, i veggenti hanno delle allucinazioni, quando si contattano in questo modo per la prima volta. Più potente è il veggente, più forti possono essere queste allucinazioni... e più grave il pericolo. Oggi dovresti essere a posto, visto che hai appena iniziato con i tuoi poteri eccetera, però, con tutto quel talento grezzo potenziato dalla TV, il rischio c'era." Mi guarda intensamente e, con la massima noncuranza possibile, chiede: "Non hai sperimentato cose strane, giusto?"

"No" mento... sperando di sembrare impenetrabile come ha appena fatto lui.

E lui deve aver mentito... con un'abilità che sfida quella di un illusionista.

A meno che... quei ricordi che ho appena visto non fossero davvero delle allucinazioni?

In tal caso, perché in esse io ero Darian, e cosa più importante, come mai combaciavano così bene con le mie conoscenze precedenti?

Il ricordo/allucinazione del ristorante corrispondeva esattamente al mio stesso ricordo degli avvenimenti, e quello su Matilda combacia con la faida tra Chester e Darian. Perfino quello di me e Darian a letto era qualcosa che, a detta sua, aveva visto in una visione.

In ogni caso, se *avessi* le allucinazioni sull'andare a letto con qualcuno, spererei che fosse con un partner anche meno adatto di Darian. Come, per esempio, il mio capo...

Darian si libra più vicino di qualche centimetro e, con un sollievo sospetto, dice: "Sono lieto di sentire che tu ti sia risparmiata questo spiacevole incidente."

"Fortunata, presumo" mento. "E tu?"

Sembra che cerchi di trattenere un sorriso. "Non sono stato tanto immune quanto te a quelle cose orribili."

Oh, no.

Ha visto un *mio* ricordo o più di uno?

È per questo che sembra sul punto di sogghignare?

Ti prego, fa' che non sia quella volta in cui mi sono cominciate le mestruazioni nel bel mezzo della lezione di geometria, o quando sono scivolata e caduta sulle scale bagnate della metropolitana. Con la gonna. Davanti all'intera squadra di lacrosse.

Poi mi accorgo che Darian potrebbe aver assistito a cose peggiori, come qualunque azione insieme a Copperfield... il mio 'massaggiatore'.

Una miriade di scenari mi scorre davanti agli occhi, uno peggio dell'altro, come quando ho fantasticato su Criss Angel mentre usavo Copperfield... o quella volta in cui pensavo a Nero, dopo che Harper mi aveva eccitato sessualmente.

In quanto a ciò, spero che non abbia visto il mio ricordo del bacio di ieri sera con Nero... ma qualcosa mi dice che, in *quel* caso, Darian non farebbe lo spiritoso.

"Spero che l'allucinazione non ti abbia fatto impazzire" cerco di dire con espressione seria.

"Non ancora." Sfodera finalmente il sorriso. "Ma la pazzia non è l'unico pericolo di una chiacchierata come questa." Il suo volto si fa più serio. "Se non si sta attenti, un veggente più potente può prosciugare i tuoi poteri durante un incontro nello Spazio Mentale."

"Eh?" La curiosità mi fa sentire allegra, e mi ritrovo a fluttuare verso l'alto, solo un pochino.

"Nel caso in cui tu non lo sappia, le visioni più lunghe sono più spossanti di quelle più corte." Fluttua verso l'alto, in modo da rimanere allo stesso livello.

"L'ho notato." Come in risposta alla mia irritazione, mi libro più in basso di pochi centimetri. Perché non mi ha avvisato del prosciugamento dei poteri nella videocassetta? Poteva farlo senza problemi.

"Parlare così è simile all'avere una visione." Porta di nuovo i nostri sguardi sullo stesso piano. "Più a lungo parliamo, più potere consumiamo."

"Merda." Come in risposta alla mia preoccupazione, mi libro di nuovo più in basso.

Le emozioni positive mi sollevano letteralmente, qui, mentre quelle negative mi tirano giù?

Darian sembra in grado di fluttuare a suo piacimento.

Ordino a me stessa di scendere, e sogghigno quando funziona.

"Sì." Osserva il mio salire e scendere con più pazienza di quanta ne avrei io al suo posto. "Un'altra cosa da tenere a mente è che questo tipo di conversazione può terminare solo quando entrambi lo vogliamo, o se qualcuno esaurisce i poteri, o se un veggente è disposto ad impiegare un'enorme quantità di energia per interrompere il collegamento. Perciò, in questo modo, un veggente più potente può prosciugarne uno più debole."

"Sembra un brutto stratagemma." Mi sorprendo a fluttuare verso il basso, e ordino al mio ologramma di rimanere allo stesso livello. "È questo che stai facendo, adesso?"

"In realtà, sto cercando di realizzare il contrario." Sobbalza su e giù, come una boa su un lago increspato. "Voglio darti delle informazioni il più rapidamente possibile, così possiamo andarcene entrambi. Tieni presente che, quando si tratta di potere puro, non sono certo che tu sia la veggente più debole, qui. Né ho motivo di prosciugarti, in ogni caso."

"Se questo sistema di comunicazione è tanto pericoloso, perché i veggenti dovrebbero rischiare di usarlo?" Mi lascio fluttuare verso l'alto.

"Poniamo il caso che io e te volessimo fare una negoziazione segreta." Si libra al mio livello. "Ipotizziamo, inoltre, di aver concordato di vederci da qualche parte sulla Terra, o in una delle Altre Terre a una certa ora nel futuro."

"Certo. Facciamolo."

"Un altro veggente, in teoria, può avere una visione su quella conversazione... annullando la segretezza del nostro incontro."

Mi libro verso il basso, ma non pronuncio una sola parola.

Mi raggiunge e prosegue. "Cosa più importante, se uno solo di noi prevedesse la conversazione, lui o lei terrebbe il coltello dalla parte del manico durante la vera negoziazione."

"Penso di capire." Posiziono le dita a forma di piramide... ma scopro che entrano l'una nell'altra come una forchetta attraverso la nebbia. "Anche se avessimo entrambi delle visioni su questo ipotetico incontro, potremmo poi averne un'altra sul nuovo futuro in cui sappiamo dell'incontro, e poi un'altra serie di visioni, in modo ricorrente."

"Esatto. Cioè, fino a quando uno di noi non esaurisce il potere." Scuote la testa. "Hai un'insidiosa comprensione di tutto ciò, il che conferma il sospetto che nutro da tempo: stai diventando una veggente con cui combattere."

"Allora, fammi indovinare." Mi libro in alto. "Le conversazioni nello Spazio Mentale non possono essere previste."

"Esatto." Si libra di nuovo alla mia altezza.

"Ed è per questo che un veggente più debole sarebbe disposto a correre il rischio associato ad un tale incontro" dico. "In questo modo, almeno, possono essere certi che quello che dicono non è già cosa nota al veggente più potente."

"Questo, e la privacy totale." Mi guarda intentamente con i suoi strani occhi olografici.

Una lampadina si accende, e cerco di darmi una botta in fronte... ma la mano trapassa la mia testa immaginaria.

"È per questo che mi parli, nonostante l'ultimatum di Nero" dico. "Anche se avesse un veggente sul libro paga, non saprebbe di questo incontro. Nessuno potrebbe mai scoprirlo."

"A meno che tu non sia una linguaccia." Fluttua verso il basso, poi s'interrompe e si sposta di nuovo in alto. "Anche in quel caso, vedrei le increspature della tua intenzione di rivelarglielo... per esempio, se vengo pugnalato in ogni possibile futuro."

"Interessante." Mi trattengo dal librarmi in alto e resto al suo stesso livello. Devo imparare a nascondere le emozioni, in questo luogo. "Credo che non ti farò la spia... almeno, se continui a comportarti da gentiluomo."

"Non troverai gentiluomo più autentico" replica con l'accento britannico più marcato. "Ora, mi spiace accelerare le cose, ma devo."

"Capisco" dico subito. "Voglio solo farti qualche altra domanda."

Sorvolo sul fatto che, per sua stessa ammissione, ha bisogno della mia partecipazione consenziente per terminare questa chiacchierata metafisica senza un grosso dispendio di potere.

"Procedi" dice con espressione indecifrabile.

"Devo solo pensare ad un veggente con cui voglio parlare nello Spazio Mentale, per lanciare un appello come questo?"

"O meglio, devi invocare la sua essenza" specifica. "Ma funzionerà solo se anche l'altro veggente si trova nello Spazio Mentale, che in sé è un'impresa difficile. Quel veggente deve anche *essere disposto* ad accettare la tua chiamata... e lo saranno in pochi, senza previo accordo."

"Come possono rifiutare la chiamata?" chiedo. "Basta che, dal canto loro, non tocchino la mia forma?"

"Riguarda più che altro la forza di volontà" risponde. "Sebbene di solito sia richiesta la partecipazione consenziente, alcuni veggenti molto potenti possono forzare la manifestazione della chiamata. La via più sicura è abbandonare lo Spazio Mentale, quando sta per manifestarsi il segnale di una chiamata, e in sostanza è quando vedi soltanto le forme della visione."

"Abbandonare lo Spazio Mentale?" Mi libro in alto. "E come ci riesco?"

"Oh, questo è molto semplice." Anche lui si libra in alto e un sorriso sfiora gli angoli delle sue labbra fantasma. "Devi solo toccarti." Lo dice con aria impassibile, ma vedo che sta trattenendo un altro fastidioso sorriso. "Sono sicuro che *riuscirai* a capire come."

Scendo di quasi due spanne.

Deve aver visto davvero il mio ricordo su

Copperfield... altrimenti, cosa potrebbe sottintendere con questo?

Ehi, almeno non ho mai pensato a *lui* durante le mie sedute. O sì?

Aspetta, devo concentrarmi sulla parte importante.

A quanto pare, posso uscire dallo Spazio Mentale senza avere una visione, toccandomi *metafisicamente*.

Facendo quindi a me stessa quello che faccio alle forme... non c'è nulla di sconcio in questo.

Se funziona come sospetto, potrebbe tornarmi molto utile per la mia pratica con lo Spazio Mentale...

"È essenziale fare presto" dice Darian, e sospetto che, se avesse un orologio, in questo momento lo guarderebbe.

"D'accordo, ma possiamo ripeterlo?" Ordino a me stessa di tornare in alto, portandomi al livello dei suoi occhi. "Voglio scoprire altre..."

"Scusa." Abbassa lo sguardo verso l'oscurità sotto di noi. "Temo che non potremo parlare di nuovo molto presto. Né in questa forma, né di persona."

Per quanto l'affermazione sia deludente, le sue implicazioni sono interessanti. Potrebbe significare che abbiamo appena consumato una quantità così importante del suo potere, che gli servirà del tempo per riprendersi. Se è vero, e ipotizzando che io non perda completamente i miei poteri per altrettanto tempo, ciò potrebbe permettermi di calcolare chi di noi è più potente come veggente.

Oppure, potrebbe aver quasi esaurito il suo potere, perché oggi ne aveva già utilizzato un po'.

"Non essere così tetra" dice. "La lontananza rafforza gli affetti, eccetera."

"Certo. Continua a sognare." Sobbalzo su e giù come una piuma nel vento. "Come posso imparare ad essere una veggente, allora?"

"Non grazie a Nero, questo è sicuro" risponde, i lineamenti spettrali che s'incupiscono. "A proposito di lui, volevo dirti una cosa di primaria importanza." Scivola giù a notevole distanza, poi fluttua di nuovo verso l'alto. "*Non* innamorarti di Nero... Te lo dico da veggente, non da uomo."

Quasi mi sento soffocare per le mille, possibili risposte, da "Non sono affari tuoi" a "Non sarebbe comunque successo, perciò non fasciarti troppo la testolina."

Ne scelgo una a metà tra questi estremi e dico con esagerato sarcasmo: "Lo prenderò in considerazione. *Altre* perle di saggezza che desideri impartire?"

"Fai pratica con i tuoi poteri di veggente" afferma. "È questione di vita o di morte in un futuro molto prossimo."

Mi lascio cadere di mezzo metro. "Cosa intendi con questo? Vita e morte di chi? Cosa succederà loro? Devo preoccuparmi di qualcosa in particolare?"

"Sì" risponde. "La tua priorità è la tua..."

Non sento il resto della frase di Darian, poiché in quel preciso istante la nostra conversazione va in cortocircuito.

CAPITOLO NOVE

"NO!" cerco di gridare, ma non è possibile farlo, quando si esce da una visione... ed è accaduto proprio questo.

Mi ritrovo seduta sul mio cuscino da meditazione, sempre nella gabbia di metallo di Nero.

"È la tua *cosa*?" urlo, ma inutilmente.

Avrebbe potuto proseguire con 'la tua amica', o 'la tua mamma', o 'la tua bambina non nata'.

Do un pugno al cuscino sotto di me, frustrata.

Era chiaramente un avvertimento importante.

In più, avevo ancora tante altre domande.

Darian conosceva mio padre?

Se sì, conosceva anche mia madre?

Mi alzo subito in piedi e comincio a camminare da una parete di metallo all'altra.

Perché la conversazione è terminata così di colpo? Darian ha mentito, dicendo di non poterla chiudere senza il mio consenso, oppure uno di noi due ha esaurito l'essenza di veggente, alla fin fine?

Nel secondo caso, spero di non essere io, ma se si tratta di me, mi auguro di riprendermi presto per mettere in pratica i miei poteri, come mi ha suggerito.

Non che mi servisse questo consiglio. Avrei messo in pratica i miei poteri comunque.

Qualcosa mi dice che non ho esaurito io i poteri. Ho avuto quella visione di diverse ore sul giocare ai videogiochi con Felix, e mi sono ripresa nell'arco di pochi giorni. La nostra conversazione è durata qualche minuto al massimo.

A meno che quelle conversazioni non consumino più potere delle visioni.

Smetto di camminare.

Devo calmarmi e cercare di tornare nello Spazio Mentale.

Se funziona, significa probabilmente che Darian ha esaurito tutto il potere.

Significa che io sono più potente?

No.

Come ho supposto prima, forse lui ha avuto una lunga visione di recente, e disponeva di poca essenza quando ha ricevuto la mia chiamata.

Mi riscopro a camminare di nuovo avanti e indietro, e mi fermo vicino allo schermo con il conto alla rovescia digitale di Nero.

Ho completato solo un'ora del mio incarico di otto ore.

Ogni speranza di rilassarmi esplode, quando mi rendo conto di sentirmi già terribilmente rinchiusa.

Prendo il telefono per controllare le e-mail.

All'inizio sembra che non ne abbia ricevute, ma poi vedo.

Nessuna connessione cellulare o wi-fi.

Ora, questo è crudele perfino per Nero.

Devo essere come un Robinson Crusoe dei tempi moderni, confinata su quest'isola disabitata senza connessione a internet? In realtà, somiglio più a un Edmond Dantès... rinchiusa in un'orribile prigione da un nemico traditore.

Inspiro profondamente.

Devo trovare seriamente un modo per calmarmi.

Poi ricordo che Nero mi ha lasciato delle comodità che al Conte di Montecristo mancavano nella sua cella al Castello d'If.

Vado in bagno e apro il rubinetto della Jacuzzi nuova di zecca.

Lasciando scorrere l'acqua calda, mi dirigo in cucina e mi preparo uno spuntino da gourmet.

Incredibilmente, le escargot sono addirittura meglio di quanto non sembrino.

Le ha preparate lo chef privato di Nero?

Ne prendo una seconda porzione, poi una terza.

Hmm. Dovrò tenere d'occhio il peso, se rimarrò in questa stanza per otto ore tutti i giorni. Con un cibo così squisito e nessun posto per l'esercizio fisico, potrei facilmente gonfiarmi senza controllo.

Finito con il cibo, ritorno in bagno. L'acqua nella Jacuzzi è al punto giusto, quindi chiudo la porta, prego che Nero non stia guardando, e mi tolgo i vestiti.

I getti nella vasca sono quasi piacevoli quanto un

massaggio terapeuta, e presto riesco a rilassarmi, soprattutto quando sopraggiunge la sonnolenza postprandiale.

Quando sono a posto e con la pelle raggrinzita, esco pian piano dalla vasca e mi asciugo.

Adesso sono pronta per meditare.

Mi metto in posizione e comincio con la respirazione.

Subito dopo, mi ritrovo nello Spazio Mentale.

———

FLUTTUO TRA LE FORME, riflettendo.

A quanto pare, avevo ancora una riserva di energie da veggente.

Percepisco l'ambiente come se fosse la prima volta.

Questo è un *posto*.

Un luogo.

Se un veggente, in qualunque punto della moltitudine di Altre Terre, sta attualmente cercando di avere una visione, è qui da qualche parte, anch'egli circondato da forme non dissimili da queste.

Potrei incontrarne uno per caso?

Quant'è grande lo Spazio Mentale?

Se la mia intuizione è corretta, lo Spazio Mentale potrebbe essere vasto... quanto un intero universo o più grande, rendendo improbabile la possibilità di un incontro.

Probabilmente è meglio così, visto quello che mi ha detto Darian.

Mi chiedo... potrei parlare di nuovo con lui così presto?

Il pensiero di Darian mi fa ricordare l'espressione felice della Sasha di quello strano futuro... un futuro in cui sembra tenere a Darian.

Mi rifiuto di pensare che sarei finita in quella posizione per altri motivi... ed è un doppio senso.

Desidero quel futuro?

Le forme intorno a me cambiano, mentre medito su questa domanda, ma Darian non si fa vivo.

Beh, non che me l'aspettassi. È chiaramente lui ad aver esaurito la magia.

All'improvviso mi viene un'idea.

Mio padre biologico è un veggente.

Lo potrei chiamare nello Spazio Mentale?

Vibrando di eccitazione, penso e ripenso tra me e me alla parola 'padre'.

Non succede nulla.

Merda.

Forse devo evocare la sua essenza, qualunque cosa sia... e potrebbe essere complesso, dato che non so nulla di lui.

"Grigori Rasputin" penso più e più volte.

Non sono fortunata.

Cerco di ricordare tutto ciò che ho letto su quell'uomo.

Un bel niente.

Mi soffermo sui racconti di fantasia, come il suo ruolo di cattivo nel cartone *Anastasia* e il franchise di *Hellboy*.

Stavolta, sono felice che non funzioni. Se la sua essenza fosse simile a quelle rappresentazioni inventate, non sono certa che vorrei incontrarlo.

Quando mi stanco di chiamare invano mio padre biologico, rifletto sull'idea di chiamare con lo stesso metodo mia madre biologica... ipotizzando che anche lei sia una veggente.

Faccio del mio meglio, ma non ottengo alcun risultato.

Poi mi viene in mente una cosa.

Non dovrei 'chiamare con lo Spazio Mentale' persone importanti come Rasputin, quando i miei poteri sono così prosciugati, altrimenti ciò che è successo a Darian capiterà anche a me.

Se voglio esercitarmi con i miei poteri oggi, penso che sia meglio concentrarmi sul concetto, menzionato da Darian, di abbandonare lo Spazio Mentale.

Giusto.

Così potrei andare e tornare qui più volte, finché non avrò imparato ad attivare le visioni fluidamente come Darian nel suo ricordo.

Se avessi i polmoni, emanerei un sospiro.

Ora non devo fare altro che toccarmi.

CAPITOLO DIECI

OKAY, Darian ha decisamente reso questo compito più difficile, trasmettendone un'idea sconcia.

O almeno penso di avere difficoltà per questo motivo.

Non so nemmeno da dove cominciare.

Quando attivo una forma, qui nello Spazio Mentale, sembra essere coinvolto una specie di arto, ma adesso ho difficoltà a percepirlo... soprattutto su me stessa.

Il problema è che non so dove mi trovo. Quelli che scambio per i miei sensi non hanno la capacità di 'esaminare se stessi'.

Aspetta un secondo.

Forse funziona come quelle chiamate?

In tal caso, forse il primo passo da compiere è pensare alla mia stessa essenza?

Ma è più facile a dirsi che a farsi. Che diavolo è la mia essenza?

Nel suo ricordo, Darian mi ha definito audace... e

fino a un certo punto, potrei essere d'accordo. Sono decisamente audace, quando si tratta delle tecniche della mia magia, ma non sono così sicura della mia audacia al di fuori di quel contesto.

Mi ha anche definito versatile e creativa... ma anche questo non so fino a che punto sia vero, perlomeno senza considerare la me stessa durante gli spettacoli.

Sono scherzosa con il pubblico, in effetti, come suggeriva lui, ma questo può essere considerato la mia essenza?

Non sono sicura nemmeno di ritenermi coraggiosa... ed era un altro dei suoi pensieri. Ci sono settori della mia vita in cui non sono affatto coraggiosa. Ne è un grande esempio la mia vita sentimentale.

Per quanto riguarda l'idea di essere, cito testualmente, 'maledettamente bella', è ridicolo. Sono al massimo carina e, cosa più importante, non considero affatto il mio aspetto come parte della mia essenza.

Il mio slancio introspettivo non porta ad alcun risultato. Significa che devo scavare più a fondo nella mia essenza?

Chi avrebbe mai pensato che 'toccarsi' potesse assomigliare così tanto ad una seduta di terapia con Lucretia?

Sono subdola, *questo* lo ammetto. Cerco d'incanalare la mia maliziosa meschinità nei numeri da illusionista, ma non sempre funziona. A volte, Felix si ritrova con una tastiera da cui spunta l'erba, o con una torta ultra-aspra...

Qualcosa, finalmente, succede.

Wow.

Surreale.

Dev'essere questa la sensazione di quelle esperienze extra-corporee... tranne il fatto che, innanzitutto, non ho un corpo.

Metafisica a parte, percepisco la forma a cui ero collegata durante la chiacchierata nello Spazio Mentale con Darian.

Da qualche parte nelle mie viscere inesistenti, so che questa sono *io*.

Ora devo solo trovare un modo per 'toccarla'.

Ma questa parte è facile.

Faccio come con le forme... e con la versione di Darian dell'entità.

Ma cominciamo dalle cose più importanti. La mia mente, resa perversa da Darian, richiede un cambiamento nella terminologia precedente. D'ora in poi, quello che ho soprannominato il mio *arto* metafisico e nebuloso si chiamerà il mio *fascio etereo*.

Perché, se devo 'toccarmi', preferisco farlo con questo, piuttosto che con qualsiasi cosa mi ricordi mostruosi tentacoli lovecraftiani.

Perciò, con il mio fascio etereo, finalmente mi tocco.

E mi sento come implodere... dritta fuori dallo Spazio Mentale.

Mi guardo intorno nella cella di metallo che è diventata il mio ufficio.

Ce l'ho fatta.

Ho lasciato lo Spazio Mentale senza dover avere una visione.

Ciò ha consumato il mio potere da veggente?

Il miglior modo per scoprirlo è tentare di ritornare nello Spazio Mentale.

Prima di farlo, prendo il telefono e cerco una playlist che mi ha creato Felix. All'interno, trovo una canzone dei Divinyls intitolata 'I Touch Myself' e premo play, sogghignando tutto il tempo.

La meditazione funziona meglio con la musica allegra, e torno nello Spazio Mentale più rapidamente che mai.

Faccio un piccolo errore, quando si tratta d'invocare di nuovo la me stessa dello Spazio Mentale, ma alla fine funziona... dopodiché, tocco con il fascio etereo la me stessa che ho richiamato, ritrovandomi nella gabbia di metallo di Nero.

Ripeto la prova tante volte, finché non mi vengono i crampi alle gambe.

Mi alzo per prepararmi un altro spuntino.

Ora posso uscire quasi liscia come l'olio dallo Spazio Mentale... anche se sono ancora lontana dalla perizia di Darian, quando si tratta di entrarvi.

Probabilmente, dovrei allenarmi di più. Non ho niente di meglio da fare con il mio 'incarico lavorativo' simile alla prigionia.

Mi siedo sulla sedia e vado nello Spazio Mentale, poi ne esco velocemente.

Lo rifaccio ancora e ancora, finché non mi riesce tanto bene su una sedia quanto nella posizione del loto.

Poi cerco di farlo in piedi... e funziona, ma ci vuole un po' più di tempo.

Mi esercito allora nel raggiungere lo Spazio Mentale in piedi, finché le gambe non mi fanno davvero male.

Adesso sono brava a farlo in piedi, tanto quanto da seduta.

Controllo il conto alla rovescia di Nero.

Mi resta un'ora.

Il tempo vola davvero, quando ci si pone un obiettivo.

Padroneggiare lo Spazio Mentale mi ricorda le ore spese negli anni per imparare la destrezza di mano. Anche quella pratica aveva fatto volare il tempo.

In piedi vicino allo schermo digitale, entro di nuovo nello Spazio Mentale, ma non ne esco.

Devo almeno tentare di dare allo schiavista il suo consiglio sull'azione.

Pensare a cose verdi e alla menta non funziona, cerco quindi di pensare a Nero felice, con l'idea che guadagnare soldi sia per lui fonte di gioia, eccetera.

Una forma si manifesta davanti a me.

È una cosa rossa a forma di fiocco di neve, a temperatura ambiente e dal sapore di caviale, che emana una musica sicura e melodiosa.

A quanto pare, non sono in pericolo di vita nella visione... altrimenti la musica sarebbe meno amichevole.

È un ottimo segno. I consigli sulle azioni, di solito,

non sono pericolosi. Almeno non per la propria sopravvivenza immediata.

Ingrandisco la forma qualche volta, assicurandomi che la visione collegata sia piacevole e breve. Non voglio consumare troppa riserva di potere in un colpo solo.

Soddisfatta delle dimensioni della forma, ordino al mio fascio etereo di toccarla... e precipito in una visione.

———

IL TEMPO SEMBRA RALLENTARE, mentre mi concentro sul volto di Nero, nascondendo alla vista tutto il resto.

Il mio pugno vola in avanti e, con mio completo sgomento, va a sbattere sulla sua mascella.

Nonostante il guanto, la mia mano urla di dolore.

Ma Nero sembra indifferente. È come se gli avessi appena dato un noioso suggerimento su un'azione, invece di commettere una violenza fisica aggravata.

No. *Ci sono* emozioni sul suo viso, sono solo ben nascoste.

Ha un'aria soddisfatta?

Cosa...

———

APRO gli occhi e mi ritrovo sempre in piedi vicino allo schermo digitale.

Mi guardo intorno furtivamente nella stanza, come se Nero potesse aver spiato in qualche modo ciò che è appena successo nella mia mente... o dovunque si siano manifestate le visioni.

Ho ottenuto *questo*, nel cercare d'invocare una visione di lui felice?

Io che do un pugno alla sua faccia compiaciuta?

Vuol dire che, sotto sotto, è un masochista? Se sì, visto quanto continua a farmi arrabbiare, forse nella mia visione abbiamo raggiunto un accordo a beneficio di entrambi?

Scherzi a parte, cosa stava pensando la futura me in quella visione? Chi dà un pugno all'uomo nero del mondo dei Conoscenti... nonché suo Mentore e capo?

Tra il sogno erotico di Darian e questo, comincio ad avere la sensazione che la me stessa del futuro non rifletta, prima di agire... non quanto farei io nei suoi panni. Che fine ha fatto l'essere più vecchi e più saggi?

Controllo il timer dell'incarico lavorativo.

Non è ancora finito.

Torno a sedermi sul cuscino e cerco di entrare nello Spazio Mentale.

E fallisco.

Ci ritento e fallisco di nuovo.

A quanto pare, alla fin fine, ho esaurito la mia essenza... almeno per ora.

Spero di ridiventare come nuova, domani.

Mi dirigo in cucina, mangio, e passo il resto del tempo con un mazzo di carte in mano, a ripassare le mie mosse preferite.

Quando l'odiato timer raggiunge finalmente lo zero, la grossa porta di metallo si apre, rivelando Nero.

Cammino fino alla porta, ma lui mi sbarra la strada.

Ci fissiamo come due cowboy sul punto di estrarre le pistole.

Batto le palpebre per prima. "Posso andare?"

"Il suggerimento sull'azione" dice. "Dammelo, e puoi andare."

Inspiro. "Dovresti buttarti su ML Macadamia Orchards." Sforzandomi di mantenere un'espressione seria, aggiungo: "Il ticker dell'azione è NUT."

"Oh, *questo* lo so" afferma Nero con espressione indecifrabile. "Quello che voglio sapere è: hai sfruttato il tuo tempo nella stanza in maniera produttiva?"

"Certo" rispondo, cercando di non pensare alla seduta nella Jacuzzi. "Assolutamente."

Si acciglia. "Sarò più specifico. Hai usato i tuoi poteri?"

"Oggi ho fatto dei bei progressi con i miei poteri" dico prudentemente.

Non posso dimenticare che quest'uomo è un esame del poligrafo su due gambe.

Il cipiglio aumenta, fino a socchiudere gli occhi. "Sarò ancora più specifico. Hai usato i tuoi poteri per indovinare il mercato delle azioni per me, oggi?"

"Sì" rispondo. "È così."

Ovviamente, l'ho fatto solo per un breve momento e ho fallito, ma spero che questo non faccia suonare falsa la risposta affermativa alle sue orecchie che riconoscono la verità. Se poi deduce che io abbia ottenuto il suggerimento su NUT tramite i miei poteri, e non perché mi sta facendo impazzire, è un problema suo, non mio.

Si rilassa.

Esalo un respiro, che non mi ero accorta di trattenere.

"Perché per te è così importante?" chiedo, ma non so perché m'interessi.

Con aria decisamente *meno* soddisfatta, solleva un sopracciglio.

"Rinchiudermi, intendo." Mi raddrizzo meglio. "Tutto per diventare più ricco, quando sei già ricco sfondato."

Mi si avvicina. "Offrirti l'opportunità di usare i tuoi poteri non è..."

"Non deviare il discorso su di me." Indietreggio di un passo.

"La tua auto sta aspettando" dice, e mi dà le spalle.

"Aspetta, quale auto?" chiedo, ma è già andato avanti.

Scocciata, lo seguo mentre cammina con quelle lunghe falcate.

Sto ansimando, quando entriamo in ascensore, ma ehi, almeno brucio uno degli spuntini.

Preme il pulsante per l'atrio, e noto che non ha bisogno della scheda speciale per uscire dal piano segreto, ma solo per *raggiungerlo*.

Saliamo in un silenzio astioso.

Poi, senza voltarsi, Nero dice: "Non si tratta di ricchezza."

"Guadagnare soldi non c'entra con la ricchezza?" Mi sgomenta che abbia davvero risposto alla domanda di prima.

I muscoli della sua schiena si contraggono. Soffoco la tentazione di fargli un piccolo massaggio, perché... cosa c'è che non va in me?

"Riguarda il potere" risponde, sempre girato da un'altra parte. "E il potere è sopravvivenza."

L'ascensore tintinna, prima che io possa dare seguito al discorso.

Nero esce a lunghi passi, così rapidamente, che sembra correre via da me.

Lo seguo, confusa. Il potere è sopravvivenza? E cosa significherebbe?

Persa nei pensieri, esco dall'atrio... e con un sonoro schianto, sbatto contro il solido corpo di Nero.

Se fossimo in un fumetto, scivolerei verso il basso, formando una pozzanghera per terra, ma in questa tangibilissima realtà, si limita a tenermi per le spalle, come per accertarsi che io rimanga stabilmente in piedi.

Non riesco che a chiedermi stupidamente: quando ha interrotto il suo passo svelto per voltarsi?

"Stai bene?" chiede in un sussurro, che è per metà un ringhio.

Recupero una parte sufficiente delle mie facoltà mentali per alzare lo sguardo su di lui, e mormorare con la gola secca: "Bene."

Dal barlume in quegli occhi grigio-azzurri, si capisce che ha rilevato la mia bugia.

"Questa è la tua auto." Nero mi fa voltare gentilmente verso la strada, e vedo che un'affusolata limousine è in attesa. "Ti porterà a casa."

Una limousine?

Questa è nuova.

Cosa...

"Mettiti qualcosa di sportivo, domani" dice Nero alle mie spalle.

"Scusa?" Mi volto per fissarlo.

"Ci vediamo in palestra alle sette" dice. "Non tardare."

"Cosa?" Cerco in lui qualche traccia di divertimento, ma non ne trovo.

"Un reggiseno sportivo sarebbe l'ideale" afferma... e stavolta, una punta di allegria ha forse sfiorato i suoi occhi. "Magari dei pantaloni da yoga?" Mi squadra da capo a piedi. "Sono sicuro che troverai qualcosa."

Inspiro a pieni polmoni, preparandomi per una filippica, ma prima di poterla sfogare, Nero si gira e torna nell'edificio a grandi passi.

Parlava sul serio?

Abiti da allenamento? Palestra?

A meno che... forse teme anche che io prenda peso, a starmene seduta tutto il tempo nella sua cella piena di cibi gourmet? In tal caso, è decisamente sbagliato, e probabilmente anche illegale.

Un autista delle dimensioni di un orco esce dalla limousine e mi apre la portiera.

Studio attentamente l'uomo, cercando di stabilire se sia veramente un orco.

Non ha l'aura, ma non l'avevano nemmeno gli orchi che lavoravano per Nero. L'autista, tuttavia, non ha nemmeno il volto truccato... un indizio molto più valido.

Per il momento, decido che è soltanto un umano molto corpulento.

"Grazie" dico, mentre entro nella macchina.

Si limita ad un cenno del capo e chiude la porta.

Non è in grado di parlare?

Non escludo che Nero sia capace di riservarmi un autista con un danno alle corde vocali o senza lingua.

Visto che il divisorio della parte anteriore è sollevato, non posso testare ulteriormente la sua capacità di parlare. Esploro invece l'ambiente.

La limousine è molto più elegante dentro piuttosto che fuori.

Mangio una cucchiaiata di caviale nero, mi verso un bicchiere di birra Vieille Bon Secours da 100 dollari al litro, poi guardo la TV sullo schermo grande e mi rilasso sull'ultra-comodo divano a esse, scoprendo che si tratta di una poltrona massaggiante full optional.

Una ragazza può farci l'abitudine, a questo tipo di pendolarismo.

Ci fermiamo prima del previsto. Non sembrava che stessimo procedendo così velocemente.

L'uomo grande e grosso apre la portiera e mi porge perfino la mano.

Preferendo ignorare la mano, mi isso fuori dall'auto e lo ringrazio... ma lui non risponde.

Nell'avvicinarmi al palazzo, vedo con sgomento che è stato completamente riparato.

La solita chiave apre la porta nuova senza problemi, e l'ascensore funziona bene come prima della mia collisione.

Raggiungo l'appartamento, pensando al potere che Nero esercita su tecnici e subfornitori.

Vorrei sfregarmi gli occhi, incredula, di fronte all'immagine che mi accoglie nell'entrare.

La gatta e il cincillà stanno dormendo accoccolati vicini in corridoio... come il proverbiale leone sdraiato accanto all'agnello.

Mi chiedo, però, chi dei due sia il leone: Lucifera, essendo la gatta, o Fluffster, capace di ridurti in mille pezzi?

Oltrepassando la strana coppia in punta di piedi, raggiungo il salotto.

Incuriosita dai rumori in camera di Felix, busso piano.

"Entra" dice Felix.

Un chip del computer scricchiola sotto il mio piede, quando entro.

"Amico" esclamo. "Che diavolo?"

Sembra che la fabbrica più grossa della Intel sia esplosa nella stanza in una serie casuale di transistor, cavi e un assortimento di altro hardware.

Felix posa il saldatore e mi guarda con un sorriso.

"Hai svaligiato RadioShack?" chiedo. "O era l'Apple Store?"

"Ho contrabbandato un po' di queste cose a

Gomorra" sussurra Felix con aria cospiratoria. "Sono andato a trovare Ariel e..."

"Ariel?" grido con tanta forza, che Felix freme. "Come sta?"

"Difficile dirlo. La stanno tenendo rilassata con vari metodi, ma come effetto collaterale non si sa bene fin dove arrivi la sua consapevolezza."

"Mi piacerebbe vederla" dico. "Possiamo andare insieme, la prossima volta?"

"Certo" afferma Felix. "Domani torno a casa presto, possiamo farlo."

"Cercherò di tornare presto anch'io" dico, accigliandomi. "Nero mi fa rispettare rigorosamente le otto ore, ma penso che, se comincio la giornata molto presto, dovrei farcela."

Passando dalle parole ai fatti, prendo il telefono e imposto la sveglia. Visita da Ariel a parte, non voglio sapere cosa succederà se non mi faccio viva in palestra alle sette in punto, come richiesto da Nero.

"A proposito di Nero." Felix abbassa lo sguardo sulle varie parti del computer sparse sul pavimento. "Cos'è successo dopo che hai riattaccato?"

"Niente" rispondo, e rimango improvvisamente affascinata dall'Armageddon di hardware per terra. "Sei piuttosto aggiornato in merito."

Felix è l'ultima persona a cui racconterei di aver visto Nero nudo, o del bacio.

"Ah." Alza lo sguardo. "Sembrava che ci fosse dell'altro."

"No. Buonanotte."

Scappo, prima che Felix mi faccia altre domande. Arrivata nella mia stanza, preparo la mia canottiera più carina. Poi seleziono dall'armadio un paio di pantaloni da yoga particolarmente belli, ispirati alle calze a rete... con dei buchi sui lati che mostrano una certa quantità di pelle.

Sarò abbastanza 'sportiva', così? Difficile dirlo, non sapendo cos'abbia in serbo per me Nero domani.

Qualunque cosa sia, ho la sensazione che non mi piacerà.

Oh, e se Nero mi sta solo facendo uno scherzo con questo outfit, la mia burla di rivincita sarà più devastante delle leggendarie cervella di pesce che una volta ho lasciato nell'armadietto di un bullo alle superiori.

So anche di cosa parlo. Comprerò un durione a Chinatown e lo lascerò a marcire in un angolino dell'ufficio di Nero. Quella roba ha un odore talmente cattivo, che una volta un'università australiana ha evacuato cinquecento persone, scambiando il tanfo pungente per una perdita di gas.

Mi metto a letto e sorrido, immaginando l'espressione dipinta sulla faccia di Nero, appena noterà lo svilupparsi del cattivo odore.

La sua super-velocità è abbinata anche ad un super-olfatto? Così, sarebbe anche meglio.

I pensieri maligni mi cullano finché non mi addormento, ma una volta tra le braccia di Morfeo, i miei sogni di vendetta su Nero diventano a luci rosse.

CAPITOLO UNDICI

LA SVEGLIA SUONA A TUTTO VOLUME.

Una creatura pelosa sfreccia sotto la mia coperta.

"Fluffster?" Mi sfrego gli occhi per scacciare il sonno.

Controllando sotto la coperta, vedo che *non* è Fluffster.

Lucifera mi guarda severa, con occhi che sembrano dire: "Questa coperta reale è proprietà di Sua Maestà. Perché viene usurpata da una contadina come te?"

La porta della stanza cigola, seguita dallo scalpitio di piedini sul pavimento.

La gatta nasconde la testa sotto la coperta.

Fluffster salta sul letto, squittisce, e insegue Lucifera con un balzo.

Confusa, mi districo alla svelta dalle vorticose attività degli animali pelosi sotto la coperta.

"Fluffster, che diavolo?" esclamo, mentre comincio a indossare i vestiti sportivi.

"Stiamo giocando a nascondino, come facevamo io e te ai vecchi tempi" risponde nella mia mente. "Se non tengo occupata questa bestia, distruggerà ogni ceramica costosa della casa."

Come per sottolineare le sue parole, corre via da sotto la coperta, con Lucifera letteralmente addosso alla coda cespugliosa.

"Certo" dico sottovoce, quando i sibili e gli squittii eccitati si spostano nella stanza di Ariel. "Lo fai solo perché sei un domovoi ligio al dovere, non perché *adori* giocare a nascondino."

Fluffster non risponde, perciò finisco di vestirmi, barcollo fino in cucina, e preparo da mangiare ai due che giocano.

Esco, prendendo un sandwich veloce da mangiare lungo la strada.

Non mi stupisco di vedere la limousine in attesa. Non sarei granché scioccata, nemmeno se scoprissi che è rimasta lì tutta la notte.

"Buongiorno" dico all'autista muto, mentre mi tiene aperta la portiera.

Annuisce e chiude la portiera dietro di me.

Lasciando perdere il mio sandwich, assalto lo snack bar.

La limousine mi lascia in ufficio, proprio mentre finisco di banchettare.

Pulendomi i residui di olio al tartufo dalle labbra, esco dall'auto.

Alcuni ex colleghi del mio piano mi lanciano strane occhiate, quando mi vedono uscire da un'elegante limousine, e altri fanno lo stesso notando il mio outfit.

Quando premo il pulsante del piano della palestra, i vicini di ascensore sembrano capire e fanno un cenno del capo. Penseranno che abbia un outfit adeguato in qualche armadietto.

Sono le 06:59 quando arrivo all'entrata della palestra. Nero è lì in piedi e fissa l'orologio.

Come me, indossa dei vestiti per esercizi, e sul suo corpo muscoloso stanno bene tanto quanto i soliti camicia e pantaloni eleganti. Se non sapessi che lavora nella finanza, lo riterrei un nuotatore o un ginnasta... o magari un campione di arti marziali. Tutto sommato, sembra anche troppo bello per...

"Sei in orario per un pelo" dice Nero, senza alzare lo sguardo e dissipando l'idea di 'bello'.

Come può sapere che sono io, se non solleva la testa? Ha sentito il mio odore?

"Buongiorno anche a te" rispondo pacatamente. "Cosa c'è in programma, oggi?"

Nero stacca gli occhi dal telefono e mi squadra dalle sneakers alla coda di cavallo.

Mi si avvicina.

Indietreggio di un passo.

Le sue narici si dilatano, e gli anelli limbari nei suoi occhi si allargano nel loro solito modo.

"Hai detto di mettermi qualcosa di sportivo" dico, lottando contro una strana sensazione di panico.

Un uomo si schiarisce la gola alle spalle di Nero.

Il mio capo si gira così rapidamente, da spaventare sia me sia il nuovo arrivato.

L'uomo ha l'aura dei Conoscenti e assomiglia a Po, l'eroe del franchise di *Kung Fu Panda*. Un'impressione ulteriormente confermata dai cerchi scuri attorno ai suoi occhi, simili a quelli di Zio Fester, così come l'evidente pancia rotonda nonostante la tuta sportiva bianca e nera.

"Quando siete pronti, sono pronto" afferma il nuovo arrivato, e perfino la voce combacia con il suo aspetto.

Esiste qualcosa come il panda mannaro?

Senza attendere risposta, lo sconosciuto torna in palestra.

"Andiamo" mi dice Nero da sopra la spalla, seguendo il tizio.

La palestra è deserta, mentre l'attraversiamo. Nero l'ha svuotata apposta per noi?

Ci fermiamo vicino alla stanza in cui, di solito, si tengono le lezioni, comprese quelle di yoga.

"Indossa questi." Nero mi porge delle ginocchiere imbottite, un casco da boxe, un paradenti, e un paio di guanti dall'aria vagamente familiare.

Infilo l'equipaggiamento e studio la stanza.

Qualcuno ha disposto a terra uno spesso tappetino, e l'uomo-panda è in piedi su di esso a gambe divaricate, in una posizione da arti marziali non diversa da quella che assumerebbe il suo equivalente orsino nel cartone animato.

"Sasha, lui è Bentley" dice Nero. "Bentley, lei è Sasha."

Saluto Bentley con il guanto a mo' di concorso di bellezza, e lui mi rivolge un sorriso con le sue guance tonde.

Nero gli lancia un'occhiata severa, e l'espressione dell'uomo ritorna seria.

"Bentley sarà il tuo istruttore di arti marziali" dichiara Nero, guardandomi in faccia. "Vista la tua tendenza a cacciarti nei guai, in qualità di tuo Mentore, ho deciso di fare in modo che tu possa badare a te stessa."

Wow. Se Nero alla fine si decide ad osservare i propri doveri di Mentore, capisci che le tue idiozie sono andate fuori controllo.

"Okay" dico, nervosa ed eccitata, salendo sul tappetino. "Come funziona?"

"Prima una valutazione" risponde Bentley, con il sorriso che ricompare ancora più largo. "Colpiscimi. Se ci riesci."

"Okay, Morpheus" mormoro, e avanzo verso l'avversario. "L'hai voluto tu."

Scarico un pugno verso l'abbondante pancia di Bentley.

La mia mano fende l'aria vuota.

Con un sogghigno ancora più ampio, Bentley è a mezzo metro dal punto in cui si trovava un attimo fa.

Anche se mi aspettavo qualcosa del genere da parte sua (essendo un istruttore di arti marziali, eccetera), l'ho comunque sottovalutato. Un errore che non intendo ripetere.

Alzo i pugni davanti a me per distrarlo, e do un calcio allo stinco di Bentley.

Il mio attacco, ispirato alla magia, fallisce.

La gamba di Bentley non è dove credevo che fosse.

"Ho detto di colpirmi, non di darmi un calcio" dice allegramente. "Ma in ogni caso..."

Cerco di colpirlo, prima che finisca la frase.

Si sposta prima che il mio pugno gli atterri sulla tempia.

"Smettila di *provare* a colpirmi, e colpiscimi." Mi fa l'occhiolino.

È uscito con Felix, prima di venire qui? Questa è la seconda citazione della scena preferita di Felix in *Matrix*.

Lo attacco... e fallisco.

E di nuovo.

E per altre quattro volte.

Gocce di sudore mi scivolano sulla fronte, mentre ansimo.

Con mio disappunto, Bentley sembra avere più fiato di un panda intento a mangiare una foglia di bambù.

Al tentativo successivo di colpirlo, intercetta il mio polso e, con una mossa appena accennata, mi fa cadere di faccia sul tappetino.

La caduta ferisce un po' più il mio orgoglio del mio viso.

Con un gemito, rotolo di lato e mi alzo in piedi, ansimando come la vincitrice di una maratona.

Nella mia visione periferica, Nero sembra scocciato.

"Sono a posto" dichiara Bentley. "Penso di aver finito con la valutazione."

Cerco una reazione in Nero, ma la sua precedente irritazione è stata sostituita da un'espressione gelida e indifferente.

"Comincerò insegnandoti uno stile di combattimento utilizzato dalle suore nei monti Jinto" dice Bentley.

Lotto per riprendere fiato. "Non sono forte in geografia, ma non ho mai sentito dei monti con questo nome."

"No?" Guarda Nero, come per dire 'cosa le hai insegnato fino ad oggi'? "Sono i più alti e sacri vulcani spenti di Voikomlya."

Mi stringo nelle spalle. "Ancora non mi dicono niente, purtroppo."

"È una delle Altre Terre" aggiunge Bentley, esasperato. "Le suore in questione si occupano di due attività, che tendono abbastanza ad escludersi a vicenda: l'autodifesa e il digiuno." Si massaggia la pancia, come per sfidare la sola idea di saltare un pasto. "Per questo, penso che sia uno stile perfetto per te. Non sei emaciata come le suore" mi squadra da capo a piedi, "ma sei piuttosto gracile, e il loro stile di combattimento dovrebbe calzarti a pennello."

Nero approva con un cenno del capo. Pensa anche *lui* che sia gracile? Perché non lo sono affatto.

"Innanzitutto, lascia che t'insegni la posizione" dichiara Bentley, avvicinandosi. Si ferma così vicino, che sento il sapore della pasta dei biscotti nel suo alito.

"Metti la gamba in questo modo" dice, afferrandomi una gamba coperta dai pantaloni da yoga, e la sposta in avanti.

Mentre posiziona l'altra gamba, le sue dita simili a salsicce mi solleticano la pelle attraverso i buchi dei pantaloni, e non riesco a non ridacchiare.

Nero incrocia le braccia sul petto, con l'espressione che diventa furiosa.

"Ora, le mani" continua Bentley, posizionandole come se fossi un insettoide. Dubito che riuscirò mai a ripetere il gesto da sola.

Poi si mette nella stessa posizione... che lo fa sembrare una coccinella bianca e nera in piedi sulle zampe posteriori.

"Butta il braccio in avanti, così." Esegue una specie di mossa di tai chi.

Ripeto il gesto al meglio delle mie capacità.

"No." Mi prende per il polso e muove il mio braccio, come se fossi una marionetta. "Così."

L'espressione di Nero diventa più cupa. Starà pensando che io sia una vera schiappa.

Ignorando il mio capo, ripeto il gesto... sforzandomi di mimare il movimento richiesto.

"Va meglio" dice Bentley. "Ma dev'essere più simile a questo."

Mi prende di nuovo per il polso, mostrandomi un'altra volta l'arco corretto.

Nero sembra sul punto di squartare orchi.

Maledizione. Qualcuno vuole *proprio* che io diventi brava nell'autodifesa a velocità doppia.

Sforzandomi in qualche modo di non attirare le ire del capo, ripeto il movimento con la massima cautela possibile.

"Bene. Finalmente" commenta Bentley. "Ora fa' questo con l'altro braccio."

Mi mostra una nuova mossa, che sembra addirittura più difficile.

Fallisco.

Bentley si avvicina e mi afferra il polso.

"Basta" ringhia Nero con tanta ferocia, da far sussultare sia me sia Bentley.

"La tua stessa posizione è scorretta" dice Nero a Bentley. "Dovresti metterti così."

Assume la posizione che Bentley mi stava insegnando, e devo ammettere che sembra molto più naturale, se viene eseguita dal mio capo magro e in forma.

"Non sapevo che conoscessi la tecnica." Bentley gli rivolge un sorriso nervoso. "Volevo solo..."

"Guardami" dice Nero, salendo sul tappetino.

Strascicando i piedi, Bentley si mette dove stava Nero prima, mentre il mio capo si rimette in posizione.

Faccio del mio meglio per imitarlo, e lo trovo più facile adesso che sto copiando Nero. Forse perché ai miei occhi piace vagare sui solchi di quei muscoli e su...

"Sposta la gamba sinistra di tre centimetri più indietro" sbraita Nero. "E solleva la mano destra di cinque centimetri."

Sarei tentata di dirgli che un 'per favore' sarebbe carino, ma seguo le sue istruzioni.

"Ora." Nero mi si avvicina, fino a una distanza tale che potrei schiaffeggiarlo. "Ripeti il colpo di prima, ma così." Esegue la propria versione della mossa di Bentley e, così facendo, sembra un cobra che colpisce un morbido topolino.

"Ti colpirò, se lo faccio adesso" dico, incerta.

"Se ci riesci, accrediterò diecimila dollari sul tuo conto corrente." Sogghigna. "Se non hai colpito Bentley, sono piuttosto al sicuro."

Bentley si schiarisce la gola. "Non so se mi paghi abbastanza per i maltrattamenti verbali."

Non aspetto che appianino le loro divergenze.

L'unico modo per ottenere i diecimila dollari è un attacco a sorpresa... anche se non conosco abbastanza bene quella mossa ad effetto. D'altra parte, Nero ha solo detto 'se ci riesci'. Non ha specificato che doveva essere un colpo nello stile corretto delle suore Jinto.

Stringo i pugni, mentre il tempo sembra rallentare. Tralasciando tutto il resto, mi concentro sulla faccia compiaciuta di Nero.

Il mio pugno vola in avanti e, con mio completo sgomento, va a sbattere sulla sua mascella.

Nonostante i guanti, la mia mano urla di dolore.

Aspetta un attimo. Ho avuto una visione di tutto questo, ieri.

Proprio come nella visione, Nero non sembra per niente ferito.

E come nella visione, c'è una punta di soddisfazione sul suo volto.

Guarda Bentley in modo eloquente.

Lui si stringe nelle spalle. "Non ha usato la mossa."

"Ma ha colpito *me*" replica Nero. "Con la motivazione giusta..."

"Ho i soldi?" chiedo.

"Un patto è un patto" risponde Nero. "Adesso, se ti va bene, ti offrirò la possibilità di guadagnare anche più soldi. Non devi fare altro che mandare a segno un altro colpo, ma nello stile corretto, almeno una volta questa settimana. Se ci riesci, ti darò dieci volte le tue vincite fino ad ora."

Resto senza fiato. "E se perdo?"

"Mi terrò i diecimila" risponde. "Che cosa rispondi?"

"Affare fatto" dico, e cerco di fregarlo con un pugno, imitando al meglio la mossa mostratami da Bentley... prima che le mie parole arrivino alle orecchie di Nero, mi auguro.

Il mio capo muove la testa in una maniera decisamente più rapida rispetto a Bentley.

Il mio pugno manca il bersaglio.

Poi, con un tocco così lieve da sembrare la carezza di un amante, Nero riesce a farmi perdere l'equilibrio, e crollo sul tappetino.

"La tua tecnica era pessima." Nero tende la mano per aiutarmi ad alzarmi. Mi lascio rimettere in piedi, fingendo di essere leggermente frastornata. "Ma meriti dei complimenti, per aver cercato di sfruttare l'elemento sorpresa."

Assesto di nuovo la mossa il più rapidamente possibile.

La testa di Nero non è dove si trovava un secondo fa.

In qualche modo, finisco ancora sul tappetino e, mentre giaccio lì per un attimo, una semplice verità diventa chiara: quel bastardo si è preso gioco di me. Ha *lasciato* che lo colpissi la prima volta, ben sapendo che, come una giocatrice d'azzardo, avrei inseguito quell'originario picco di dopamina. E il peggio è che conoscere il suo piano non rende meno allettante la prospettiva di colpirlo di nuovo... e non solo perché da ciò dipendono diecimila (o centomila) dollari, o per l'espressione compiaciuta sul suo viso.

Voglio imparare a difendermi.

Tende di nuovo la mano, e mi ci appoggio nel rialzarmi in piedi, poi provo a colpirlo all'addome... dato che non ha mai detto che dovevo mirare alla faccia.

Il suo addome non è dove si trovava un momento fa... e nemmeno la sua mano.

Cado per aver perso il sostegno.

Stavolta, la mia schiena urta il tappetino da una strana angolazione, svuotando dolorosamente l'aria dai miei polmoni.

"Ahia" ansimo, quando riesco ad emettere un suono. "Spero che tu abbia prenotato un chiropratico per dopo."

Nero s'inginocchia sul tappetino accanto a me, e mi studia da vicino con espressione illeggibile.

Sarebbe il momento ideale per stenderlo con un pugno, ma sto ancora cercando di riprendere fiato.

"Perché per un po' non impari la tecnica corretta" suggerisce Nero. "Così sarai avvantaggiata, quando eseguirai l'attacco a sorpresa... in più, è meno probabile che io ti veda, se arrivi a soddisfarmi con un buon comportamento."

Mi secca quando Nero ha ragione.

Ogni volta che ho bisogno di un nuovo gioco di destrezza per un numero di magia, ripeto i movimenti coinvolti fino a farli diventare istintivi. Colpirlo non è tanto diverso dall'ingannarlo con un numero, quindi la via da percorrere è il mio solito approccio da illusionista.

A partire da questo pugno da cobra, o come si chiama.

Con un grugnito, rotolo dall'altra parte e comincio ad alzarmi.

Mani forti si posano sulle mie spalle nude per aiutarmi.

Resto senza fiato di nuovo, e una calda elettricità pulsa attraverso il mio corpo.

Oh no. Non penserò a questo.

Scacciando le sensazioni indesiderate, mi metto nella posizione richiesta.

Nero mi si avvicina e mette la mano sulla mia gamba destra... presumibilmente per correggere la mia postura.

Perché, oh perché ho indossato dei pantaloni da yoga con i buchi?

Sento le mani callose di Nero sulla pelle sensibile delle cosce, e le arti marziali sono sempre più lontane dalla mia mente.

Come ignaro del mio disagio, Nero si mette a correggere la mia gamba sinistra... lasciandola formicolante e desiderosa di altre carezze.

"Piegati così." Mette una grande mano calda in fondo alla mia schiena e mi spinge delicatamente in avanti. "Dovresti sentire tensione dentro di te." Le sue dita mi sfiorano gli addominali... e in effetti comincio a sentire *qualcosa* dentro di me, ma probabilmente non quello che intendeva lui.

"Adesso le braccia" dice, e mi tocca la spalla destra, diffondendo calore liquido...

"Forse voi due dovreste prendere una camera?" dice Bentley, abbassando la lampo della tuta sportiva. Ha le guance in fiamme, e sembra che preferirebbe essere in qualunque altro posto.

Devono sentirsi così, i panda negli zoo... quelli costretti a guardare il porno per i panda come stimolo per aumentare la loro specie in via di estinzione.

Nero arretra di un passo e gli lancia una torva occhiata. "Sei licenziato." La sua voce è abbastanza tagliente da trafiggere. "Hai svolto un lavoro accettabile, scoprendo che stile dovrebbe imparare, quindi verrai pagato per questo, ma..."

Bentley schizza via dalla stanza, come inseguito da un incendio boschivo.

"Ora, dov'eravamo rimasti?" Nero mi studia.

Mi schiarisco la gola secca. "La posizione. Mi stavi facendo vedere come..."

"Esatto." Assume senza sforzo la posizione necessaria. "Stavolta colpisci l'aria."

Obbedisco.

"No" dice. "Così."

Il suo braccio muscoloso fende l'aria con un fruscio ben distinto. "Adesso tu."

Ci tento il meglio possibile.

Nero fa una smorfia. Avvicinandosi, mi prende il braccio e guida il movimento.

Deglutisco. Adesso che siamo soli, sento molto di più il suo tocco.

Sto mandando a monte i movimenti per farmi toccare?

No. È una teoria stupida.

"Concentrati" mormora Nero, lasciandomi andare. "In ogni arte marziale bisogna essere presenti... attenti e consapevoli."

"Giusto" gracchio. "Capito."

"Adesso rifallo."

Eseguo il movimento.

Approva con un cenno del capo, va nell'angolo della stanza e prende un paio di guanti da passata.

Credo che servano per rendere le cose più facili a me, e non a lui.

"Adesso colpisci uno di questi nello stesso modo" dice Nero, tenendo sollevate le mani coperte. "Fa' del tuo meglio per seguire la procedura, mentre ti muovi."

Colpisco il suo guanto destro, poi il sinistro.

Una goccia di sudore scivola dal mio viso dentro il reggiseno sportivo, e noto lo sguardo di Nero che la segue.

Arrossisco. A quanto pare, non sono l'unica a cui la situazione fa effetto.

Mi scuoto la sensazione di dosso e cerco di concentrarmi. Nero è distratto, quindi è il momento ideale per ottenere quei centomila dollari.

Fingendo di voler colpire i guanti, miro invece alla sua faccia.

Si china senza sforzo, poi sogghigna.

"Non male. Potresti riuscirci davvero. Ora continua a colpire i guanti."

Seguo il suggerimento, incanalando nei pugni tutta la frustrazione repressa.

In quanto ad allenamenti, questo è davvero ottimo.

O almeno spero che il battito cardiaco impazzito sia dovuto all'attività fisica, e non alla vicinanza di qualcuno.

Dopo qualche altro minuto, Nero approva con un grugnito.

Incoraggiata, ripeto il movimento, più e più volte, finché non sento i muscoli in fiamme.

"Stai migliorando" commenta Nero dopo altri minuti di faticoso esercizio.

Vorrei dire: "Mettiamo alla prova questa teoria?", ma scarico un pugno verso la sua faccia e non verso il morbido guanto.

Prima ancora di concludere il movimento, qualcosa

di simile all'intuito di guida mi dice che questo tentativo non andrà a buon fine, perciò tiro un pugno con l'altra mano, mirando a dove credo che finirà Nero per schivare il primo.

Il mio primo pugno colpisce l'aria, spingendomi leggermente in avanti.

Il secondo si ferma ad un nanometro dal viso stupito di Nero.

Significa che l'ho *quasi* centrato?

Non ho la possibilità d'indovinare la risposta, perché Nero mi dà un colpetto con il dito, proprio mentre riprendo l'equilibrio dopo il secondo pugno.

Agitando le braccia, comincio a cadere.

Se cado io, porterò il mio persecutore con me.

Trasformando la mia mano in un artiglio, afferro la maglietta di Nero durante la caduta.

Si sente un rumore di vestiti strappati, seguito da una debole imprecazione.

Urto di nuovo contro il tappetino con la schiena.

Nero cade su di me, ma riesce ad atterrarmi sopra con grazia nella posizione delle flessioni... con le braccia distese e le mani inchiodate sui miei polsi.

Il mio battito cardiaco va alle stelle e il respiro irregolare diventa supersonico.

Piega le braccia, come per sfoggiare le sue abilità con le flessioni.

Sta per baciarmi di nuovo?

Si ferma quasi alla distanza di un bacio, anche lui con il respiro rapido e i muscoli tesi sotto il grande squarcio che gli ho causato nella maglietta.

"Penso che per oggi sia abbastanza" mormora, dopo che ci stiamo fissando per quella che sembra un'ora. "Riprenderemo domani alle sette."

Balza in piedi a velocità soprannaturale, ma io rimango lì sdraiata per un paio di secondi, soprattutto per riprendere fiato.

Quando mi sento di nuovo semi-umana, accetto la mano tesa di Nero e mi alzo.

Rifare questo?

E pensare che, fino a ieri, la mia principale preoccupazione era di essere fuori forma.

CAPITOLO DODICI

ENTRIAMO nella mia cella di metallo e Nero imposta di nuovo il timer.

"Otto ore?" Quasi tento la fortuna con l'ottenimento dei centomila dollari, colpendolo in faccia in questo momento.

"Imparare le arti marziali fa parte del tuo percorso con il Mentore." Cammina verso l'uscita e aggiunge da sopra la spalla: "Per favore, preparami un consiglio su un'azione quando hai finito."

Lascia la stanza e, un attimo dopo, la porta impenetrabile si chiude.

Fisso il tastierino sul dispositivo della porta, ricordando a me stessa la dura punizione se cercassi d'indovinare invano la password.

Almeno, stavolta Nero ha detto *per favore*.

Non ricordo che l'abbia detto, prima.

In piedi con i muscoli doloranti, normalizzo il respiro per entrare nello Spazio Mentale.

Se funziona, posso testare nuovamente tutti i risultati di ieri.

Nel giro di poco tempo, mi ritrovo a fluttuare tra le forme.

Non ci è voluto molto sforzo. I miei poteri si sono chiaramente già ripresi, e riesco ad entrare nello Spazio Mentale anche se sto scomoda.

Come prima cosa, senz'altro ispirata da quel 'per favore', mi sforzo d'iniziare una visione sul mercato azionario, e proprio come ieri, invece di un'idea su un'azione, intravedo il mio prossimo allenamento con Nero.

È una visione noiosa, non faccio che colpire ripetutamente i guanti di Nero, come ho fatto oggi.

Uscita dallo Spazio Mentale, faccio scorrere l'acqua calda nella Jacuzzi e mi preparo uno spuntino.

Posso migliorare nelle arti marziali, se mi vedo mentre le pratico in una visione, come ho appena fatto? A logica, no: parte della pratica riguarda lo sviluppo della memoria muscolare, e sospetto che il mio corpo oggi non sia influenzato da ciò che accade al corpo della visione.

Dopotutto, nelle visioni sono stata ferita e uccisa, ma ne sono uscita illesa.

D'altro canto, una volta ho sognato di praticare una mossa di magia con le carte e, al risveglio, avrei giurato di essere migliorata tantissimo nella sua esecuzione. Ai tempi, l'avevo considerato un placebo, ma Felix aveva scovato degli articoli su atleti che praticavano il loro sport nei sogni e miglioravano.

Ho scartato troppo presto le scoperte di Felix?

In quanto a ciò, il sogno della mossa con le carte conteneva una visione?

Varrebbe la pena di approfondire qualunque modo in cui possa riuscire a colpire Nero.

A questo proposito, allenare i miei poteri di veggente è probabilmente la via migliore per arrivare a quei centomila dollari. Non devo fare altro che diventare così veloce nell'entrare nello Spazio Mentale, da riuscirci anche durante l'allenamento.

E perché no? Se Darian ci è riuscito durante uno scontro verbale, è ragionevole pensare ad un modo per farlo durante uno scontro fisico.

Mi viene in mente... quando Darian ha avuto quella visione davanti a Matilda, perché lei non se n'è accorta?

Oppure se n'è accorta, ma non ha detto nulla?

Seguendo l'intuito, imposto il telefono per registrare un video, mentre entro ed esco dallo Spazio Mentale.

Quando avvio il video, ottengo la mia risposta.

In qualche modo, raggiungere più rapidamente lo Spazio Mentale riduce o accelera l'effetto dei fulmini che colpiscono i miei occhi.

Devo avviare il video fotogramma dopo fotogramma, per riuscire a intravederlo. Una persona normale non l'avrebbe neanche notato.

Così va bene. Significa che, quando sarò in grado di accedere anche più rapidamente allo Spazio Mentale, potrei riuscire a usare i miei poteri davanti alle persone normali senza violare il Mandato.

Dopo lo spuntino e il bagno, torno nello Spazio Mentale e cerco di chiamare Darian.

Non sono fortunata.

Cerco allora di chiamare Rasputin, ma ancora senza risultati.

Peccato che lo Spazio Mentale non preveda messaggi vocali o scritti.

Durante il resto della permanenza nella mia prigione, mi alleno ad entrare e uscire dallo Spazio Mentale e riesco a ridurre ulteriormente i tempi di concentrazione di alcuni cruciali secondi.

"Qual è il consiglio sull'azione?" chiede Nero, quando sblocca la porta.

"BioTelemetry" rispondo, sforzandomi di non far trasparire il sorriso sulla mia faccia. "Sviluppano tecnologie per monitorare il battito cardiaco."

"BEAT?" Nero socchiude gli occhi. "Hai usato i tuoi poteri per me *oggi*?"

"Sì" rispondo sinceramente, lieta di aver cercato una visione relativa alle azioni.

"Posizione lunga o corta?" chiede, senza più alcun sospetto.

Mi viene in mente un flashback del bacio, e sono tentata di dire 'lunga'. E decisa, magari.

Arrossendo, mi rendo conto di quanti termini abbiano sottintesi sessuali nella finanza, quando hai un ricordo del tuo capo nudo. Oltre alla grandezza, c'è posizione, opzione doppia, spread, penetrazione del mercato...

"Beh?" chiede Nero, inarcando le sopracciglia.

"Corta" dico di getto.

Se il mio cuore ha dei battiti improvvisamente rapidi e brevi, perché la posizione nel BEAT non dovrebbe combaciare?

"Okay. Andiamo" conclude Nero, e mi guida fuori.

Pfiù. A proposito di lunghezze... quanto tempo ho, prima che lui perda dei soldi a causa dei miei consigli sulle azioni?

Entriamo in ascensore, e rimane voltato di spalle.

"Puoi dirmi *qualcosa* sui miei genitori?" chiedo. Credo che sia meglio farlo adesso, piuttosto che quando avrà perso un mucchio di soldi e ce l'avrà con me.

Il silenzio in ascensore è assordante.

Oh beh, almeno posso ritentare di guadagnare un bel bottino.

Senza alcun trambusto, indirizzo un pugno verso la parte posteriore della testa di Nero.

La sua testa non c'è più.

La mia mano assesta un forte colpo al pannello metallico dell'ascensore, e le nocche gridano di dolore.

"Ahia!" Tiro subito indietro la mano, lanciando a Nero uno sguardo furibondo, mentre l'ascensore si arresta con uno stridio.

Devo aver premuto il pulsante di stop.

"Fa' vedere" ordina, tendendo la mano verso il mio polso.

Con cautela, protendo il braccio, e cerco d'ignorare il modo in cui il suo tocco mi fa sentire, mentre tiene stretto il palmo nella sua grande mano.

Studia le mie nocche con l'attenzione di un chirurgo. Ma come posso sapere che non lo è? Dopotutto, è riuscito a capire uno stile di combattimento casuale che Bentley sembrava aver tirato fuori dal suo didietro da panda.

"Dovresti riprenderti" dice Nero, irrevocabile, e libera il mio polso. "Ma se domani dovesse farti male, puoi allenarti con le gambe invece dei soliti esercizi."

"Per favore, dimmi qualcosa sui miei genitori" sussurro, pensando di alleviare questa sofferenza grazie a qualche grado di compassione.

Nero scuote la testa.

Che stupida.

La compassione richiede empatia.

"Non me lo puoi dire?" chiedo, tentando un'altra strada.

Annuisce.

"Allora me lo *diresti*, se potessi?" continuo, ma non so bene perché sia importante. "Perché posso escogitare..."

"No." Nero distoglie lo sguardo e traffica con il pannello, riattivando l'ascensore. "Anche se potessi, non lo farei. Tira fuori di nuovo l'argomento, e raddoppierò il tuo incarico per il giorno successivo."

Trascorriamo il resto della salita in un silenzio arrabbiato. L'unico motivo per cui non tento di nuovo di colpirlo è il dolore alla mano.

Senza salutarlo, esco a lunghi passi dall'ascensore e sprofondo nella limousine.

Prendo un po' di ghiaccio dal bar, per applicarlo sulla ferita, poi prendo il telefono.

Ho una decina di messaggi da parte di Felix.

Cominciano ricordandomi gentilmente della nostra visita al centro di riabilitazione di Ariel, proseguono con una ramanzina per la mancata risposta, e infine mi rimproverano per il ritardo. Alla fine, alle sette di sera, Felix dice che andrà senza di me.

Gli mando un messaggio di scuse, ma non ricevo risposta per il resto del viaggio.

Quando entro nell'appartamento, la mano non pulsa più come prima, e riesco a muovere le dita senza dolore.

Lucifera mi accoglie vicino alla porta, con l'espressione più amichevole che abbia mai visto sul suo piatto muso peloso. "Ti tocca un onore, serva" sembrano dire i suoi occhi. "Devi nutrire Sua Maestà con i Fancy Feast, stasera. Va' a lavarti quelle luride mani e mettiti al lavoro."

Mentre verso il cibo per gatti nella ciotola, Fluffster mi raggiunge in cucina, e do da mangiare anche a lui.

"Com'è andata la giornata?" chiede mentalmente, e gliela racconto.

"Devi colpire Nero" dice, non appena ho finito. "Per tutti quei soldi, devi esclusivamente concentrarti sulla tecnica per colpirlo. Devi..."

Non ascolto il resto; anche se è tardi, vorrei darmi uno schiaffo per aver parlato di soldi al mio parsimonioso amico roditore.

Quando Fluffster rivolge l'attenzione al cibo, vado nella stanza di Felix, se per caso fosse tornato.

Dai rumori all'interno, sembra esserci, e busso timidamente.

"Sì?" dice Felix. "Chi è?"

"Chi sarà mai?" Infilo dentro la testa. "Scusa se non ho risposto ai tuoi messaggi. Nella mia solitaria camera di isolamento non c'è la rete, e Nero..."

"Non è un problema" dice Felix, senza alzare lo sguardo da ciò che sta saldando. "Non ti sei persa granché. Ariel sarà sotto controllo mentale per il resto della settimana. Hanno detto che potrebbero lasciarla pensare con la sua testa sabato prossimo."

Solleva il capo e mi studia intentamente.

"Ci sarò, costi quel che costi" dichiaro solennemente. "Non m'importa se dovrò..."

"Bene" dice. "Sono sicuro che ad Ariel piacerebbe vedere la faccia di qualche amico."

"Già" rispondo, e osservo infine la confusione nella sua stanza.

L'hardware del computer, prima sparpagliato disordinatamente, sta cominciando a riunirsi al centro della stanza... anche se non è ancora chiaro quale dovrebbe essere il risultato finale.

"Sto costruendo qualcosa di figo" dice Felix, seguendo il mio sguardo. "Guarda qua."

Getta una mano verso di me, e la massa informe dei pezzi che stava saldando poco fa imita il suo movimento.

"È come un braccio di metallo privo di pelle"

commento, esaminando l'accozzaglia di cavi che formano i capillari del braccio, un servomeccanismo idraulico che imita i muscoli, e i sottili montanti di metallo che fungono da ossa.

"Un braccio maestoso." Felix alza il pollice con la sua mano vera, e lo scheletrico braccio artificiale ripete il gesto.

"Sei in piena modalità Skynet, vero?" Sorrido. "Questo Terminator andrà nel passato ad uccidere la madre di chi?"

"Se io fossi Skynet, vorrei semplicemente che il mio robot correggesse le sue bevande con delle pillole anticoncezionali, o..."

"Ma sul serio" lo interrompo, ben sapendo che Felix potrebbe fingere di essere una maligna intelligenza artificiale per un po'. "Cos'è questo coso?"

"Lo chiamerò Golem" dichiara nella sua migliore imitazione del Dottor Male. Con voce normale, aggiunge: "È un robot che intendo controllare a distanza."

"E un robot da controllare a distanza ti serve perché...?"

"Perché non penso di poterti raggiungere fisicamente, la prossima volta che qualcuno si fa rapire" risponde, studiando le interiora metalliche di Golem sparse ai nostri piedi. "Ho fatto davvero dei brutti incubi."

"Oh" dico, sentendomi l'amica peggiore in assoluto. Non mi è venuto in mente di chiedere come stava, dopo aver assistito a tutta quella violenza... e avrei dovuto farlo. Lui non è un amante del sangue, e ne scorreva a fiumi. "In tal caso, è un'idea fantastica... anche se spero che non occorra."

"Che Golem mi serva o no, il lavoro mi tiene la mente impegnata." Stringe il pugno, e il braccio robotico lo imita.

"Dovresti parlare con Lucretia. E anch'io ci sono sempre per te, se vuoi parlare."

"Ho chiesto aiuto alla mia amica, la camminatrice dei sogni." Rilassa il pugno. "È sicura di poter scacciare quegli incubi... quindi dovrei essere a posto."

"Bene" dico, soffocando l'impulso di chiedergli se la sua amica potrebbe scacciare le immagini a luci rosse di Nero dai *miei* sogni. Non voglio rivelare a Felix l'esistenza di questi sogni. "Meglio che vada a letto. Domani mi aspetta un'altra lunga giornata." Sbadiglio, mentre pronuncio le ultime parole.

"Buonanotte." Anche Felix sbadiglia, poi sorride, e sia lui sia la sua creazione mi salutano con la mano.

Mi metto a letto il più rapidamente possibile, e scivolo nel sonno a tempo di record. Ma senza l'aiuto di una camminatrice dei sogni, Nero invade di nuovo i miei sogni.

E stavolta, sono molto più che a luci rosse.

CAPITOLO TREDICI

NEI DUE GIORNI SEGUENTI, mi alleno con Nero la mattina, e l'esperienza è brutale tanto quanto la prima volta. Ogni volta che tento di colpirlo in qualunque punto tranne i guanti, para il mio tentativo con quegli stupidi aggeggi. Alla fine, mi fa dei tiepidi complimenti sul miglioramento della mia forma fisica, ma ancora non riesco a colpirlo con un pugno da centomila dollari.

Anche la pratica dei miei poteri da veggente è un misto: invocare Darian e Rasputin non porta ad alcun risultato, ma riesco a raggiungere lo Spazio Mentale molto più rapidamente. In effetti, alla fine di giovedì vi entro con la stessa facilità dell'uso del Focusall, ma in maniera naturale.

Venerdì mattina, decido di giocare sporco. Prendo una delle ultime pillole di Focusall, nella speranza di poter entrare nello Spazio Mentale durante una sessione di allenamento con Nero...

avendo così la possibilità di vincere il grosso premio in denaro.

Dopo mezz'ora di pratica, sono certa che l'effetto del farmaco sia entrato in azione. Più concentrata, riesco ad eseguire le mosse così bene, che Nero mi fa il primo complimento dall'aria sincera.

"Grazie" dico, e colpisco i guanti con un altro pugno perfetto, e un altro, e un altro.

Nero sorride.

Sorride davvero.

Scacciando i sentimenti di tenerezza indesiderati, saltello con grazia attorno a Nero, finché l'orologio da parete è alle sue spalle. Poi cerco di raggiungere lo Spazio Mentale.

E fallisco.

"Tra qualche minuto, affiderò il tuo allenamento ad una professionista" annuncia Nero, distraendomi da un altro tentativo con lo Spazio Mentale. "Devo prendere l'aereo per l'Europa, oggi, e tornerò solo a metà della settimana prossima."

Smetto di prendere a pugni i suoi guanti e inarco un sopracciglio. "Se tu sarai via, chi mi chiuderà nella cella?"

"Userai il mio ufficio." Nero abbassa i guanti. "Mi accerterò che Venessa predisponga tutto."

Ridacchio. A Venessa verrà probabilmente un aneurisma, quando lui le dirà che un'umile analista si accamperà nell'ufficio del capo.

Poi ho un'illuminazione.

Affiderà il mio allenamento a qualcuno *tra qualche*

minuto.

Le mie possibilità di ottenere i centomila dollari stanno per volare in Europa.

D'altro canto, le sue mani adesso sono abbassate, e io non so colpendo quegli stupidi guanti.

Lo fisso, come in maniera interrogativa, ma in realtà mi costringo a concentrarmi sullo Spazio Mentale con tutto il mio potere.

Su, Focusall.

Su, allenamento instancabile.

Qualcosa nel mio cervello acquista un senso, mentre provo questa sensazione sfuggente, e alla fine ci riesco.

Salto nello Spazio Mentale durante un allenamento di arti marziali.

———

FLUTTUANDO NELLO SPAZIO MENTALE, fisso le forme che mi circondano.

Quasi per abitudine, cerco di chiamare Darian e Rasputin, ma non senza tormentarmi quando fallisco.

Non sono qui per questo.

Sono qui per avere i centomila dollari... però, non so proprio in che modo.

Questo, in realtà, non è vero.

Per una via traversa, posso invocare una visione dove combatto contro Nero. Qualunque sia il motivo, è successo tutte le volte che cercavo di ottenere un consiglio per Nero su un'azione.

Beh, vale la pena tentare, ma cos'ho fatto esattamente in quei casi?

Penso a forme verdi dal sapore di menta, poi a Nero felice, o a Nero avido, o...

Una nuvola di forme si palesa davanti a me. Ognuna di esse è una variazione di qualcosa a temperatura ambiente, arancio, e dal sapore di pesce. Ognuna di esse potrebbe essere generosamente definita un fiocco di neve, e quasi tutte emanano una musica sicura e melodiosa.

Ottimo.

Queste sono molto simili alla forma che mi ha causato la visione del pugno a Nero, l'altro giorno. Potrebbe essere la prova di una cosa che sospettavo da tempo, cioè che il contenuto della visione e la sua rappresentazione nello Spazio Mentale sono correlati?

Senza lasciarmi distrarre dalla metafisica, allungo il mio fascio etereo e tocco una delle forme.

————

IO E NERO stiamo facendo una gara di sguardi.

Sono le 07:59 sull'orologio dietro di lui.

Eseguo il movimento.

I guanti sono abbassati. Spero che lui schivi il colpo, ulteriore motivo per cui colpisco anche dove credo che finirà, perché è così che l'ho quasi centrato l'altro giorno.

Ma il quasi non paga centomila dollari.

Il volto dalla bellezza cupa di Nero è a pochi

centimetri da dove il mio secondo colpo fende l'aria.

Proprio come l'ultima volta, Nero fa qualcosa con la sua super-velocità, e cado sul tappetino...

———

ESCO DALLA VISIONE, prima di atterrare sul tappetino.

Era una visione della settimana prossima?

No.

I guanti di Nero sono abbassati, e stiamo facendo una gara di sguardi proprio come nella visione. Inoltre, l'orologio segna la stessa ora.

Senza pensare, lo colpisco come nella visione, ma al secondo colpo mi regolo per tener conto di quei centimetri cruciali.

La mia mano con il guanto tocca a malapena il volto di Nero, che comunque appare sbalordito, come se fossi riuscita a metterlo k.o.

"Ce l'ho fatta!" grido, muovendo vigorosamente nell'aria i pugni guantati. "I soldi sono miei."

Sorride di nuovo... stabilendo una specie di record. "Un patto è un patto" dichiara. "Meriti comunque un bonus per gli ultimi suggerimenti sulle azioni."

"Davvero?" mi lascio quasi sfuggire ad alta voce. Nero mi prende in giro? Non può aver guadagnato davvero dei soldi con NUT, o BEAT, o gli altri.

Gli ho consigliato quelle azioni per scherzo.

Nero guarda dietro di me e il suo sorriso svanisce. Raddrizzando la schiena, dice: "Sapevo che, se le avessi dato una motivazione adeguata, avrebbe..."

Qualcuno, per tutta risposta, applaude lentamente.

Mi giro per guardare la nuova arrivata.

È una donna dal viso scheletrico.

Mi guarda con un luccichio negli occhi marroni. L'aura la indica come un membro dei Conoscenti, e il suo corpo, simile a quello di una derelitta, potrebbe probabilmente comparire nei testi di medicina sotto 'anoressia'. La versione più magra di Twiggy sarebbe grassa, in confronto. Qualcuno l'ha maledetta come nel film *L'occhio del male*? Il top filato grezzo che indossa è così trasparente, che le si vedono i capezzoli, e i pantaloni mi ricordano quelli che portano i lottatori di sumo... ma se un lottatore di sumo diventasse così magro, probabilmente farebbe harakiri.

"Sasha, questa è Thalia" dice Nero. "Quando le cose non sono andate bene con Bentley, le ho chiesto di subentrare... ed eccola qui."

Giusto. Nero cercava l'esatto contrario di Bentley?

Thalia sale sul tappetino piuttosto vivacemente, considerando quanto sembri affamata.

Indica Nero, poi la propria bocca.

"Le mie scuse" le dice Nero, e scende dal tappetino. "Thalia ha fatto voto di silenzio" spiega, guardandomi.

"Sul serio?" Osservo la donna, che annuisce, sempre con gli occhi scintillanti.

"Non ti piacciono le persone che parlano, vero?" Guardo Nero. "Prima l'autista della limousine che non può parlare, adesso un'istruttrice di arti marziali che si rifiuta di farlo."

"Kevin *può* parlare." Nero incrocia le braccia sul

petto. "Gli ho detto di comportarsi come un professionista, quando sta vicino a te; presumo che tacere sia la sua interpretazione."

"Ma chi farebbe mai voto di silenzio?" Guardo Thalia, poi capisco. "Sei una delle suore, vero? Quelle che hanno inventato lo stile di combattimento che cercavo d'imparare?"

Thalia annuisce.

"Quindi, digiuno a parte, voi non parlate nemmeno." Scuoto la testa. "Ricordami di *non* iscrivermi."

Thalia ridacchia, quindi guarda Nero e gesticola con le mani, indicando i propri occhi, poi l'aura del Mandato, e infine la bocca.

"Penso che voglia che io ti dica, che non ti accetterebbero in ogni caso" afferma Nero, e Thalia approva. "Solo un Conoscente senza poteri può unirsi all'ordine Jinto."

"Oh no" dico, sarcastica. "Povera me."

Thalia incrocia le braccia affusolate sul petto.

"Se si lascia fare a te, riesci a turbare anche il tuo nuovo sensei" dice pungente Nero. "Decide Thalia quando puoi andare a casa, oggi. Ho sospeso il tuo incarico lavorativo, come extra ricompensa per quel pugno."

La suora gli lancia uno sguardo significativo, poi assume la posizione da combattimento che sto cercando d'imparare.

Vedendo lei in azione, metto in dubbio tutti i miei progressi. Quando lo fa Thalia, la sua posizione ricorda quelle femmine d'insetto a cui piace banchettare con gli sventurati maschi dopo il coito.

La suora continua, eseguendo un paio di mosse con una rapidità che sfida quella di Nero... tranne il fatto che lui ha una velocità soprannaturale, e lei teoricamente no.

"Penso che stia dicendo che ti lascerà andare, quando le piaceranno i progressi che avrai fatto oggi" dice Nero, impassibile.

Thalia annuisce con aria assennata.

"Non puoi assolutamente averlo dedotto da quello che ha appena fatto" replico. "Te l'ha scritto in precedenza, vero?"

Con aria colpita, Thalia pesca un cellulare dal suo indumento intimo dal look primitivo, e imita il gesto di mandare un messaggio.

"Intelligente" dico. "Ma ciò non viola lo spirito del voto di silenzio?"

Thalia si stringe nelle spalle, poi va nell'angolo della stanza, posa il cellulare, e infila un paio di guanti.

Oh-oh.

Quelli non sono guanti da passata. Ha intenzione di rispondere ai miei colpi?

Ma d'altro canto, quanto forte può davvero colpire? A guardarla, sembra che un forte vento possa metterla k.o.

"Devo prendere l'aereo" ci informa Nero. "Divertitevi."

Con mia sorpresa, mi rendo conto che non voglio che vada.

Non mi piace affatto l'idea di rimanere da sola con questa strana suora, credo.

Tutto qui.

Non mi mancherà di certo Nero, tra tutte le persone.

Thalia mi raggiunge e dà un pugno ai miei guanti con i propri, come in un rituale.

Poi si mette in posizione.

La imito anch'io.

Dopo avermi squadrato, scuote la testa con disapprovazione, e colpisce l'aria con la tecnica che ho praticato per tutta la settimana.

Ripeto il gesto.

Scuote la testa con meno disapprovazione e, sollevati i guanti davanti al viso, indica con uno di essi la mia faccia e con l'altro la sua.

"Vuoi batterti davvero?" chiedo.

Annuisce e m'indica di cominciare.

Cerco prudentemente di darle un pugno. Da un lato, so quanto sia veloce, ma dall'altro ho paura che, se il mio pugno andrà a segno, lei si spezzerà come il ramoscello che sembra.

La mia preoccupazione è superflua. La sua faccia non si trova dove ho colpito.

Ammicca, poi colpisce *me* in faccia.

Vedo delle macchie bianche ballarmi davanti agli occhi, poi crollo sul tappetino.

CAPITOLO QUATTORDICI

RIPRENDO i sensi e vedo che non sono nel mio letto. Questo è il tappetino e sono stata messa k.o.

Da una suora pelle e ossa.

Rimango sdraiata tanto a lungo che, se fosse un incontro di pugilato, l'arbitro avrebbe tutto il tempo di contare fino a dieci.

Nero ha mentito sul fatto che questa donna non abbia dei poteri?

Come può una persona dal tessuto muscolare così scarno mettermi fuori combattimento tanto facilmente... soprattutto con dei guanti imbottiti? La parte addirittura più misteriosa è che non sento nulla di rotto in faccia.

Non fa neanche più male... beh, tranne la profonda ferita al mio orgoglio.

Mi rialzo in piedi a fatica.

Lei mima una parata.

"Né Nero, né Bentley mi hanno insegnato a parare" dico.

Rotea gli occhi e mi mostra al rallentatore come parare.

La imito, e lei esegue di nuovo il colpo... molto più lentamente e con meno impatto, stavolta.

"Ricevere un pugno sul guanto è molto più piacevole che sulla mia faccia." Le sorrido.

Ammicca, poi colpisce di nuovo.

Cerco di parare, ma la sua mano entra comunque in collisione con la mia fronte.

Cado ancora con un tonfo sul tappetino, con le macchie bianche che ballano la stessa giga davanti ai miei occhi, ma non perdo i sensi.

Con le ginocchia tremanti, mi sforzo di rialzarmi.

Mi mostra di nuovo la parata, ma poi mi colpisce prima ancora che possa sperare di bloccarla.

Mi alzo. Di nuovo, incredibilmente, la mia faccia non sembra aver subito danni, ma comincia a venirmi il mal di testa.

Asciugandomi il naso, guardo la suora con occhi socchiusi.

Se nei paraggi ci fosse una cassa dotata d'intelligenza artificiale, chiederei la canzone 'Eye of the Tiger', perché mi sento come piombata in un film di *Rocky*... ma con le arti marziali inventate dalle suore.

Thalia corrobora la mia tesi, ripetendo l'intera serie di k.o. per almeno altre dieci volte. Ogni colpo è leggermente diverso dagli altri... perciò, anche quando riesco a mettere le mani in modo tale da bloccare il pugno precedente, non funziona.

Per tutta la trafila, Thalia ignora le mie lamentele, non da Rocky, sul crescente mal di testa.

Alla ventesima caduta, attraverso la confusione mentale che ora è diventata un'emicrania, ricordo i miei poteri e il Focusall che mi scorre in corpo.

Mi alzo e la guardo.

Mentre comincia ad ammiccare, cerco di entrare nello Spazio Mentale.

Niente.

Atterro di nuovo sul tappetino e lì rimango per un attimo.

È davvero uno schifo.

Nemmeno Rocky è finito a tappeto così spesso.

Quando mi rialzo e riprovo ad accedere allo Spazio Mentale, ricevo un altro pugno in faccia.

Forse devo normalizzare il respiro come misura preventiva?

Nonostante sia difficile farlo dopo così tante botte, rallento la respirazione e mi rialzo, affrontando la terribile suora.

Lei fa per ammiccare.

Raggiungo lo Spazio Mentale a metà strizzatina d'occhio e fluttuo lì dentro, godendomi l'assenza di mal di testa, che è un piacevole effetto collaterale del non avere una testa in questo posto.

Ora che sono qui, come inizio una visione che mi aiuti a vincere questo combattimento?

Devo pensare alla stanza per gli esercizi o alla mia snella aguzzina?

Come ha fatto Nero a convincere una suora delle montagne di un altro mondo a venire ad allenarmi? Tra il voto di silenzio e il digiuno, queste suore non mi sembrano donne che badano alle cose materiali. Se non con i soldi, come l'ha indotta a farlo?

Si manifesta una serie di forme, che interrompe le mie riflessioni.

Queste forme hanno un aspetto e un odore diversi da quelle che usavo per interagire con Nero, ma sono abbastanza simili da essere le loro lontane cugine.

Quando tocco quella più vicina con il mio fascio etereo, ottengo esattamente ciò che speravo.

Inclinando il corpo di trenta gradi, la suora mi colpisce, e comincio a cadere.

Esco di botto, prima di urtare il tappetino con la schiena nella visione.

Le mie mani parano istintivamente il colpo a cui ho appena assistito.

Il suo pugno atterra sui miei guanti, e lei mi guarda con approvazione.

Mi fa segno di colpirla.

Visto quello che mi ha fatto finora, adesso ho proprio voglia di mandare a segno un pugno, indipendentemente dalla sua fragile apparenza.

Mi correggo, *spero* che faccia male quando la colpirò.

Il problema è che, quando cerco di colpirla, lei non

mi para nemmeno. Si limita a schivarmi con la stessa rapidità di Nero.

Beh, dovrò semplicemente ricorrere alla stessa soluzione.

Ricomincio a colpirla e cerco di raggiungere lo Spazio Mentale.

Purtroppo, esso mi sfugge, quindi il mio pugno sibila completamente fuori bersaglio.

Mi fa la linguaccia come una bambina di cinque anni.

Se mi avessero detto che avrei voluto così disperatamente assestare un colpo nella stupida faccia di una suora, non ci avrei creduto.

Tento di nuovo di raggiungere lo Spazio Mentale, mentre scaglio un altro pugno.

Ancora niente.

Inspiro profondamente. Essere scocciati non è molto producente, con lo Spazio Mentale.

Liberando il respiro, mi concentro con tutte le mie forze... e ci finisco di nuovo dentro.

Ripeto tutti i pensieri della mia ultima visita, convocando delle forme quasi identiche senza molti sforzi.

Quella più vicina risolve il problema. Vedo dove sarà la suora, quando cercherò di colpirla.

Non appena la visione finisce, uso con la suora lo stesso metodo usato con Nero... tranne il fatto che il mio guanto la centra in piena faccia, compiaciuta fino a un attimo prima.

Sembra sbalordita.

Merda.

Ho forse esagerato?

Spero che non abbia bisogno del 911, altrimenti mi auguro...

Mi sorride.

Se il mio pugno le ha causato qualche dolore, non lo dà a vedere.

Sono così dannatamente toste anche le altre suore del suo ordine?

Mi fa segno di difendermi.

Eseguo, e vengo colpita come prima, ripetutamente, finché alla fine riesco a pararla tramite i miei poteri.

Poi mi chiede di attaccarla, e il copione è lo stesso.

Questo circolo di parate e pugni continua per quelle che sembrano le venti ore peggiori della mia vita.

Lei ignora le mie proteste sulla sete, e mi deride quando brontolo per la fame.

"Devo andare in bagno" mento, dopo aver bloccato un'altra volta il suo pugno.

Indica di colpirla in faccia cinque volte.

"Se ti colpisco per cinque volte, mi lascerai fare pipì?" chiedo, senza nascondere l'irritazione.

Scuotendo la testa, indica il pavimento.

"Se ti colpisco per cinque volte, mi lascerai andare a casa oggi?" dico con molta più speranza nella voce.

Annuisce.

"Okay." Calmo il respiro e raggiungo lo Spazio Mentale... che mi permette di assestare il primo colpo.

Gli altri tre seguono la stessa formula basilare, ma al quinto qualcosa va storto.

Non riesco a entrare nello Spazio Mentale, indipendentemente dall'intensità dei miei sforzi.

Oh, no.

Ho già esaurito i miei poteri?

Faccio del mio meglio per colpirla senza di essi.

Dopo un centinaio di fallimenti, tutto ciò che ottengo è di reggermi a malapena in piedi per lo sfinimento.

I miei muscoli sono mattoni di piombo congelati, e l'aria intorno a noi sembra essersi trasformata in melassa.

Sono scherzetti della fame e della sete, o agitare le braccia mi ha stancato fino a questo punto?

Peggio ancora, anche se prima ho mentito sul fatto di dover andare in bagno, la mia vescica adesso sembra poter esplodere da un momento all'altro.

Devo avere l'agonia dipinta in faccia, poiché la sensei rotea gli occhi e solleva i guanti a mo' di rimprovero.

Se potesse parlare, scommetto che direbbe: "Sei inutile. D'accordo. Colpiscimi e vattene."

Stavolta, le do un colpo leggero.

Roteando gli occhi, scende dal tappetino, si toglie i guanti e prende il telefono.

Le sue dita sottili danzano come se stesse scrivendo a qualcuno, mentre ritorna da me.

Con un ghigno, mi mostra lo schermo.

Dovrai fare di meglio, lunedì.

"M'impegnerò al massimo" replico. "Mi accerterò anche di fare una colazione super-abbondante, bere come un cammello, e probabilmente indossare pannolini per adulti" mormoro sottovoce.

"Questo è lo spirito" scrive con espressione inalterata. "Ci vediamo la settimana prossima."

Vado dritta in bagno con addosso ancora i guanti da palestra, e scopro quanto sia difficile abbassarsi i pantaloni con un handicap del genere. Imprecando, li tiro via, mi occupo delle mie faccende, e poi mi attacco al distributore di acqua fredda, quasi strozzandomi con quel liquido beatamente fresco.

Quando torno indietro per depositare i guanti, Thalia non è più in palestra.

Non volendo sfidare la sorte, corro alla limousine.

"Ciao, Kevin" dico al mio autista, apparentemente capace di parlare, quando mi apre la portiera. "Sai, non sarebbe molto professionale da parte tua non ricambiare il mio saluto."

"Salve, signora" dice, impassibile, con l'espressione vuota di un momento fa.

Credo che non sia professionale nemmeno far sentire vecchia una cliente, ma decido di discuterne quando sono meno affamata.

Balzo dentro e assalto il cibo del bar con una mano, mentre con l'altra tengo premuto in faccia un foglio di carta assorbente pieno di ghiaccio.

Quando entro barcollando nel mio appartamento, il sushi di tonno rosso che ho trangugiato in macchina raggiunge la mia pancia, facendomi venire voglia di strisciare a letto e perdere i sensi.

Controllo Fluffster e la gatta, poi saluto Felix con l'ultimo briciolo di energia.

"Vuoi che Golem ti porti in braccio?" offre Felix, quando vede le mie misere condizioni.

Il robot nella sua stanza, per metà finito, adesso sembra il vecchio modello di un Cylone di *Battlestar Galactica*. Un carapace di metallo gli copre il busto, le braccia e le gambe, ma non ha ancora la testa... ed è uno dei tanti motivi per cui rifiuto la generosa offerta di Felix e m'infilo a letto da sola.

Qualcosa di buono, almeno, è venuto da tutto quel brutale esercizio.

Il mio sonno è beatamente senza sogni... e quindi senza Nero.

CAPITOLO QUINDICI

MI SVEGLIO alle undici del mattino e ciondolo fino al bagno.

Nonostante non senta dolore al viso, controllo i lividi.

Non ne vedo.

I guanti di Thalia mi hanno protetto da eventuali segni?

No, i guanti non aiutano i pugili.

O le suore hanno sviluppato uno stile di combattimento che non causa danni, o Thalia in qualche modo ci è andata piano con me. Ma questa è un'idea spaventosa, in sé. Non vorrei proprio scoprire cosa sarebbe in grado di fare quando il gioco si fa duro, sia letteralmente sia metaforicamente.

Ho quasi concluso la mia routine mattutina, quando qualcuno suona al campanello.

Mi lego la cintura della vestaglia e vado a

rispondere… scoprendo però che Felix mi ha battuto sul tempo.

"Ciao, cari" ci dice Rose con un sorriso. "Sono tornata, e sono venuta a prendere Luci."

Come se aspettasse quel preciso istante, la gatta bighellona in corridoio, tenendo alta la testa pelosa.

Fluffster la segue con le spalle basse.

"Deve proprio andare?" chiede mentalmente.

"Temo di sì" risponde Rose con gentilezza. "Le manco da impazzire."

Guardo la placida espressione della gatta e di nuovo quella super-ansiosa di Rose, ma tengo la bocca chiusa.

Durante l'ora seguente, io, Rose, Felix e Fluffster ci trasformiamo in pastori di gatti, mentre cerchiamo di mettere la bestia nel trasportino. Ci riusciamo senza tragedie, ma gli incidenti includono un taglio sul polso di Rose e un bernoccolo, auto-inflitto, sulla fronte di Felix.

"Vi devo due brunch" dice Rose a me e Felix, una volta domato il mostro. "E ti porterò le fantastiche noci che ho preso durante il viaggio" dice a Fluffster.

"Affare fatto" afferma Felix. "Dovrai anche raccontarci della vacanza."

Povero, ingenuo Felix. Vuole *davvero* sapere delle scappate sessuali di Rose e Vlad? Perché scommetto che è questo il probabile nocciolo della loro vacanza.

"Prepariamoci per andare al centro di riabilitazione, così possiamo passare lì, una volta finito da Rose" dico a Felix, girandomi per tornare in camera mia.

"Mi serve qualche minuto" risponde Felix alla mia schiena.

"Certo" dico da sopra la spalla, ed entro nella stanza.

Una volta vestita, sfrutto i pochi minuti di Felix per pensare ad un numero di magia da eseguire per rallegrare Ariel... sempre se sarà cosciente e nelle condizioni di apprezzare queste cose, oggi.

Per impressionarla sul serio, dev'essere qualcosa di grande.

Un effetto riservato allo spettacolo in TV, che adesso non si realizzerà mai.

Esamino i miei cassetti, finché l'intuito, quasi da sensitiva, attira i miei occhi verso un cuscinetto pieno di aguzzi e lucenti spilli.

Bingo.

L'effetto in questione è una mia distorsione di un classico praticato da gente come Houdini. È raccapricciante e scioccante... perfetto per suscitare una forte reazione in Ariel.

L'unico motivo per cui lo riservavo all'ipotetico programma televisivo è che il pubblico normale (specialmente al mio lavoro al ristorante) non l'avrebbe apprezzato quanto Ariel.

Prendo l'occorrente, sostituisco il set da scasso inserito nella lingua con un dispositivo per questo numero, e configuro tutto secondo il progetto iniziale.

Decidendo che sia necessaria una ripassata veloce, vado verso lo specchio.

Durante la performance reale, farò esaminare gli

spilli per dimostrare che siano veri e li farò contare, ma per ora imito solo il gesto, allungando la mano.

Poi spalanco la bocca per mostrare che non c'è dentro niente... tranne un piercing alla lingua dall'aspetto innocente, è ovvio. Durante lo spettacolo in TV, avrei chiesto a un dentista di farlo, ma con Ariel le mostrerò solo sotto la lingua, le gengive e il palato.

A questo punto, i miei amici capiranno che potrebbe succedere qualcosa di raccapricciante, e strilleranno... Ariel per l'eccitazione e Felix per l'orrore.

Sorridendo nell'immaginare tutte le reazioni, infilo il primo spillo in bocca come un'affamata masochista.

Poi metto un altro spillo, e un altro, e un altro, finché il cuscinetto non sembra un porcospino pelato.

E poi arriva la parte migliore: mimo il gesto *d'ingoiare tutto*.

Quando lo faccio per davvero, spingo di più la recita, con vomito e un'espressione di dolore in faccia. Se mi ricordo di prendere dell'acqua durante il tragitto fino al centro di riabilitazione, la userò per mandare giù gli spilli come se fossero pillole.

Se ho fortuna, Felix a questo punto perderà i sensi. Ariel se la spasserà ancora di più, nel vedere *questo*.

Poi srotolo un filo appallottolato, taglio un lungo pezzo, lo 'ingoio', e faccio un'altra serie di espressioni di dolore.

A questo punto del numero, il percorso classico prevede di tirare fuori il filo dalla bocca... e rivelare che tutti gli spilli si sono in qualche modo legati al filo. Non ho mai capito appieno cosa si chieda allo spettatore di credere, davanti a questa scena, ma è veramente figa.

Questo è anche il punto in cui alcune versioni più recenti si discostano da quella classica. Per esempio, Criss Angel ha estratto il filo dal proprio stomaco in TV.

Parto dall'approccio classico e tiro fuori il filo dalla bocca con gli spilli già attaccati.

Quando sarà uscito e riuscirò a parlare, farò esaminare di nuovo la mia bocca e contare gli spilli... e allora scopriremo che, per qualche motivo, ne manca uno.

Mostrerò un'espressione scioccata, fingendo di vomitare per l'ultima volta e facendo perfino uscire del sangue dalla bocca... altra occasione per Felix di svenire.

Alla fine sputerò fuori uno spillo, che volerà dritto nel mio dito indice e lo bucherà.

Per davvero.

Farà male, ma la realtà della ferita al dito farà sembrare più sincero tutto quello che c'era prima.

Se Felix non sverrà a questo punto, verrà ufficialmente considerato guarito dalla debolezza di stomaco.

Faccio pratica nello sputo dell'ultimo spillo, ma centro il cuscinetto al posto del dito. Non voglio troppe ferite da puntura, quando Ariel osserverà le mie mani.

Lo spillo vola per davvero, e gli conviene: ho praticato questo esercizio di sputo degli aghi per ore sufficienti a vincere una medaglia d'oro... se dovessero mai includere uno sport così folle nelle Olimpiadi.

Impacchettando tutto ciò che mi serve per ripetere il numero a breve, raggiungo Felix e Rose per il brunch.

Come a volte succede quando devo mettere in pratica qualcosa di nuovo, sono presente solo parzialmente mentre mangiamo, e Rose ci racconta la versione con il bollino giallo del suo viaggio. La maggior parte dei miei cicli cerebrali è impegnata a fantasticare sull'imminente performance e sull'espressione di Ariel, quando la vedrà.

Mi rendo conto presto di essere davvero nervosa per l'esibizione. Desidero *molto* rendere felice Ariel, penso, almeno per qualche secondo, dopo tutto quello che ha passato.

Quando finalmente usciamo, non mi stupisco di trovare Kevin e l'elegante limousine in attesa di sotto.

Non mi scioccherebbe più di tanto sapere, a questo punto, che Kevin dorme qui. Comincio a pensare che Nero lo stia usando, per assicurarsi che io non mi cacci ancora nei guai. È un sistema per sapere che la sua gallina continuerà a fare le uova d'oro... anche quando gli suggerisce le azioni per scherzo, evidentemente.

Il viaggio fino al centro di riabilitazione è simile al brunch: la mia mente è concentrata sull'imminente deglutizione degli spilli, e tutto il resto diventa secondario, persino le maestose strade futuristiche di Gomorra.

"Aspetta qui. Vado a prendere Ariel" mi dice Felix,

quando entriamo nell'atrio della struttura, simile al bar di *Star Wars*.

"Certo" rispondo, mentre la vista di elfi, nani, orchi e una serie di altre creature esotiche mi distrae finalmente dalle riflessioni sulla performance.

"Sasha" dice la voce di Ariel vicino al mio orecchio.

Mi giro.

Ariel mi sorride e ha un bell'aspetto... come quello di una top model.

O meglio, di una persona che si è *curata*.

"Ehi, ciao" esclamo, non sapendo bene come si debba parlare ad un'amica in riabilitazione.

"Non dirmi 'ehi ciao'" replica con un sorriso più ampio. "Vieni ad abbracciarmi."

L'accontento volentieri, e abbracciarla fa sciogliere un'ansia radicata nel mio petto.

"Hai un buonissimo odore" mormora Ariel, sfiorandomi sensualmente l'orecchio con le labbra e mordicchiandolo. "Mi sei mancata."

"Cosa?" Allarmata, mi divincolo dall'abbraccio. "Io cosa?"

Inclina la testa.

I miei pensieri corrono a cento all'ora. La sua mente è ancora controllata da qualcuno... ma da un ragazzo adolescente arrapato, che vede con i suoi occhi e parla con la sua bocca come Baba Yaga? Oppure l'astinenza dal sangue di vampiro sta influenzando la sua libido e le preferenze sessuali? Adesso diventerà una sessuomane come Kit?

Aspetta un attimo.

"Kit?" dico severamente, guardando 'Ariel' con occhi socchiusi.

Sospirando, la donna davanti a me si trasforma nel malizioso Consigliere.

"Ariel non era in sé negli ultimi giorni, perciò non ho potuto interagire con lei e imparare gli schemi di comportamento adeguati" si scusa con la sua voce da personaggio dei cartoni animati.

"E pensi che sia *questo* il problema?"

"Sasha" chiama Felix senza fiato dietro di me, e mi volto, allarmata da una strana sfumatura nella sua voce.

Inspirando profondamente, dice in fretta: "Ariel non c'è."

Vengo assalita da un'ondata di terrore.

"Spiegati" ordina imperiosamente Kit, avvicinandosi a Felix.

"Stamattina non riuscivano a trovarla" risponde lui. "Hanno controllato le telecamere della sicurezza, e si vede Ariel sgattaiolare fuori da questo posto qualche ora prima del nostro arrivo."

"L'hanno lasciata andare e basta?" chiedo.

"Questa non è una prigione" dichiara Kit. "A meno che non accettiamo esplicitamente di essere tenuti dentro, possiamo uscire quando vogliamo."

"Avrebbero dovuto tenerla più a lungo sotto il controllo mentale." Felix si guarda intorno ad occhi socchiusi.

"Anche per questo esiste un protocollo" replica Kit. "Devono permetterti di agire secondo la tua volontà, se pensano che tu possa farcela."

"Ma non poteva, è chiaro" affermo in tono tagliente.

Kit sembra a disagio... un'espressione apparentemente estranea al suo viso. "Scusa per la mia infelice interpretazione di prima" mormora. "Non sapevo che fosse scomparsa e..."

Interrompo le sue scuse con un gesto, cercando di analizzare le implicazioni di questi sviluppi.

"Soffre di dipendenza" dico a Felix. "Quindi, a logica, possiamo presumere che vada a cercarsi una dose."

"Gaius" dice Felix, con il viso contorto dall'odio in una maniera che non è da lui. "Probabilmente, starà cercando quella testa di cazzo."

"Gaius?" Il sopracciglio sinistro di Kit si solleva ad un'altezza impossibile sulla fronte... di sicuro un trucco delle sue abilità di mutaforma.

"Ha drogato Ariel" spiego.

"O almeno, bere il suo sangue è il motivo per cui Ariel è finita in questo posto" aggiunge Felix.

Sto per alzare la voce con Felix per aver difeso Gaius, se è questo che intendeva, ma vengo fermata da qualcosa nell'espressione di Kit.

"Oggi è stato qui" dice, con le sopracciglia aggrottate così vicine, che quasi formano una croce. "Credevo che fosse venuto per me, ma adesso non mi sento più tanto speciale." Mette il broncio con le labbra a forma di cuore.

"Gaius è stato *qui*?" diciamo all'unisono io e Felix.

"Qualche ora fa" risponde Kit. "Mi ha raccontato di essere tornato da poco dalla Russia, e abbiamo flirtato un po'. Poi gli ho ricordato che oggi ho intenzione di lasciare questo centro, e ci vedremo a Brooklyn."

"Scusa?" Felix riesce a sembrare addirittura più confuso di me.

"Ho passato un'intera settimana di castità" si difende Kit. "I vampiri sono amanti insaziabili, perciò, quando uno dell'età di Gaius si offre per un'avventura..."

"La tua vita sessuale non ci interessa" la interrompo, poi prendo un respiro. "Vogliamo trovare Ariel, e tra loro sono successe delle cose."

"Secondo te, Gaius potrebbe essere andato a trovare Ariel, dopo averti incontrato?" chiede Felix a Kit.

"Facile" risponde. "Potrebbe averlo fatto o prima o dopo aver parlato con me."

"Come può essere stato vederlo, per Ariel?" domando, accigliata.

"Difficile." Felix mi mette una mano sulla spalla. "Come un alcolizzato che si trova davanti un lago di vodka."

"Più come dell'eroina non tagliata che parla e cammina" dice Kit con un'espressione esageratamente seria. "La sua forza di volontà sarebbe stata messa a dura prova."

Respiro per calmarmi. "Dobbiamo trovarla. Probabilmente, se n'è andata con Gaius, perciò possiamo cominciare con il localizzare *lui*." Lancio uno sguardo eloquente a Kit, che ricambia mostrando un'espressione sempre più meschina.

"Dove avrà luogo il tuo appuntamento con lui, di preciso?" chiede Felix. "Quando sarà?"

"*Potrei* farmi seguire passo a passo da voi, quando lo incontrerò più tardi." Kit si attorciglia i capelli decolorati attorno a un dito. "Possiamo fare tutti un'orgia, se volete."

"No, grazie, ma puoi portarci là lo stesso, per favore?" chiedo, ma una sensazione sempre più potente, ed estranea ai miei poteri, mi dice che il 'per favore' non servirà a niente.

Infatti, lei risponde: "Avrò bisogno di un favore, in cambio."

"Non stringo patti per favori generici" affermo, decisa, e Felix approva con un cenno del capo. "Devo imparare dagli errori, eccetera."

"Che tristezza." Kit molla la presa sui capelli. "Non so come potreste localizzare Gaius senza di me." Trasformandosi in un'anziana signora, aggiunge con voce stridula: "E se state pensando di seguirmi appena me ne andrò da questo posto, dovreste ricordare che posso assumere le sembianze di chiunque."

L'idea di seguirla mi è passata per la testa, in effetti, ma ha ragione. Può mescolarsi in una folla meglio di una spia addestrata.

"Puoi comunque ottenere un favore" dico. "Dobbiamo solo concordarlo prima."

"Non è così divertente." L'anziana Kit mette il broncio.

"Che ne dici di una visione, prima o poi?"

suggerisco. "Posso recuperare dieci minuti di futuro per te."

Solleva un sopracciglio argenteo, e la sua fronte viene attraversata da profonde rughe.

"Oppure qualcosa con i computer" interviene affabile Felix, e lei arriccia il naso per il disgusto.

"Va bene." Kit si ritrasforma in se stessa, più giovane. "Una visione può andare, più un'altra inezia. Mi serve un posto in cui sistemarmi per qualche giorno."

"Davvero?" Felix la squadra, incredulo. "Sei un Consigliere. Non hai una villa signorile da qualche parte?"

"È complicato." Kit osserva le futuristiche piastrelle del pavimento dell'istituto. "C'è una persona... che chiamerò 'abilitatore'... non molto adatta alla dipendenza che sto cercando di dominare."

"E l'avventura con Gaius... anche questa non nuoce alla tua dipendenza?" è la frase che *non* pronuncio, né le chiedo come sia riuscita a trovare qualcuno con impulsi sessuali più potenti dei suoi... sempre se sono questi a rendere 'l'abilitatore' tale. Ma lui/lei potrebbe essere solo un succubo o qualcosa di simile. Avendone conosciuto uno, so come si può diventare dipendenti dal sesso con un succubo in circolazione.

E a proposito di Conoscenti che si trasformano in sessuomani... come mai non so ancora che cosa sia Nero?

"Puoi dormire sul divano del nostro salotto" dice Felix a Kit. "Penso che ci starai."

"Non vi accorgerete nemmeno della mia presenza" dice lei, e riduce la propria altezza di trenta centimetri... credo per dimostrarci cosa farebbe, se il divano fosse troppo piccolo.

"Certo" commento, incapace di scrollarmi di dosso la sensazione di essere stati superati in abilità in questa trattativa. "Quando lasci il centro?"

"Che ne dite di adesso?" Torna ad assumere le dimensioni normali. "Muoio dalla voglia di mangiare pizza cotta in un forno a legna, e c'è un posto perfetto proprio vicino alla nostra destinazione."

Senza attendere le nostre opinioni, si dirige verso la porta.

"Credo che non debba fare il check-out normale" sussurro a Felix, seguendola.

Si stringe nelle spalle.

Una volta fuori, Kit ha già pronta per noi una macchina, quindi saliamo e ce ne andiamo via.

Felix chiede a Kit della riabilitazione, e lei va in estasi per quel centro come uno spot pubblicitario. Dopo un minuto, smetto di ascoltarla perché mi viene in mente una cosa.

Ho io stessa un modo per localizzare Ariel: il mio potere.

Stabilizzando il respiro, scivolo nella concentrazione necessaria... e mi ritrovo nello Spazio Mentale.

____

FLUTTUANDO TRA LE FORME, mi chiedo se sia il caso di chiamare Darian, ma decido che Ariel ha la priorità.

Quindi, come posso avere una visione su Ariel?

Penso a lei, ma non cambia nulla.

Merda. Prima sembrava funzionare.

A meno che non debba pensare a lei più intensamente, e non solo al suo nome?

M'immagino la sua bellezza perfetta. Ricordo la sua tenerezza con me e Felix, e la sua ferocia da mamma-orsa quando qualcuno cercava di farci del male. Riesco quasi a rivivere l'eccitazione puerile sul suo viso, quando concludevo uno dei miei numeri di magia. Un sorriso sfiora le mie labbra inesistenti, mentre penso alla sua ossessione per Batman. In fondo, Ariel è decisa, spontanea e avventurosa, ma anche lei ha un lato oscuro, come la dipendenza...

Una nuova serie di forme compare davanti a me.

Significa che ciò che ho appena fatto ha funzionato?

Allargo la visuale, per accertarmi che la visione sia breve, poi tocco la forma più vicina.

Vorticando dentro di essa, mi preparo a capire in che pasticci si sia cacciata Ariel, stavolta.

CAPITOLO SEDICI

SONO SENZA CORPO, e significa che sto avendo la visione di un momento nel tempo in cui non sono presente.

La stanza è piccola e semplice: solo quattro pareti di cemento senza finestre e una porta bianca.

Con una placida espressione di meditazione, Ariel è seduta su una sedia di metallo ad occhi chiusi, da sola.

Tutto qui.

Continua a rimanere seduta.

———

TORNO DI SCATTO alla realtà del viaggio sull'auto futuristica, sempre con il sottofondo delle chiacchiere di Kit e Felix.

Non si sono accorti del mio spostamento nella visione... prova del fatto che i fulmini sulle mie mani stiano diventando troppo rapidi per essere visti.

Cosa significava la visione?

Perché Ariel era seduta in quel modo?

Stava meditando?

In tal caso, perché farlo in una stanza così noiosa?

Provo una stretta al petto. E se Baba Yaga l'avesse rapita un'altra volta? Gli occhi di Ariel sarebbero stati completamente neri, se li avesse aperti in quella visione? Sarebbe stato un segno rivelatore del controllo di Baba Yaga.

Oppure Ariel stava meditando e basta.

Non so nemmeno *quando* si verificherà quella visione. Anche se di solito prevedo un futuro ravvicinato, potrei aver intravisto qualcosa relativo all'anno prossimo, o successivo.

"Ehi, Kit" interrompo Felix a metà frase. "Ci sono stanze per meditare nel centro di riabilitazione?"

"Certo" risponde. "Tantissime."

"Come sono fatte?" chiedo, speranzosa.

Descrive quella che sembra una spa, e mi acciglio.

Felix mi lancia un'occhiata perplessa. "Perché chiedi questo?"

Sospirando, racconto a entrambi della mia visione.

"Devi averne un'altra" dice Kit. "Vedere se in quella apre gli occhi."

"O risparmiare i tuoi poteri in caso di emergenza" suggerisce Felix. "Se hai visto un futuro lontano, significa che Ariel sta bene e che abbiamo tanto tempo a disposizione per aiutarla. Se è un futuro prossimo, sarebbe utile trovare Gaius. Non può essere una coincidenza, che sia scomparsa proprio quando si è fatto vivo lui."

Maledizione. Hanno ragione entrambi.

"Tenterò con un'altra visione breve" dico. "Così posso provare a vedere i suoi occhi *e* tenere un po' di essenza di scorta per dopo."

Passando dalle parole ai fatti, entro nello Spazio Mentale e mi soffermo di nuovo su Ariel.

Si manifestano delle forme quasi identiche a quelle di prima.

Ottimo. Dunque, avere una visione su una persona specifica è simile a convocare un altro veggente... mi basta pensare alla loro 'essenza'. Ma come posso focalizzare un luogo e un tempo specifici?

Dovrò chiedere a Darian, quando lo risentirò.

Per adesso, mi limito a toccare la forma più vicina... ottenendo la stessa, identica visione di Ariel lì seduta, con gli occhi chiusi fino alla fine.

Appena esco dalla visione, condivido la frustrazione con Felix e Kit.

"Per quanto ne sappiamo, Ariel ha un posto segreto e appartato per meditare" mi rassicura Felix.

"Già" commenta Kit. "Questa visione, apparentemente identica, potrebbe ritrarre lei mentre si rilassa pacificamente fra un mese."

"Forse" dico. "Vorrei soltanto poter vedere i suoi occhi."

L'auto si ferma e scendiamo, dirigendoci verso l'imponente edificio con l'hub in cima.

Durante il percorso, Kit e Felix mi fanno desistere

dal cercare altre visioni, finché non avremo delle risposte da Gaius.

Kit, piuttosto, vuole sapere tutta la storia fin dall'inizio, e io mi arrendo. Quando raggiungiamo il portale per la Terra, arrivo al punto in cui mi trovavo di fronte al Consiglio.

"Eri lì per il procedimento" affermo, mentre ci addentriamo nei labirintici corridoi dell'aeroporto JFK.

"Già, e giusto per fartelo sapere, ho votato per espellere Chester dal Consiglio" dichiara in modo pratico. "E ho votato contro l'assegnazione del nuovo posto vacante a Baba Yaga. Da quanto ho capito, non è nemmeno amica tua?"

"Grazie" rispondo. "L'ultima cosa di cui abbiamo bisogno è Baba Yaga nel Consiglio."

"Purtroppo, è solo questione di tempo, prima che quella donna ottenga ciò che vuole" dice Kit. "È tenace e potente, perciò l'unica speranza è che non viva abbastanza a lungo da vedere un altro posto vacante. Succede molto raramente, ma in quel caso sarebbe la candidata più forte."

"Non va bene" mormoro.

"Già" commenta Kit. "Ti conviene andarci piano con il ruolo di Mentore di Nero. Finché resterai sotto la sua ala, non avrai alcunché da temere."

Ottimo.

Schiava di Nero per sempre.

Proprio quello che mi ci vuole.

"Chi si è aggiudicato il posto, allora?" chiede timidamente Felix.

"Hekima" risponde Kit. "Tra il fatto di essere un illusionista e di dirigere l'Orientamento da così tanti anni, meritava questo onore."

Interessante. Ecco perché i miei compagni di classe sembrano temere il Dottor Hekima... e per me, la paura di un adolescente significa rispetto.

Quell'uomo, adesso, è nel Consiglio.

"E cos'è successo dopo?" chiede Kit. "Dopo la Grande Festa?" Mi fa l'occhiolino... credo per ricordarmi di quando mi ha baciato con l'inganno.

Le racconto apertamente il resto della storia, mentre attraversiamo i passaggi segreti, ma quando ci mescoliamo alla folla degli umani, la mia versione censura ciò che riguarda i Conoscenti.

Raggiungiamo la limousine.

"Dove andiamo?" chiedo ad alta voce a Kit, abbastanza da farmi sentire da Kevin.

"One Hotel" risponde. "Proprio accanto al ponte di Brooklyn."

Kevin annuisce e ci raduna nell'auto, dove tra spuntini e drink racconto a Kit il resto della mia storia.

Parcheggiamo vicino ad un hotel appariscente, lasciando Kevin in attesa mentre saliamo gli scalini di granito.

Mentre Kit parla con il portiere, osservo attentamente l'atrio in stile industriale, ricco di piante. Le uniche persone nell'atrio sono due specie di buttafuori, seduti a un tavolo che sembra provenire da un fienile.

Questo posto potrebbe avere una stanza come quella nella mia visione?

A giudicare dall'arredamento rustico e chic, sarebbe fattibile.

"Gaius non è ancora arrivato" ci informa Kit con una bella dose d'irritazione. "Sarò anche in anticipo, ma…"

"Possiamo aspettare" afferma Felix, alzando lo sguardo dal telefono. "Il sito internet dice che c'è una piscina sul tetto, con vista su Manhattan e sul ponte di Brooklyn."

"Preferirei mangiare quella pizza." Kit si guarda intorno. "Dopo essere andata alla toilette, intendo."

"Il bagno è di sotto" afferma il portiere. "Si può scendere con l'ascensore."

Seguiamo le indicazioni, e il bagno al piano di sotto è sorprendentemente unisex.

"Intelligente" commenta Kit, prima di entrare.

Felix osserva l'entrata, sospettoso. Sentendomi un po' dispettosa, lo prendo per un braccio e lo trascino dentro.

I suoi occhi si spalancano, come se stessero guardando negli spogliatoi di uno strip club, ma per me questo bagno unisex assomiglia molto ad una normale toilette per donne. Devono essere le alte e spesse pareti degli scompartimenti singoli, a rendere il posto 'neutro' dal punto di vista del genere.

"Ci vediamo tra un secondo" dico, ed entro nello scompartimento più vicino alla porta.

Felix brontola qualcosa d'incomprensibile, ma sento

sbattere la porta di un altro scompartimento, quindi presumo che lo stia utilizzando anche lui.

Finite le mie cose, mi alzo... ma poi la madre di tutti gli orrori da sensitiva mi sorprende con le brache in mano.

Letteralmente.

Tirati su i pantaloni, mi preparo ad uscire, ma l'orrore sale alle stelle.

Okay. Non è ancora il momento di andarsene. Non prima di capire quale sia la causa di tutto questo.

Se le mie avventure finora mi hanno insegnato qualcosa, è di fidarmi di queste sensazioni e rispettarle.

Poi ho un'illuminazione. A differenza delle altre volte in cui mi trovavo in situazioni simili, ora ho un grosso vantaggio.

Posso generare delle visioni proprio qui, nell'accogliente scompartimento del bagno.

Normalizzando il respiro, chiudo gli occhi e cerco d'invocarle.

La concentrazione necessaria arriva a tempo di record, e mi ritrovo nello Spazio Mentale... circondata da forme dal suono terrificante.

CAPITOLO DICIASSETTE

DEVO SOLO TOCCARNE UNA, o cercare di concentrare la visione sul presente, in bagno?

Potrei pensare all'essenza di Felix. Se è in bagno con noi e ho una visione del suo futuro, avrò anche una visione del mio futuro immediato.

Ovviamente, potrei anche scoprire cosa fa Felix, quando rimane più a lungo sotto la doccia... e rimanere segnata a vita.

La buona notizia è che adesso ho tempo per pensare, perché in pratica ho fermato il flusso di tempo all'esterno: significa che, qualunque sia il pericolo, diventerà un problema solo quando uscirò dallo Spazio Mentale, non prima.

Scelgo la soluzione più attiva e invoco l'essenza di Felix. Ricordo la sua natura gentile e affettuosa, la sua mente analitica, l'efficienza con cui affronta ogni problema che incontra, il suo lato pettegolo...

Ma non importa quanto impegno ci metta, le forme attorno a me non si muovono.

O non ho colto correttamente l'essenza di Felix, o le forme presenti sono già quelle di cui ho bisogno. Ciò implicherebbe che il mio subconscio abbia già fatto qualcosa di simile all'azione che ho appena compiuto consapevolmente.

Se avessi un corpo, tremerebbe di aspettativa, mentre mi protendo verso la forma più vicina con il mio fascio etereo.

———

ESCO DALLA CABINA.

Gli uomini simili a buttafuori entrano in bagno, fermandosi vicino alla cabina che ho appena lasciato.

Qualcosa in questa situazione mi sembra decisamente strano... qualcosa che va oltre il fatto di vedere degli uomini nel mio stesso bagno.

Come me, anche loro sembrano in qualche modo confusi. Magari non si sentono completamente a proprio agio, nel vedere una donna in bagno?

Aspetta un secondo.

Se sono i buttafuori di questo hotel, dovrebbero essere abituati a questa situazione della toilette.

Infatti, non ho alcuna prova del fatto che siano dei buttafuori. Con quei muscoli guizzanti e le facce da foto segnaletiche, potrebbero essere facilmente dei criminali russi al soldo di Baba Yaga.

Merda. Se strappassi via i loro occhiali da sole,

vedrei degli occhi completamente neri, oppure Baba Yaga non ha bisogno di controllare la mente della maggioranza dei suoi gangster?

La quarta cabina della toilette si apre, e Kit ne esce con grazia.

Nel vederla, i gorilla sembrano riscuotersi dal momentaneo stordimento.

Nel lasso di tempo in cui penso 'sono morta', i due infilano le mani grassocce nella tasca dei loro completi ed estraggono delle pistole più grosse della mia testa.

Prima che io o Kit riusciamo a sbattere le palpebre, fanno fuoco.

CAPITOLO DICIOTTO

VORTICO FUORI DALLA VISIONE, e il mio battito cardiaco già accelerato s'impenna, mentre un piano disperato prende forma nella mia testa.

Sblocco la porta della mia cabina e la apro appena appena.

Dopo un paio di secondi carichi di ansia, entrano i due uomini.

Si fermano vicino alla mia cabina... proprio come nella visione.

Ogni muscolo del mio corpo si contrae nell'attesa. Se commetto un errore, Kit è spacciata.

La cabina di Kit si apre... come avevo previsto.

Gli uomini infilano le mani in tasca.

Dopo un respiro profondo, do un calcio alla porta della cabina con tutta la forza possibile.

Si sente un suono di metallo che sbatte contro le piastrelle, e vedo i due gorilla gemere vicino ai lavandini.

Kit scompare dentro la sua cabina.

Chiamando a raccolta tutta la pratica fatta con Nero e Thalia, eseguo la mossa di arti marziali che ho imparato.

Le mie nocche urtano con forza l'imponente mascella dell'uomo più vicino.

Si sente qualcosa spezzarsi.

Ignorando il dolore alla mano, colpisco di nuovo l'avversario... che si piega in due.

Un alligatore lungo più di quattro metri sgambetta fuori dalla cabina di Kit e balza verso il secondo uomo, ad una velocità che non ci si aspetterebbe da un mostro così grosso.

Soffocando l'impulso di sfregarmi gli occhi, do una ginocchiata in faccia al mio avversario piegato in due.

Le fauci dell'alligatore schiacciano il busto dell'altro tizio, e i denti giganti penetrano nel corpo dell'uomo come ottanta pugnali affilati.

L'uomo che ho appena colpito rotola sul fianco.

"Vuole prendere la pistola!" grido a Kit/l'alligatore, che molla la presa sull'avversario morto e attacca il secondo.

Il sicario afferra la pistola e spara senza mirare.

Il colpo è attutito. Ecco perché l'arma sembrava così grossa: dev'essere dotata di silenziatore.

Il proiettile colpisce la parete sopra la cabina centrale, e schegge di piastrelle volano in ogni direzione.

L'uomo punta di nuovo la pistola verso l'alligatore,

ma la mostruosa creatura gli morde una spalla, prima che riesca a sparare.

Il suo urlo di dolore viene interrotto da un altro schiocco delle imponenti fauci.

La cabina di Felix si apre.

Il mio amico è più bianco della toilette alle mie spalle.

Terminato il macabro compito, l'alligatore si gira verso di me e, alzandosi sulle zampe posteriori, si trasforma in Kit con un movimento fluido.

"Cosa?" Felix guarda con occhi stralunati i due uomini morti, poi me, e infine Kit. "Un coccodrillo?"

"Un alligatore." Kit si scuote tranquillamente un pelucco dalla manica. "Un coccodrillo non avrebbe avuto senso in queste circostanze."

"Giusto." Felix va a sciacquarsi il viso con l'acqua fredda vicino al lavandino. "Questo spiega tutto, grazie."

"Certo" risponde Kit, chiaramente senza cogliere il sarcasmo di Felix. "Le mie scelte erano limitate a causa del Mandato."

"Eh?" mormoro, lieta di aver finalmente ritrovato la voce.

"Non avevano l'aura." Kit guarda gli uomini morti. "Non potevo farmi vedere da loro, per questo sono tornata nella cabina. Non potevo nemmeno trasformarmi in un orco, o in qualcos'altro che non fosse di questo luogo."

"Mentre un alligatore ha perfettamente senso?" chiedo.

"Ma ovviamente" risponde Kit. "Tutti sanno che ci sono degli alligatori giganti nelle fogne di New York." Si guarda intorno. "Dato che questo è un bagno, il collegamento con le fogne è piuttosto plausibile, secondo me."

La sua logica deve aver convinto il Mandato, visto che non perde sangue da alcun orifizio, quindi mi limito a scuotere la testa e, seguendo l'esempio di Felix, vado a sciacquarmi la faccia con l'acqua fredda vicino al lavandino.

Kit controlla nelle tasche degli uomini morti e scuote la testa. "Non hanno documenti d'identità."

"Guarda se hanno dei tatuaggi" dice Felix, senza guardarli.

"Hanno delle stelle sulle spalle" risponde Kit alla schiena di Felix.

"Come sospettavo" commenta, sempre senza voltarsi. "Significa che sono stati in una prigione russa."

"E che sono uomini di Baba Yaga" aggiungo.

"Meglio andarcene da qui" dice Felix, e va verso l'uscita del bagno in modo da escludere i corpi straziati dal suo campo visivo.

Mi avvicino per raccogliere la pistola da terra, poi libero l'altra dalla presa mortale di uno dei gorilla. Da vicino, queste pistole non assomigliano a nulla che abbia visto al poligono da tiro, e vista la silenziosità con cui sparano, mi chiedo se non siano state importate di contrabbando da una della Altre Terre con una tecnologia più avanzata. Da ciò che ho letto sulle pistole con i silenziatori normali, dovrebbero produrre comunque un rumore abbastanza forte, eppure quello di questa pistola era così attutito, che nessuno fuori da questo bagno l'avrebbe sentito.

D'altra parte, forse la tecnologia terrestre dei silenziatori è migliorata di recente? E se fosse il prodotto di una segreta ricerca del governo?

Con un'alzata di spalle, nascondo una pistola nella parte anteriore dei pantaloni e una dietro.

"Dovremmo chiamare Pada per dare una ripulita" dico, osservando i corpi.

"Posso fare tutto quello che fa lui, ma anche meglio." Kit si trasforma in Pada e mi lancia uno dei sorrisi scontrosi del vecchio. "Se sei debole di stomaco come il tuo amico, ti consiglio di aspettare fuori."

Non sono debole di stomaco come lui, ma colgo felicemente l'occasione per correre fuori dal bagno. Chiusa la porta alle mie spalle, mi copro le orecchie per sicurezza.

Felix fa altrettanto, e rimaniamo lì finché Kit non esce dal bagno.

"Tutto bene" dichiara, poi rutta rumorosamente. "Prenotiamoci per quella pizza."

Felix sbianca a tal punto, da diventare semitrasparente.

Non posso evitare di sbirciare nel bagno.

È completamente pulito.

Si è trasformata in qualcosa che ha mangiato i corpi e ha leccato tutto il sangue? Se sì, significa che Pada usa lo stesso metodo per le sue pulizie? Allora a cosa servono tutti quei detergenti che si porta dietro?

Ripensandoci, non penso di volerlo sapere.

"Dovremmo andare alla limousine" dico. "Da dove sono arrivati questi tizi, potrebbero essercene altri."

"Non ho paura di qualche umano" dice beffarda Kit.

"Per poco non ti hanno sparato" controbatto. "L'ho visto nella mia visione."

Kit si mette le mani sui fianchi. "Non me ne vado, finché non avrò ciò di cui ho bisogno da Gaius. A meno che uno di voi non voglia occuparsi di questa fregola?" aggiunge con un sogghigno.

Roteo gli occhi e guardo in faccia Felix.

"Se ci sediamo vicino alla piscina, sarebbe un luogo troppo pubblico per attaccarci" dice, incerto. "E se Ariel è da qualche parte in questo hotel..."

"Giusto" rispondo, sentendomi in colpa per essermi dimenticata di Ariel in tutta questa follia. "Aspettiamo Gaius." Porgendo a Felix una delle pistole che ho appena scoperto, chiedo: "Puoi intercettare l'impianto di sorveglianza dell'hotel, e assicurarti che nessuno si avvicini di soppiatto a noi?"

Felix nasconde la pistola, e un po' di colorito ritorna sulle sue guance, mentre prende il telefono e comincia a far scorrere gli schermi, eccitato.

Indico a Kit di seguirci, prendo Felix per una spalla, e lo guido verso l'ascensore in attesa.

"L'ho chiamato io" spiega Felix, mentre entriamo nella cabina dell'ascensore. "Guardate qua."

Le porte dell'ascensore si chiudono, poi saliamo senza che nessuno prema alcun pulsante.

"Vicino alla piscina c'è una telecamera di sicurezza"

dice Felix, senza alzare lo sguardo dal telefono. "Ho anche requisito un drone, per coprire le zone non raggiunte dalla telecamera."

"Ottimo lavoro" dico, mentre Kit, sospirando, brontola qualcosa sui 'ragazzi e i loro giocattoli'.

Usciamo sulla bellissima pavimentazione della piscina, e la vista della città mi mozza il fiato.

Quando mi riprendo, scegliamo delle poltrone e, dopo un breve minuto di relax, tiro fuori il telefono e videochiamo Nero. Se devo sopportare questa merda, penso, tanto vale godermi la sua protezione di Mentore.

Risponde al ventesimo squillo, e vedo una croce d'oro con degli affreschi colorati dietro di lui, oltre a un uomo dall'aria familiare con immacolate vesti bianche, un cappello bianco simile ad uno yarmulke, e scarpe di pelle rossa.

"Sono occupato" m'informa Nero, indicando il suo compagno con la testa.

"È estremamente urgente" riesco a dire, senza battere le palpebre.

"Devo rispondere, Sua Santità" dice Nero all'uomo, e si allontana rapidamente, quasi travolgendo un gruppo di sacerdoti vestiti di rosso.

Alla fine, si ferma in un angolo. "Meglio che sia una vera emergenza, Sasha. Il P..."

"Baba Yaga ha appena cercato di uccidermi ancora" rispondo di getto.

I neri anelli limbari di Nero si allargano nei suoi

occhi, mentre fissa intentamente la videocamera. "Ne sei sicura?"

Gli racconto l'accaduto il più in fretta possibile, osservando i suoi lineamenti contorcersi in un'espressione ancora più cupa.

"Kit dovrebbe riuscire a tenerti al sicuro" dice quando ho finito. "Contatterò Baba Yaga, per assicurarmi che sia tutto molto chiaro riguardo al nostro accordo."

"E tieni presente che anche io e te abbiamo un accordo, in base al quale devi proteggermi da Baba Yaga" non mi trattengo dal dire.

"Lascia fare a me" ringhia, e stringe il telefono così forte da incrinare la videocamera... facendo diventare la propria immagine quasi mostruosamente terrificante.

"Grazie" dico, e riaggancio con il cuore che batte forte.

"Non penso che Baba Yaga t'infastidirà ancora" commenta Kit. "Dev'essere diventata demente, se in primo luogo osa fare la furba con Nero."

Mi stringo nelle spalle, prima di appoggiarmi alla poltrona. Chiudo gli occhi e mi sforzo di rilassarmi.

Poco dopo, il sole mi riscalda e la brezza leggera mi accompagna in un pisolino.

———

"SASHA" chiama Kit, scuotendomi per la spalla. "Svegliati. Gaius sarà nella sua stanza, adesso."

Il promemoria su Gaius (e di conseguenza su Ariel) cancella il sonno residuo dal mio cervello, e balzo in piedi.

Raggiunti gli ascensori, Felix ci porta all'ottavo piano grazie alla sua magia.

Quando arriviamo davanti alla camera, Kit bussa.

Nessuno risponde.

Accigliata, bussa di nuovo.

Ancora nessun risultato.

Sempre più accigliata, Kit chiede a Felix di sbloccare la porta.

Entriamo.

La stanza è deserta.

Kit controlla l'orologio, poi ci guarda. "Dov'è lui?"

"Sta correndo dietro di noi?" suggerisco.

"In realtà, sono in ritardo per civetteria" replica Kit. "Come osa?"

Io e Felix ci stringiamo nelle spalle, a disagio.

Kit tira fuori di scatto un telefono dalla tasca e fa scorrere rabbiosamente il dito sullo schermo. Battendo il piede a terra, aspetta la connessione della chiamata e corruga di nuovo la fronte.

"Messaggio vocale?" grida. "Davvero? Mi tiri il bidone... *a me*... e adesso non rispondi?" Stringe il telefono tra le dita, poi trae un comico respiro profondo e inizia a sputare una combinazione molto creativa di oscenità. Termina il farneticamento con una prolissa discussione sull'apparente 'avvizzimento' dei testicoli di Gaius e una dissertazione sulla cattiva circolazione sanguigna verso la sua virilità. Invece di un addio, gli suggerisce di bere il sangue di un umano che ha preso il Viagra e di compiere un'impresa sessuale impossibile su se stesso.

Felix si schiarisce la gola. "Wow."

"Già" mormoro. "Non c'è furia dell'inferno peggiore di una donna arrapata respinta."

Kit lancia ad entrambi uno sguardo furibondo, poi guarda il letto, quindi noi e di nuovo il letto, mentre la malizia sostituisce la rabbia sul suo viso.

"Dobbiamo trovare Ariel" dico in via preventiva. Kit stava palesemente per chiederci di 'levarle quella voglia' di nuovo.

"Già" dice Felix. "L'assenza di Gaius potrebbe avere a che fare con Ariel?"

"Magari è stato rapito anche lui?" Guardo Kit, e poi specificatamente il letto. "Ciò spiegherebbe perché abbia rinunciato ad un'opportunità così fantastica."

"Può darsi" brontola. "Ma chi potrebbe rapire un vampiro potente come Gaius?"

"Neanche Ariel è una rammollita, ma questo sarebbe il suo secondo rapimento" dico.

"Hmm" mormora Kit. "E quindi che si fa?"

"Andiamo al nostro appartamento" risponde Felix. "Forse Ariel ha semplicemente lasciato il centro di riabilitazione ed è andata a casa."

"Vale la pena controllare" affermo. "Inoltre, casa è un buon posto dove stare, se Baba Yaga sta cercando di nuovo di uccidermi."

"Sempre se *è* Baba Yaga" replica Kit. "Ho origliato la

tua conversazione con Nero, e concordo con lui: se hanno stretto un patto, non lo violerebbe."

Esce dalla stanza, seguita da me e da Felix.

"Chi altri potrebbe essere?" chiedo, mentre raggiungiamo l'ascensore.

"Chester?" Felix chiama l'ascensore. "Magari l'ha fatta sembrare opera di qualcun altro di proposito?"

"Chester non farebbe il furbo con *me*." Kit entra nell'ascensore appena arrivato. "E poi, non credo che Sasha gli interessi più... non da quando è sotto l'ala di Nero, piuttosto che quella di Darian."

"Chester poteva non sapere che c'eri anche tu, quando i suoi scagnozzi mi hanno attaccato." Premo il pulsante del pianterreno. "In effetti, ho battuto sua figlia in combattimento... due volte. E se fossi finita nel suo radar per questo?"

"Non lo so" dice Kit. "Ma dubito che la cucciola farebbe la spia con papà. I licantropi sono una specie orgogliosa."

Felix annuisce per conferma, mentre usciamo dall'ascensore. "In più, non l'hai *veramente* battuta in quei combattimenti."

"Dipende da cosa intendi con 'veramente'" ribatto sulla difensiva.

"Intende dire che non si è sottomessa a te" interviene Kit con gli occhi scintillanti di eccitazione. "Non l'ha fatto, vero?"

C'è qualcosa a cui Kit non dà un significato sessuale? Dal modo in cui ha pronunciato la parola 'sottomessa', sembra che stia parlando di BDSM... cosa a cui non voglio nemmeno pensare con una ragazza minorenne come Roxy.

"Una volta è scappata, l'altra volta è stata punita da Rose" spiego. "Non so se può valere come sottomissione."

"No" risponde Kit con aria delusa. "La sottomissione dei licantropi è piuttosto elaborata e formale." Meditabonda, aggiunge: "La riconosceresti, se succedesse. Fidati di me."

"Ceeerto" dico, scambiando un'occhiata furtiva con Felix, rosso come un peperone, poi balzo nella limousine. "Kevin, portaci a casa."

———

"ARIEL?" grido, quando entriamo nell'appartamento. "Sei qui?"

"Non è in casa" mi avvisa mentalmente Fluffster, venendo a salutarci.

"Fluffster, lei è il Consigliere Kit" affermo. "Kit, lui è Fluffster."

Lo strillo eccitato di Kit è tanto acuto, che Fluffster si starà preoccupando per i costosi bicchieri da vino in cucina. "Sei la cosa più carina che abbia mai visto." Lo raccoglie da terra e gli accarezza il pelo sulle guance, estasiata. Con riverenza, sussurra: "La cosa più morbida che abbia mai toccato."

"È un domovoi" sottolineo.

"Lo so." Sogghigna, quasi letteralmente da un

orecchio all'altro, mentre lo rimette sul pavimento con delicatezza.

"È molto potente in casa" aggiunge Felix.

"Lo so." Kit ritira con riluttanza le mani dal cincillà e si guarda intorno. "Allora, dove devo dormire?"

"Qui." La guido in salotto.

Nel guardare il divano, arriccia il naso, poi riesco praticamente a vedere la lampadina accendersi sopra la sua testa mentre dice: "Se Ariel è scomparsa, posso stare in camera sua?"

"No" diciamo all'unisono io e Felix.

"Dovrebbe decidere Ariel se puoi usare la sua stanza" replico. "Aiutaci a trovarla, e puoi stare nella mia." Vedendo uno scintillio nei suoi occhi, specifico: "Mentre io dormirò sul divano."

Kit sembra pensierosa. "Se sei sicura che Gaius abbia a che fare con tutto questo, magari Vlad..."

"È un'ottima idea" la interrompo, e corro verso la porta d'entrata.

Precipitandomi davanti all'appartamento di Rose, suono al campanello e incrocio le dita.

"Sasha." Rose apre la porta con un sorriso. "Che piacere."

"In realtà, sto cercando Vlad" dico. "Ariel è scomparsa, e penso che potrebbe essere con Gaius, perciò..."

"Vlad non c'è." Il sorriso svanisce dal volto di Rose. "Si è accumulato molto lavoro per gli Esecutori, mentre eravamo in vacanza. Non tornerà prima di domani sera."

"Pensi che potresti chiamarlo e chiedergli di Gaius per me?"

"Ma certo." Rose m'invita in casa con un gesto. Va verso la linea fissa, che risale più o meno agli anni Novanta, e compone un numero.

Faccio del mio meglio per seguire i movimenti delle sue dita, memorizzando i numeri... per sicurezza.

Vlad deve rispondere al secondo squillo, poiché Rose chiede immediatamente se sa dove sia Gaius.

Poi si acciglia e, coprendo il microfono, m'informa che non lo sa.

"Mi dispiace" mima con la bocca. "Vlad dice che cercherà di rintracciarlo, ma è ancora in congedo."

Emette poi dei rumori di baci al telefono e riattacca, mentre cerco di non arrossire.

"M'informerà se dovesse sapere qualcosa" dice, avvicinandosi al divano. "Ora raccontami di Ariel."

Faccio come chiede, poi torno nel mio appartamento e spiego a Kit e a Felix cos'è successo.

"Interessante il fatto che Vlad non abbia risposto quando l'ho chiamato *io*, un momento fa" osserva Kit con aria furbesca.

"Dobbiamo fare qualcosa" dico, cominciando a camminare su e giù per il salotto.

"Per esempio?" chiede Felix.

"Non lo so." Mi fermo per guardare prima lui, poi Kit.

"Se non è stata rapita, non possiamo fare molto." Felix si sfrega il mento. "È adulta. Se vuole bere..."

"No." Stringo i pugni. "Hai visto com'era, quando l'abbiamo soccorsa."

"Temo che abbia ragione" dice Kit. "Bisogna volere l'aiuto degli altri. Parlo per esperienza personale."

"Vedremo" replico, prima di precipitarmi in camera mia.

Mentre cammino su e giù vicino al mio letto, mi passano per la testa delle idee folli. Nero sarebbe disposto a rinchiudere Ariel per me? C'è già una gabbia piena di cibo, al fondo, che funge anche da mio ufficio. Possiamo metterla lì...

Ma che dico?

Non posso rinchiudere Ariel.

Se non l'hanno rapita, dovrò convincerla a diventare pulita con le parole, non con la forza.

Ma sapendo quanto sia testarda Ariel, potrebbe essere più facile se *fosse* stata rapita...

Mi squilla il telefono.

È una videochiamata da Nero.

Ottimo.

Forse *lui* ha delle risposte.

CAPITOLO DICIANNOVE

NERO STA CORRENDO su un tapis roulant. Il suo corpo madido di sudore e le spalle larghe si alzano e si abbassano, mentre esegue salti olimpici in avanti ad ogni falcata. Attraverso la grande finestra alle sue spalle, si vede la Città del Vaticano.

"Baba Yaga ha detto che non sta cercando di ucciderti" dichiara, senza perdere tempo in convenevoli.

"No?" chiedo, sorpresa dalla sicurezza nella sua voce.

"No. Gliel'ho chiesto seccamente. Non può mentirmi su questo, né su qualsiasi altra cosa" dice Nero, con la voce inalterata dalla rapida corsa. "Nessuno può farlo."

"Ma qualcuno ha appena cercato di uccidermi." Vado fino al mio tavolo, dove sbatto il telefono su un supporto, e mi abbandono sulla sedia. "È un dato di fatto."

"Per questo voglio che tu tenga un basso profilo fino al mio ritorno" dice Nero. "Rimani a casa sotto la protezione del tuo domovoi e..."

"Non puoi dirmi cosa fare nel weekend." Socchiudo gli occhi.

"In realtà, in qualità di tuo Mentore posso, e ti ho detto proprio così" replica. "Ricordi l'Orientamento?"

"Esatto" dico. "È domani e non voglio perdermelo."

"Puoi saltare una lezione." Muove una mano con noncuranza.

"No, non posso. E poi, l'Orientamento non è l'unico motivo per cui non posso stare a casa. Ariel è..."

"E se facessimo un patto?" Nero corre a velocità più sostenuta. "Tu rimani a casa, e io ti provo che Ariel non è stata rapita."

"Sai qualcosa?" Mi piego verso lo schermo.

"Significa che abbiamo un accordo?" chiede, senza nascondere dalla videocamera la sua espressione compiaciuta.

"Se riesci a dimostrarmi che Ariel non è stata rapita, rimarrò a casa... ad eccezione dell'Orientamento."

"Va bene" dice. "Ma Kevin ti accompagnerà e ti riporterà indietro."

"Affare fatto." Perché rifiutare una corsa in limousine?

"La tua posta in arrivo" dice Nero. "Controlla."

Invece d'interrompere la chiamata, apro il portatile.

C'è un'e-mail di Nero con un video allegato.

Un'e-mail arrivata cinque minuti fa.

"Stavi bluffando?" esclamo incredula al telefono. "Mi hai inviato qualcosa per e-mail, e dopo l'hai usato per stringere un patto?"

Nero si stringe nelle spalle con l'espressione che diventa ancora più soddisfatta.

"Se non fossi arrabbiata, sarei rimasta colpita" mormoro, lanciando il video.

È la ripresa di una telecamera di sicurezza in un luogo affollato. Riconosco immediatamente l'Earth Club, la proprietà di Nero a Gomorra. La telecamera zooma su uno dei tavoli VIP, al quale è seduto Gaius mentre beve un liquido rosso sospetto da un grande calice. Vicino a Gaius, c'è Ariel con un'espressione tranquilla.

"Sembra che siano andati dritti lì dal centro di riabilitazione" dice piano Nero. "E dopo sono usciti insieme."

"Ma perché nella mia visione era seduta in una stanza deserta?" chiedo, testarda. "Tutto questo mi mostra soltanto la causa."

"Magari sta solo aspettando qualcosa" risponde Nero. "Per quale motivo Gaius dovrebbe rapirla?"

"Non lo so" dico. "Ma ho intenzione di chiederglielo, quando lo trovo... oh, e il nostro accordo è saltato."

"No, invece." L'anello limbare negli occhi di Nero invade parte della sclera. "Resta a casa e parlerò con Gaius, per vedere se può cercarsi un altro giocattolo." La sclera nei suoi occhi è quasi completamente svanita, e perfino le iridi grigio-azzurre si restringono. "Infrangi la parola data, e ci saranno delle conseguenze."

"Va bene" rispondo, lottando contro l'impulso di ritrarmi o di distogliere lo sguardo. "Se me lo chiedi così gentilmente, come posso rifiutare?"

"Intelligente" dice in tono più calmo, e interrompe la chiamata.

Ottimo. Sono di nuovo prigioniera nel mio appartamento. Più le cose cambiano nella mia vita, più rimangono le stesse.

Ma d'altra parte, forse per questo patto ne vale la pena. Se Ariel non è stata rapita, allora Gaius è solo il suo abilitatore, quindi, se Nero lo convince a smettere di dare ad Ariel il proprio sangue, lei potrebbe essere costretta a cercare aiuto a lungo termine... o a trovare un altro vampiro.

In ogni caso, Nero non mi ha proibito di esplorare il mondo esterno con i miei poteri, ed è quello che farò. In effetti, è una buona occasione per esercitarmi ad entrare nello Spazio Mentale quando mi sento arrabbiata.

Mi alzo e cerco di concentrarmi.

Fallisco. I pensieri frenetici m'impediscono di farlo.

Inspiro per calmarmi e, di punto in bianco, la concentrazione s'incastra al posto giusto e mi ritrovo a fluttuare nello Spazio Mentale, circondata da strane forme cuboidi.

Invece di pensare all'essenza di Ariel, decido di vedere se le forme appena incontrate sono quelle che qualcosa (forse il mio inconscio) mette a mia disposizione per qualche motivo. Ma prima di procedere, zoomo varie volte sulla forma più vicina, per accertarmi che la durata della visione sia piuttosto breve.

Non voglio sprecare troppo potere con questa teoria.

La strana sensazione peggiora, quando raggiungo il cuboide imminente, ma eliminando ogni esitazione lo tocco... e attivo la visione.

———

CON DELLE CORDE, gli addetti del cimitero finiscono di calare la bara in legno di sequoia nella tomba scavata di fresco.

Le lacrime mi scorrono lungo il viso mentre, senza battere le palpebre, guardo l'abisso nel buco nella terra, apparentemente infinito.

È finita.

Non parlerò mai con...

———

SONO di nuovo in piedi nella mia stanza.

Sentendo le ginocchia deboli, mi abbandono in via preventiva sul letto, e cerco di capire il senso dell'accaduto. Non ci vuole molto, perché fraintenderlo è difficile.

Ho appena avuto la visione di un funerale, e l'angoscia che provavo può significare una cosa sola. Qualcuno a cui tengo molto sta per morire.

CAPITOLO VENTI

I MIEI PENSIERI girano vorticosamente come un tornado.

Chi c'era in quella bara? La me stessa della visione stava per pensare il nome, prima che l'immagine s'interrompesse.

Chiunque sia, come morirà? E quando?

Cosa più importante, cosa posso fare per impedirlo?

La visione è stata troppo breve per rispondere a queste domande. So solo che la persona deceduta era qualcuno per cui piangerei, quindi sono esclusi tutti coloro la cui morte non mi dispiacerebbe, come Baba Yaga.

Potrebbe essere uno dei miei genitori?

Sono troppo giovani e in buona salute per morire all'improvviso, ma se la visione provenisse dal futuro, tra qualche anno?

No. Non ne ho mai avuta una così lontana nel tempo, perché cominciare adesso? È più probabilmente una morte innaturale a breve termine, che ha a che fare con me e con i vari nemici che mi sono fatta dalla scoperta della mia natura. In tal caso, il modo più facile per salvaguardare i miei genitori è duplice: tenerli lontani da me e modificare qualunque loro piano a breve termine.

Una volta stabilito, prendo il telefono e videochiamo mamma.

"Bonjour" esclama subito con un sorriso. "Come va?"

La osservo attentamente. Sembra in salute. I suoi gioielli sono impeccabili come sempre, e sembra portare dei costosi occhiali nuovi... il che significa che è stravagante come suo solito.

"Tutto okay" mento. "Volevo solo controllare come stai."

"Sto alla grande." Mamma avvicina il telefono alla faccia. "Finalmente mi rilasso. Peccato che debba tornare presto."

"Ho buone notizie in proposito" dico, passando alla parte del piano che 'altera i loro piani'. "Ho riavuto il lavoro, quindi, se vuoi ancora che ti aiuti con il soggiorno in Francia, posso farlo."

La mamma salta letteralmente su e giù per l'eccitazione, quindi uso il portatile per versarle dei soldi, e mi libero dalla conversazione con la massima rapidità consentita dall'etichetta.

Allo stesso modo, chiamo papà.

"Ehi, giovanotta" esclama con un accento di Boston più accentuato del solito. "È urgente?"

Non sembra in salute quanto la mamma, ma non ci sono segni particolarmente preoccupanti, quindi sorrido. "Assolutamente no" rispondo. "Volevo solo salutarti."

"Il lavoro questo fine settimana è da pazzi, ma sono felice che ti sia fatta sentire." Gli occhi di papà emanano pura gioia, facendomi provare senso di colpa per averlo contattato in circostanze così estreme. "Posso richiamarti tra qualche giorno?"

"Certo" dico. "Ma devi prendere le cose con calma. Lo stress non ti fa bene."

"Sono d'accordo." Si passa una mano tra i capelli grigi. "Per questo ho pianificato una vacanza alle Bahamas."

"Non andrai mica alle Bahamas" replico, mentendo in piena modalità illusionista. "Non hai sentito la notizia del virus?"

"Ero troppo impegnato" risponde papà. "Ma non ho ancora prenotato, perciò..."

"Penso che dovresti andare alle Cayman" dico, navigando freneticamente in internet per propinargli una motivazione. "Lì non si sono diffuse malattie e..." Trovo un'utile notizia piccante in internet. "...si terrà la sfilata di Miss Universo la prossima settimana. Scommetto che ci saranno tantissimi turisti per l'evento... avrai l'occasione di conoscere delle persone."

Ho appena tentato papà con donne in abiti striminziti?

"Sembra un'idea magnifica" commenta. "Ma devo proprio scappare."

"Nessun problema" affermo. "Non dimenticare di mandarmi delle foto delle Cayman. Voglio viverle indirettamente attraverso te."

"Lo farò, promesso" dice papà. "A presto."

Riattacco, ed esco dalla mia stanza per parlare della visione con Felix, Fluffster e Kit.

"Pensi che fossi io?" chiede Kit, assumendo subito un colorito pallido simile ad una pergamena, come un cadavere imbalsamato.

"L'intuito mi dice di no" rispondo con tatto, senza aggiungere: "Non ti conosco abbastanza, da piangere al tuo funerale."

"E io?" Felix diventa pallido quasi quanto Kit.

"Potresti essere tu." Gli metto una mano sulla spalla per calmarlo. "Per questo voglio che ti porti dietro dappertutto la pistola che ti ho dato. E se puoi, lavora da casa per le prossime due settimane."

Annuisce. "Mi piace la tua idea di modificare la solita routine. Farò il possibile."

"Bravo" dico. "Io, invece, cercherò di avere altre visioni, puntando alla causa di questo funerale."

"Potrebbe essere stato il tuo funerale?" Fluffster mette nervosamente la coda sotto il sedere. "Dopotutto, qualcuno ti sta ancora alle calcagna. È plausibile che tu abbia visto un avvertimento di ciò che succederà, se ti prenderanno?"

"Non avrei avuto un corpo nella visione, se fossi morta." Aumento la stretta sulla spalla di Felix. "Avendo avuto i dotti lacrimali, so che ero viva."

La spalla di Felix s'irrigidisce sotto la mia mano. "Poteva essere Ariel?"

"Ne dubito" risponde Kit, e si trasforma in Ariel. "Di tutti voi, è la più difficile da uccidere. Inoltre, se davvero esce con Gaius" assume le sembianze di Gaius, "ucciderla sarebbe ancora più dura."

"E se fosse stata la sua dipendenza ad ammazzarla?" Lascio andare Felix per massaggiarmi il naso.

"No." Kit torna ad essere se stessa. "La dipendenza dal sangue interferisce principalmente con la capacità d'interagire in una società non composta da vampiri. Anzi, i drogati guariscono più velocemente e non si ammalano così spesso."

"Okay" dico. "Ora cerco d'invocare altre visioni. Non disturbatemi, se non è per qualcosa che riguarda questo nuovo sviluppo."

Tutti annuiscono, mentre me ne vado.

Una volta nella mia stanza, scopro che avere sulla testa una spada di Damocle grossa come un funerale non facilita lo Spazio Mentale.

Impiego quelle che mi sembrano ore di respirazione meditativa, per sgombrare la mente a sufficienza, ma alla fine mi ritrovo nello Spazio Mentale.

Purtroppo, le forme che mi circondano non assomigliano più ai cuboidi della visione del funerale. Sono più simili a coni e non emettono neanche una musica spaventosa. Scommetto che la visione mi ritrae mentre vado dal commercialista, o anche qualcosa di più banale.

Assicurandomi che la visione sia brevissima, tocco comunque uno dei coni.

———

"OGGI CONTINUEREMO con l'argomento delle Altre Terre" dice il Dottor Hekima. "Cominciamo con..."

———

SONO di nuovo sulla mia sedia.

Era chiaramente una visione dell'Orientamento di domani... ma non così inutile come temevo. Se qualcuno a cui tenevo fosse morto prima della lezione, non ci sarei andata. Significa o che il futuro con quel funerale non è più una minaccia, o che la morte in questione si verificherà dopo la lezione di domani.

Vado di nuovo nello Spazio Mentale.

Le forme iniziali non sono le stesse, di nuovo. Stavolta le ignoro, e cerco delle visioni legate ai funerali.

Mi soffermo sulla volta in cui è venuta a mancare nonna Ballard. Avevo otto anni, e i miei genitori mi avevano portato al funerale. Non sorprende che quell'esperienza fosse un miscuglio di confusione e paura. Mamma era devastata, e piangeva perfino papà. L'agenzia di pompe funebri sapeva di cavolo marcio. Strane persone mai incontrate prima, né più viste, continuavano a darmi pizzicotti e a sbavare sulle mie guance...

Nuove forme si manifestano davanti a me.

Anche se non sono i cuboidi che cercavo, qualcosa le rende più o meno simili, ma sul perché non potrei mettere il fascio etereo sul fuoco. Prolungando la durata della visione, nel caso in cui avessi trovato qualcosa di utile, vado a toccare la forma.

———

NON HO UN CORPO.

Sono in un'agenzia di pompe funebri con tantissime persone tristi e un cadavere bene in evidenza. La persona morta è un'anziana donna dall'aria assolutamente sconosciuta. Lo stesso vale per tutti i presenti in lutto. Mentre continuo ad assistere al funerale per quelle che sembrano alcune ore, non riconosco neanche una persona.

———

AL TERMINE DELLA VISIONE, comincio a camminare per la mia camera, frustrata.

Sono riuscita a vedere un funerale a caso, invece del funerale a cui puntavo. I miei poteri non sono messi bene, è chiaro.

Oh beh.

Senza ulteriori indugi, vado di nuovo nello Spazio Mentale.

Stavolta, assisto al funerale di un signore anziano,

ma per il resto la visione è altrettanto inutile... nessuna delle persone coinvolte ha un volto familiare.

Ripeto l'impresa qualche altra volta, con gli stessi risultati.

Sembra che pensare semplicemente all'essenza di un funerale non sia una strategia fruttuosa. Ho sentito che almeno una persona muore ogni dieci o sessanta secondi, ed è un numero eccessivo di funerali a caso da esaminare.

Ritorno quindi nello Spazio Mentale con un'altra strategia: vedere il futuro delle persone a cui tengo... a cominciare dai genitori.

Penso a mamma. Nella visione conseguente, sta camminando nel Louvre, felice come un mollusco sotto effetto del Prozac. Grazie alla fortunatissima verifica telefonica con mamma, so anche che questo succederà tra una settimana.

Poi ho una visione di papà che fa snorkeling sulla Seven Mile Beach di Grand Cayman, anche se non riesco a capire *quando*. Comunque, con quello che ha detto papà sulla sua agenda piena, posso presumere che passerà un po' di tempo, quindi anche lui dev'essere a posto.

Penso allora ad Ariel, pronta per la visione che stavo temendo più di tutte.

Con mio grande sollievo, stavolta non è nella stanza deserta, ma sta camminando per le strade di Midtown, gremite di turisti, accanto a Gaius.

La buona notizia, quindi, è che Ariel non sembra essere stata rapita in questo futuro, ed è viva. La cattiva è che non so *quando* starà attraversando quella zona. Non sono riuscita ad estrapolare questa informazione.

Soffocando uno sbadiglio, cerco di nuovo di concentrarmi per vedere il futuro di Felix.

Ma non riesco a tornare nello Spazio Mentale, nemmeno dopo vari tentativi.

Evidentemente, dopo tutte quelle visioni, mi ritrovo esaurita.

Dovrò ricominciare domani... e nel frattempo, tenere d'occhio Felix e le restanti possibilità.

Controllo il telefono e scopro perché ho tanto sonno.

Sono già le tre del mattino.

Esausta, completo a stento la mia routine serale, poi striscio sotto la coperta e perdo i sensi.

CAPITOLO VENTUNO

"SASHA!" grida Felix da qualche parte. "Vuoi andare all'Orientamento, oggi, o no?"

Mi raddrizzo con un sobbalzo e afferro il telefono.

Wow.

Mi stavo quasi perdendo una cosa così importante come l'Orientamento, come ho potuto?

Barcollando fuori dal letto, infilo dei vestiti e apro la porta.

"Era ora" brontola Felix. "Presumo che non ci siano problemi, se Maya sale con te sulla limousine di Nero?"

"Ma certo." La mia voce è aspra per il sonno. "Mi do una rinfrescata, poi andiamo."

Dopo aver spazzolato i denti e concluso altre faccende in bagno, lascio che Felix mi accompagni di corsa fuori dall'edificio.

Maya sta aspettando vicino alla limousine.

"Ehi" sussurro a Felix. "È venuta qui da sola?"

"Già" dice Felix. "Dubito che Roxy avrebbe..." Tace, improvvisamente pallido.

Come me, ha appena capito che quello della visione potrebbe essere stato il funerale di Maya. Anche se ci siamo appena conosciute, Maya mi piace abbastanza da versare una o due lacrime per la sua morte... soprattutto se è stata particolarmente tragica e/o se ho visto Felix piangere al suo funerale.

Lo farebbe, ne sono sicura.

Scuotendomi di dosso lo spiacevole pensiero, saluto Maya e dico a Kevin che siamo in ritardo, poi attacco ferocemente lo snack bar, mentre Felix racconta a Maya gli ultimi avvenimenti in versione ridotta.

Kevin ci porta nel Queens così velocemente, da interferire con la mia digestione, ma la sua rapidità paga. Io e Maya ci sediamo in classe, proprio mentre entra il Dottor Hekima.

"Oggi continueremo con l'argomento delle Altre Terre" dice con lo stesso tono della mia visione. "Cominciamo con una ripassata veloce della settimana scorsa."

Poi ripete quello che già so: gli altri universi esistono e si chiamano Altre Terre nel gergo dei Conoscenti. Ognuno di questi mondi/universi ha stelle e galassie diverse, e perfino il flusso del tempo può variare dall'uno all'altro. Per quel che si sa, ne esiste una quantità infinita, ma i portali conducono ad una parte insignificante del totale.

"Ho accennato ai pericoli delle Altre Terre, durante il nostro ultimo incontro" dice il Dottor Hekima, una volta terminato il riassunto. "Oggi voglio proprio chiarire bene quel punto di vista."

Alza le braccia e pulsanti flussi di energia rossa si sprigionano dalle sue dita, finendo nelle nostre teste. Significa che sta per usare i suoi poteri da illusionista su tutti noi.

La stanza sparisce, sostituita da quella che sembra una terra desolata radioattiva.

Non appena i miei occhi inquadrano il paesaggio, le nostre bocche aperte cominciano a respirare l'aria inesistente. Illusione o no, ho l'impressione che i polmoni stiano per scoppiare.

Il Dottor Hekima schiocca le dita di nuovo, e il mondo intorno a noi diventa una lussureggiante foresta.

"Ci sono delle Altre Terre, in cui l'ambiente stesso vi ucciderebbe" dice, quando tutti ricominciano a respirare. "Ma anche dei mondi apparentemente accoglienti come questo possono avere delle creature così pericolose, che nessun Conoscente osa viverci, né visitarli."

Una tenera creatura simile a un cervo sbuca dalla foresta.

Questo Bambi è pericoloso? Sta scherzando?

Poi vedo da cosa sta scappando Bambi, e i miei occhi minacciano di saltare fuori e fuggire dall'orrore.

Se gli xenomorfi del franchise di *Alien* fecondassero uno di quei dissennatori, simili a spettri, di *Harry Potter*, il risultato sarebbe simile a questo... specialmente se qualcuno modificasse poi geneticamente quella progenie già orribile, per dotarla di una pletora di tentacoli e denti.

"Quello è un drekavac" sussurra il Dottor Hekima, ma il seguito non sortisce alcun effetto su di noi, perché in quel momento il drekavac raggiunge Bambi e lo tocca con uno dei suoi arti infestati dalle pustole.

La povera creatura emette un sonoro e straziante grido apocalittico, come se stesse perdendo la propria anima... un'illusione accentuata un secondo dopo, quando il Bambi crolla a terra come un sacco di patate decisamente morto.

Il mostro torreggia sulla vittima, ma per fortuna il Dottor Hekima schiocca di nuovo le dita e ci ritroviamo in classe.

"Essere uccisi da un drekavac è il destino peggiore che possa capitare" dice alla classe scioccata. "Un solo tocco da parte loro causa un dolore talmente debilitante, che le vittime più deboli ne muoiono."

Studia tutti in modo significativo.

Restiamo in silenzio per l'orrore.

Non so gli adolescenti, ma *io* esplorerò sicuramente le Altre Terre con molta, molta cautela d'ora in avanti.

"L'ambiente, la flora e la fauna sono solo alcuni dei molti modi in cui potete perire nelle Altre Terre" spiega il Dottor Hekima. "Alcuni portali sono a senso unico... perciò nessuno sa cosa succeda lì... e altri portali conducono a mondi che noi, i Conoscenti, abbiamo trasformato in trappole mortali."

Schiocca le dita, e ci ritroviamo in un paesaggio desertico che lui sembra aver estratto direttamente dai film di *Mad Max*... perfino per un paio di vagabondi dall'aspetto spaventoso che inseguono un tizio.

"Questo è ciò che è rimasto del mondo dopo il governo di Tartaro" dice il Dottor Hekima, proprio mentre i due uomini catturano la preda.

Il nome Tartaro suona familiare. Penso di averlo affrontato a lezione di mitologia greca. Se ricordo bene, è sia un personaggio sia un luogo. Il personaggio era figlio del Caos, e il luogo era il mondo sotterraneo dove le anime venivano tormentate nell'aldilà.

"Gli umani di questo mondo sanno dei Conoscenti e giustamente ci biasimano per la devastazione" continua il Dottor Hekima, indicando le dune infinite. "Aspettano d'intercettare uno della nostra specie vicino ai portali e, se ci riescono, gli fanno delle cose orribili."

Come per sottolineare le sue parole, i due uomini cominciano a cibarsi della preda, mentre è ancora viva.

Prima che la scena diventi ancora più cruenta, il Dottor Hekima schiocca le dita e ci riporta in classe.

Tutti sono pallidi come vampiri, perfino Roxy, e mi chiedo se Felix sia svenuto a questo punto dell'Orientamento.

"In alcuni casi, i portali conducono a mondi che un Conoscente particolarmente potente ha conquistato, per aumentare il proprio potere." Il Dottor Hekima schiocca le dita, e ci ritroviamo in una sporca prigione sotterranea, che ricorda l'Inquisizione.

"Per esempio, Lilith... una potente Conoscente che un tempo viveva qui sulla Terra... adesso ha un mondo prigione, dove costringe la popolazione umana ad adorarla come suo unico dio." Schiocca di nuovo le dita, e finiamo in classe. "È una divinità capricciosa e possessiva" continua, "e imprigionerà o ucciderà qualunque Conoscente che osi arrivare nel suo mondo."

Come nel caso di Tartaro, ho già sentito il nome di Lilith... nel precedente Orientamento, quando abbiamo parlato dei rarissimi Conoscenti con i poteri multipli. E come Tartaro, fa parte della mitologia terrestre...

"Sto cercando di arrivare a un punto molto semplice" dice il Dottor Hekima, distraendomi dalle riflessioni. "State molto attenti quando viaggiate nelle Altre Terre, e non attraversate alcun portale, a meno che non sappiate con assoluta certezza dove vi porterà." Per sottolineare le sue parole, ci mostra una carrellata di tutte le scene di oggi in rapida successione. "Anche se credete di sapere che un portale è sicuro, vi consiglio caldamente di pensarci due volte prima di attraversarlo, e di aspettare assolutamente di aver terminato tutto l'Orientamento ancor prima di provarci. E non c'è bisogno di dire che dovreste essere accompagnati dal vostro Mentore ogni volta."

Oops.

Io mi sono già avventurata diverse volte, senza aver finito il corso e senza trascinarmi dietro Nero.

D'altra parte, scommetto che lo scopo di oggi sia spaventare i giovincelli, non me, che sono più vecchia e più saggia e spero di *non* farmi mangiare da un drekavac per puro brivido... o scivolare in un mondo privo di ossigeno.

"Abbiamo quasi esaurito il tempo." Il Dottor Hekima controlla il suo orologio. "Avete delle domande?"

I miei giovani compagni di classe sembrano ancora sopraffatti, mentre io alzo la mano, quasi saltando giù dalla sedia per l'eccitazione.

"Sì, Sasha." Il Dottor Hekima mi rivolge un caloroso sorriso.

Sento Roxy sussurrare qualcosa come 'la cocca dell'insegnante', ma la ignoro mentre chiedo in fretta: "Chi ha costruito i portali? Chi ha scoperto le Altre Terre? Quando? Come? Potrebbe..."

"Sentivo che poteva saltare fuori questo argomento." Il Dottor Hekima schiocca le dita, e ci ritroviamo in un hub dei portali che sembra identico a quello del JFK. "I costruttori dei portali sono la risposta alla maggior parte delle tue domande, ma prima di parlarne, dovrei parlare del teletrasporto: un raro potere dei Conoscenti che crea una spaccatura nella realtà, la quale consente loro di passare all'istante dal punto A al punto B."

Tutti annuiscono. Devono aver già sentito parlare di coloro che si teletrasportano. Per quanto mi riguarda, sono scioccata dalla calma con cui accetto la notizia del vero potere del teletrasporto... o dei drekavac o del Tartaro, per questo.

È così che sarà d'ora in poi? O reagirei a scoppio ritardato per, diciamo, l'emissione di vomito acido... un potere del mutante Zeitgeist in *Deadpool 2*? Perlomeno, spero di non arrivare a cose strane come il Karakasa-

Obake, l'ombrello che parla e cammina della mitologia giapponese, che è anche un ciclope e porta un sandalo...

"Anche se, di solito, il teletrasporto avviene entro i confini di una delle Altre Terre" dice il Dottor Hekima, "la persona con il potere di teletrasporto maggiore può salire di livello." Indica il portale più vicino. "Possono teletrasportarsi da un mondo all'altro."

Schiocca di nuovo le dita, e finiamo in un altro hub. Riconosco la parte alta del grattacielo di Gomorra.

"Si dice che i teletrasportatori più potenti siano capaci di portarsi dietro un altro Conoscente durante i viaggi." Guarda di nuovo il suo orologio. "La mia ipotesi è che i più rari e potenti di loro possano costruire dei portali come questi." Si guarda intorno. "La verità è che nessuno incontra più un costruttore di portali da secoli. Alcuni pensano di aver trovato un mondo paradisiaco e si sono stabiliti lì, senza fornire un portale a noialtri."

Modifica di nuovo la scena, e di colpo ci ritroviamo in mezzo a Times Square... ma ha qualcosa di insolito.

"Voglio lasciarvi con questo" dice il Dottor Hekima. "Se il numero delle Altre Terre è veramente infinito, devono esistere dei mondi privi di portali e senza di noi, i Conoscenti." Apre le mani, e alla fine capisco che cos'è quella leggera differenza di Times Square.

In un posto così affollato dovrebbero esserci le aure dei Conoscenti qua e là, invece sono completamente assenti in questa versione di New York.

Nel vedere la comprensione sul mio viso, sorride e dice: "Credo che i costruttori di portali abbiano lasciato dei mondi umani come dei santuari senza la nostra specie." Dissipa la magia, e mi arriva alle narici il generale odore di caffè stantio nella squallida aula dell'Orientamento. "Alcuni altri mondi potrebbero ospitare dei Conoscenti in esilio, che non possono raggiungere il resto di noi senza l'aiuto di un costruttore di portali. Ahimè, non c'è modo di dimostrare queste mie teorie, inoltre sono proprio fuori tempo, adesso." Si alza e va verso la porta, senza aspettare ulteriori domande.

Alzo comunque la mano, ma la riabbasso quando il Dottor Hekima abbandona l'aula.

Appena se ne va, i miei compagni di classe si riscuotono dallo stupore e cominciano rumorosamente a radunare le loro cose.

Io e Maya finiamo per prime e ci dirigiamo verso la porta, proprio mentre Roxy mi lancia un'occhiataccia.

A seguito dei sogni sui funerali, eccetera, prendo Maya per un braccio e la trascino rapidamente verso la limousine, dove Felix ci aspetta.

Le cagne ci inseguono, ma balziamo nella vettura prima che possano raggiungerci.

Mentre ci allontaniamo, controllo le inseguitrici attraverso il vetro oscurato, e noto Roxy che fissa la limousine come un lupo affamato potrebbe guardare un delizioso agnello.

Decidendo di spostare l'attenzione da un bullo a un altro, prendo il telefono per chiamare Nero, e gli racconto della visione sul funerale.

"Avresti dovuto dirmelo ieri" ringhia, quando ho

finito. "Sto tornando a New York in questo istante. Non uscire dal tuo appartamento fino al mio arrivo."

"Sissignore" rispondo, facendo il saluto militare al telefono. "Rimarrò a casa come una brava..."

Fisso indignata il telefono. Ha riattaccato prima che finissi la mia risposta sarcastica.

"Io continuo a dire che il tuo può essere il potere più pericoloso di tutti" sento dire da parte di Maya a Felix e, quando la guardo, la sua espressione è assolutamente seria.

"Lo pensi davvero?" chiede Felix, e il rossore non lo agevola.

"Prendiamo ad esempio gli Stati Uniti." Lei prende una Coca-Cola dal bar. "I computer adesso sono dappertutto in questo paese, e significa che un potente cyberattacco può paralizzare qualsiasi cosa, dal commercio all'acqua potabile e altro." Beve un sorso di Coca-Cola. "Perciò sì, sono sicura che, se ti concentrassi completamente su questo, potresti essere il peggior supercattivo del mondo."

Felix si gratta la testa. "Il piccolo particolare è che il Consiglio mi ucciderebbe, dopo o durante. E..." Mi lancia un'occhiata colpevole. "...ovviamente, non farei una cosa del genere per ragioni morali."

"Sto solo dicendo che non riconosci i tuoi meriti" dice saggiamente Maya. "Tu sei potente."

Lui si gonfia di orgoglio, e trattengo un sorriso. Non avrei mai pensato che si potesse pompare qualcuno con 'puoi causare un'apocalisse', ma sembra che su Felix abbia funzionato sul serio.

"I cyberattacchi sono solo un'opzione" dice. "Se costruissi un intero esercito di Golem, potrei conquistare il mondo in *quel* modo." Come per sottolineare le sue parole, il monosopracciglio danza la robot sulla sua fronte.

"A proposito del tuo progetto." Maya si spinge gli occhiali più in alto sul naso. "Posso vederlo, finalmente?"

Felix arrossisce, e impiego un momento a capire perché: Maya si è appena auto-invitata in camera sua e, dallo sguardo malizioso sul suo visino, scommetto che l'ha fatto apposta.

"Penso che sia completato." Felix mi guarda in cerca di aiuto, ma mi fingo ignorante. "Non l'ho testato quanto vorrei, ma..."

"È così eccitante." Maya gli sorride, radiosa. "Non vedo l'ora di vederlo."

"Spero davvero che il 'lo' in questione sia sempre il robot" mormoro sottovoce, ma Felix deve avermi sentito, perché diventa di un rosso più scuro.

Maya cambia argomento, ma la ascolto con un orecchio solo. È ora di riprendere con la ricerca sulla visione del funerale, dato che non ho prove di averlo sventato.

Chiudendo gli occhi, entro nello Spazio Mentale e cerco di rivedere il funerale.

Proprio come la notte scorsa, tutto ciò che ottengo è uno scorcio di una tragedia familiare a caso, invece del mio obiettivo.

Dopo qualche altro inutile tentativo, Kevin accosta

vicino al nostro palazzo, e io, Felix e Maya saliamo di sopra.

"Vuoi vedere Golem con noi?" chiede Felix, quando entriamo.

"Posso prenotarmi per la prossima volta?" Mi tolgo le scarpe e sbircio la faccia di Maya. Sembra sollevata dal mio rifiuto. "Voglio cambiarmi e rilassarmi un po'" continuo. "Maya, ti fermi per cena stavolta? Ti devo ancora una pseudo-dimostrazione dei tuoi poteri."

"I miei mi aspettano a casa anche stavolta" dice con il broncio. "Ma magari un altro giorno?" Osserva Felix in modo significativo.

"Vuoi fare un brunch con noi il prossimo fine settimana?" chiede Felix.

"Sì" risponde lei solennemente.

"Ottimo" dice Felix. "Da questa parte."

Va dritto in camera sua.

Ignorando il mio occhiolino, Maya si sbriga a seguirlo, e non appena entrano nella stanza sento uno strillo di eccitazione.

"Spero che sia rimasta colpita dal suo robot e non da qualcos'altro" dico a nessuno in particolare.

Scuotendo la testa, vado in cucina a prendere un po' d'acqua, ma mi blocco di colpo.

Quello che sta succedendo sotto il tavolo della cucina non ha affatto senso. Invece del cincillà a cui sono abituata, ne vedo due... e non è questa la parte più strana.

È quello che stanno facendo i due cincillà. Uno... il maschio, presumo... ha montato l'altro, con le zampette anteriori vicino alle sue orecchie. Definirlo scopare sarebbe riduttivo; lui trema come se gli stesse venendo un colpo. Ci sono anche dei forti stridii.

In qualche modo, l'intera scena è più tenera che inquietante... e questo in sé è inquietante, no?

"Fluffster" dico, quando ritrovo la lingua. "Che stai facendo? *Chi* ti stai facendo?"

Continuano per qualche altro secondo, poi si separano. Il cincillà che veniva montato corre via da sotto il tavolo e si trasforma subito in Kit.

Una Kit completamente nuda.

"Vado a farmi una doccia" dice. "Grazie" aggiunge, abbassando lo sguardo su Fluffster.

Esce, ma io continuo a stare lì, incerta su cosa dire o fare.

"Posso avere del porridge?" chiede Fluffster nella mia testa.

Mi affretto ad accontentarlo, lieta di avere qualcosa da fare.

Quando comincia a masticare rumorosamente, esclamo di botto: "Vuoi che ti procuri una cincillà?"

"Cosa?" Alza lo sguardo. "No. Certo che no. Un animale non può dare il proprio consenso." Afferra un altro pezzo di porridge con le zampette. "Sarebbe come chiedermi se voglio darci dentro con la gatta." Dopo un momento in cui sembra pensieroso, aggiunge: "Probabilmente dovresti tenere Kit lontana dalla gatta."

"Buona idea" rispondo, e mi trattengo a malapena dal dire che spero non si sia preso un herpes soprannaturale, oggi.

Finisce il porridge e alza lo sguardo. "Posso fare il mio bagno di polvere, adesso?"

"Certo" dico, e andiamo nella mia stanza.

Verso della polvere fresca nel bagno e lascio che Fluffster la usi, poi cambio subito la polvere, anche se di solito dura per varie sessioni. Perché... malattie veneree.

"Vado a vedere come sta" dice Fluffster, e sgattaiola fuori dalla stanza.

"Giusto" dico. Solo quando è uscito, aggiungo sottovoce: "Chi lo sapeva, che i domovoi fossero degli amanti così premurosi."

Fluffster non risponde nella mia testa, perciò mi siedo sul letto... ed è a questo punto che un'ondata di inspiegabile agonia emotiva m'investe.

Se fossimo in *Star Wars,* lo definirei 'un grande disturbo nella Forza', ma nella situazione attuale può essere una cosa sola.

Deve avere a che fare con la visione del funerale.

Qualcuno che amo è in pericolo di vita.

CAPITOLO VENTIDUE

OGNI CELLULA nel mio corpo mi grida di balzare in piedi e fare qualcosa, ma sarebbe inutile. Non so dove sia il pericolo e chi sia l'obiettivo.

Faccio un respiro profondo, poi un altro, sperando che tutta la pratica nella cella di Nero dia i suoi frutti.

Lo Spazio Mentale mi sfugge, perciò riprovo con tutta la mia forza di volontà, per raggiungere la concentrazione necessaria.

Fallisco una volta. Due volte.

Inspiro profondamente, poi di nuovo.

Finalmente, qualcosa va per il verso giusto e vortico nello Spazio Mentale.

———

TUTT'INTORNO A ME CI sono prismi triangolari freddi come l'Antartide, color porpora e dal sapore metallico, che emanano un'intera opera lirica di paura e afflizione.

È questa la visione che il mio subconscio vuole farmi vedere?

Devo dedurre che la risposta sia sì, ma se così non fosse? Per quanto tempo dovrei lasciar scorrere la visione?

Felix una volta ha ipotizzato che le prime forme avessero la lunghezza ideale... ma quanto sono disposta a scommettere su *quella* teoria? Con buona probabilità, dovrò avviare più volte parecchie visioni, come ho fatto ieri, e non voglio ripetere lo stesso errore esaurendo il mio potere, prima di avere delle risposte.

Zoomo in avanti, solo una volta, sulla forma più vicina, sperando di trovare un buon compromesso.

Quando passo al toccare il mio obiettivo, sento resistenza, come quando avevo difficoltà con le visioni spaventose all'inizio dei miei viaggi nello Spazio Mentale.

Qualunque cosa sia, dev'essere altrettanto terribile.

Serrando la mascella metafisica, continuo a concentrarmi sulla forma, ordinando al mio fascio di collegarsi ad essa... ancora e ancora.

Al decimo tentativo, la visione mi risucchia con violenza.

———

SONO priva di corpo e la mia prospettiva sta

fluttuando appena fuori dalla stanza di Felix, quando lui e Maya escono.

"Mi spiace dover interrompere qui." Maya agita il telefono vicino al punto dove si troverebbe la mia faccia reale. "Mamma mi ha appena detto di aver invitato anche il nonno, perciò devo raggiungerla presto."

Accanto a un messaggio della madre di Maya, il telefono mostra come sfondo un selfie guancia a guancia con Felix. L'orologio sullo schermo segna le 05:34 di pomeriggio.

"Non è un problema" dice Felix, e aggiunge un po' triste: "Non ho mai conosciuto i miei nonni di persona."

Si dirigono verso la porta d'entrata e fluttuo dietro di loro come un fantasma.

Felix sblocca la porta, tenendola aperta per Maya con quel suo esagerato modo di fare da gentiluomo.

Maya si spinge gli occhiali sul naso con il minuscolo indice, poi esce con passo placido.

Felix la segue, stordito... come ipnotizzato dai suoi fianchi stretti che ondeggiano.

Si fermano vicino all'ascensore e insieme premono il pulsante. Le loro dita si toccano ed entrambi ridacchiano come delle ragazzine.

L'ascensore si apre.

Se ora avessi gli occhi, batterei le palpebre. Più volte.

Dentro l'ascensore c'è un uomo giovanile, dalla magrezza familiare e con i capelli scuri. I suoi occhi verde marmo schizzano da Felix a Maya, tornando poi su Felix.

"Tu" dice Felix. Anche lui deve aver riconosciuto Koschei, il braccio destro di Baba Yaga.

"Io" risponde Koschei con quella voce da guardiano di una cripta.

Felix si mette davanti a Maya per proteggerla, spingendola lontano dall'ascensore.

Con movimenti a malapena visibili, Koschei infila la mano nel blazer, da cui estrae un pugnale con un groviglio di decorazioni, e scatta in avanti.

Prima che Felix o Maya possano reagire, Koschei sta già squarciando la gola di Felix.

"Scusa, ragazzino" dice Koschei, quando il mio coinquilino crolla in una pozza di sangue sempre più ampia. "Non posso lasciare testimoni."

Maya fa per urlare, ma Koschei la pugnala al petto, proprio mentre la sua mano sottile le tappa la bocca...

———

SONO di nuovo sul mio letto e tutto il mio corpo trema, come se avessi bevuto una caraffa di espresso.

Barcollando nel rialzarmi, afferro il telefono.

Sono già le 05:34 del pomeriggio.

L'orribile visione che ho appena avuto si avvererà tra pochi secondi.

Prendendo la pistola requisita prima, corro fuori dalla stanza così velocemente, da scivolare con i calzini sul parquet.

La schiena di Felix scompare, mentre chiude la porta d'entrata dietro di sé.

Chiamando a raccolta il mio recente allenamento nella corsa, accelero per raggiungerlo.

Se Kit apre la porta del bagno al momento sbagliato, Maya e Felix sono spacciati.

O se inciampo.

O se sono troppo lenta.

Raggiunta la porta, lascio quasi cadere la pistola per sbloccarla, e balzo di fuori.

Felix e Maya sono a metà strada verso l'ascensore.

"Fermatevi!" Punto la pistola verso la porta dell'ascensore. "Tornate dentro, subito!"

Se non pensano che li stia minacciando con la pistola, trovano preoccupante il mio tono di voce, poiché sbiancano. Ma l'importante è che tornino indietro di corsa.

Maya è la prima a portata di mano, perciò la prendo per la felpa e la spingo nell'appartamento, ripetendo lo stesso brusco trattamento con Felix.

Ansimando, inserisco la catena nella porta, ma lasciandola aperta appena appena, per sentire cosa succede all'esterno. Se la mia visione si avvera, avrò un istante per chiudere a chiave... non che una serratura possa fermare Koschei.

"Fluffster!" grido. "Penso che Koschei stia per attaccarmi. Preparati a menare qualcuno."

Non so se Fluffster fosse già vicino alla porta, o se sia apparso così rapidamente che non ho colto i suoi movimenti, ma di colpo è accanto a me, con il musetto da roditore dall'aria determinata, molto anomalo per un cincillà.

Felix e Maya mi stanno ancora fissando con occhi sgranati, mentre si riprendono.

L'ascensore all'esterno tintinna.

Sento dei passi felpati, e quasi riesco ad immaginarmi Koschei che esce da quella cabina.

Ma a questo punto, capisco che la mia teoria sulla sua intenzione di uccidermi ha delle falle.

Lavora per Baba Yaga, e lei ha detto a Nero che non mi sta dando la caccia.

E a Nero non si può mentire.

Oppure sì?

Nero è tanto stupido da non includere i tirapiedi di Baba Yaga nel patto di 'non uccidere Sasha'?

No.

Se c'è qualcuno capace di stringere un patto inviolabile, è Nero.

Ma rimane un'altra possibilità, anche troppo spaventosa da considerare.

E se fosse Nero quello che mente... a me?

Baba Yaga è arrivata fino a lui, in qualche modo? L'ha pagato, per dirmi di non preoccuparmi?

No.

Sarà pure una spina nel fianco, ma non riesco a immaginare Nero che fa una cosa del genere.

Sembra molto più plausibile che Baba Yaga abbia escogitato un infido stratagemma per mentire a Nero.

Poi noto che sta succedendo qualcosa di strano.

Il rumore dei passi di Koschei ha qualcosa che non va.

Sembra che si stiano allontanando, più che avvicinarsi.

Quando sento bussare alla porta di qualcun altro, la realtà del vero pericolo mi crolla addosso... e nel frattempo, vengo assalita dalla madre di tutte le paure di una veggente.

CAPITOLO VENTITRÉ

STO TIRANDO VIA LA CATENA, quando sento la voce di Rose: "Koschei? Cosa ci fai qui?"

"Mi manda Baba Yaga" risponde lui, mentre apro la porta di scatto. "Devo dirti da parte sua che non è una questione personale, sono solo affari."

Sollevo la pistola mentre corro.

Koschei ha afferrato Rose per il suo lungo abito con una mano, mentre il pugnale decorato della mia visione è stretto nell'altra, pronto a colpire.

Sparo, pregando di non colpire Rose.

Una macchia rossa si allarga sulla spalla di Koschei, ma il bagliore del pugnale si abbassa.

Rose grida.

Sparo di nuovo... e sebbene il proiettile lo colpisca al torace, non si volta nemmeno dalla mia parte. Di nuovo il bagliore del pugnale nell'aria, e Rose lancia un altro orribile urlo.

Punto alla sua testa e premo il grilletto.

Il proiettile gli sfiora il cranio.

Barcolla leggermente, ma il pugnale si risolleva nell'aria, come in una scena di *Psycho*.

Accorciando la distanza, gli schiaccio la pistola contro la tempia, e con un rivoltamento di stomaco premo il grilletto.

La sua testa esplode, e lui e Rose crollano a terra.

Con il respiro ansimante, gli sparo ripetutamente nel petto, finché il clic della pistola non mi dice che è vuota.

La sua aura da Conoscente si spegne, tremolando, ma so che è solo una cosa temporanea.

C'è un motivo se lo chiamano Koschei l'Immortale.

Reprimendo un attacco di nausea, raccolgo il pugnale da terra e mi giro verso Rose.

Giace sulla soglia dell'appartamento e perde molto sangue.

Faccio per chinarmi su di lei, ma un lampo di energia viola circonda il corpo di Koschei.

La sua aura da Conoscente riappare e tutti i proiettili escono dal suo corpo, sbatacchiando sul pavimento.

Indietreggio di un passo, trascinando i piedi e tenendo il pugnale puntato davanti a me.

Il corpo di Koschei si alza a mo' di Nosferatu.

Mi rendo conto di essere nella posizione di arti marziali che ho praticato grazie all'allenamento con Nero.

Gli occhi verdi di Koschei si fissano su di me, poi tagliano bruscamente verso il corpo prono di Rose.

Stringendo più forte l'impugnatura, vorrei che Nero o Thalia mi avessero insegnato ad usare i coltelli.

Koschei mi guarda di nuovo. "Non ce la farà" m'informa tranquillamente. "Il mio lavoro qui è concluso."

Si gira e torna verso l'ascensore.

Lo fisso, lottando per respirare mentre preme il pulsante.

"Non hai intenzione di uccidermi?" chiedo, frastornata, mentre le porte si aprono e lui entra dentro.

Piega la testa di lato. "Volevi che lo facessi?"

Prima di poter rispondere, le porte dell'ascensore si chiudono come le tende di un macabro teatro.

Ancora inebetita, osservo la porta del mio appartamento.

Visto che la testa di Felix sporge fuori, grido: "Chiama un'ambulanza. Subito!" e m'inginocchio in una pozza di sangue vicino a Rose.

Respira con dei gorgoglii sofferenti e la sua aura da Conoscente è debole.

"La pietra che Nero ti ha regalato per la Grande Festa" dice con voce soffocata. "Portamela."

Può usarla per curarsi?

La speranza infonde più vigore alle mie gambe, mentre corro nel mio appartamento e quasi calpesto Felix, Maya e Fluffster sulla soglia.

"Restate dentro!" sbraito, precipitandomi nella mia stanza.

Per quanto ne sappia, Koschei sta cercando di attirarli fuori.

Apro un cassetto con uno strattone e, trovata la collana, torno indietro di corsa... Stavolta, quasi travolgo Kit, appena uscita dal bagno e avvolta in una salvietta.

Mentre sfreccio fuori di casa, sento Felix al telefono che dà il nostro indirizzo a un operatore del 911.

Raggiungo Rose e m'inginocchio vicino a lei, mettendo la pietra nella sua mano sporca di sangue. "Ecco qua quello che mi hai chiesto."

Durante la mia breve assenza, la pozza rosso scuro sul pavimento si è allargata, e la pelle pallida di Rose ha assunto un colorito semitrasparente.

Mi viene un groppo in gola di fronte ai gorgoglii più marcati nel suo respiro affaticato, e il suo sguardo si sforza di mettermi a fuoco.

Dopo un istante di agonia, i suoi occhi brillano nel riconoscermi. "Penso di sapere a cosa serva" dice con voce aspra. Le sue parole sono accompagnate da saliva intrisa di sangue. "Se ho ragione, dovrebbe essere d'aiuto." Le sue dita stringono la pietra, spasmodiche.

"Di cosa stai parlando?" chiedo, sconvolta, poi scuoto la testa. "Lascia perdere. Non parlare. Risparmia le forze per guarire."

"No." Il suo sguardo focalizza il mio viso. "Devi prenderti cura di Vlad."

"Sarai tu stessa a farlo" replico, nonostante il nodo in gola sempre più serrato. "Smettila di dire follie."

Il suo corpo viene scosso da un gorgogliante colpo

di tosse, e il sangue le gocciola da un angolo della bocca. "Devi promettermelo" sussurra, fissandomi con quella strana intensità negli occhi.

Le stringo la mano vuota. "Certo. Lo prometto."

Guarda la pietra nella sua mano, come per ipnotizzarla, e nel tempo di un respiro, un flusso di energia rosea scorre da tutto il suo corpo verso la pietra.

Essa brilla, e la sua aura da Conoscente scompare.

No.

Non sta succedendo.

Premo le dita sul suo collo.

Non c'è battito.

Con mani tremanti, prendo il telefono e premo lo schermo di vetro contro le sue labbra.

Nessun respiro.

Meccanicamente, faccio scorrere le dita gelide sullo schermo e seleziono il numero di Nero.

Dopo alcuni squilli, subentra la segreteria telefonica.

"Rose è morta" dico, e la mia voce risuona come quella di un'estranea. "Ho bisogno di te."

Riattacco e fisso intontita il telefono, poi mi viene in mente una cosa importante.

Vlad.

Deve sapere.

Mi sembra di aver perso la memoria, ma in qualche modo riesco a ricordare i numeri che avevo visto Rose digitare sul telefono.

Li digito.

Il telefono di Vlad squilla una volta. Due volte. Al terzo squillo, la chiamata viene presa.

"Pronto?" risponde con voce preoccupata.

Mando giù il groppo in gola. "Vlad, sono Sasha. Per Rose..."

"Dove sei?" La sua voce è terrificante.

"Il suo appartamento. Penso che sia..."

La linea è già morta.

Morta.

La parola mi schiaccia il petto come un iceberg, incrinando qualcosa nel profondo. Mentre dei puntini mi attraversano la vista, resto seduta lì per un tempo indeterminato.

"Rose" esclama Felix da qualche parte vicino a me. "Cos'è successo?"

Balzo in piedi e mi giro così velocemente, che per poco non vomito.

Felix, Maya e Kit sono dietro di me con espressioni inorridite dipinte in faccia.

Una furia improvvisa mi scuote. "Vi ho detto di rimanere dentro. Volete che Koschei uccida anche voi?"

Felix indietreggia con l'aria di chi ha appena ricevuto uno schiaffo.

"È stato Koschei?" L'espressione solitamente maliziosa di Kit è seria. "Il Consiglio dovrà mandare gli Esecutori all'istante... ma non Vlad, probabilmente."

"Vlad sta arrivando" mi sento pronunciare, come in lontananza.

"Portate dentro Sasha" ordina imperiosamente Kit a Felix e Maya. "Farò in modo che l'Esecutore più vicino si occupi degli eventuali umani che potrebbero passare sulla scena. Questo posto dev'essere deserto, quando arriverà Vlad."

Mi schiarisco la gola, simile a carta vetrata. "Dovrei essere qui al suo arrivo. Ho promesso di badare a lui."

Ignorando le mie parole, Maya e Felix mi prendono per le spalle.

Una parte di me desidera combattere, ma lascio che mi trascinino nella mia stanza, poiché la docilità comporta un beneficio: guida quei due dentro l'appartamento, dove li voglio io.

Il tempo sembra scorrere a scatti separati, come dopo una sbornia. Prima sono vicino alla porta, un attimo dopo sono vicino al letto.

Avendo le gambe che tremano, mi è più facile abbandonarmi su di esso.

"Cos'è successo?" dice Fluffster nella mia mente.

"Koschei ha ucciso Rose" sussurra Felix. "Sasha ha visto tutto. Sono in pensiero per lei."

Fluffster salta sul letto e si accoccola vicino a me. Felix, oppure Maya, mi copre con una coperta, dandomi poi delle carezze di conforto sulla schiena.

Nulla di tutto ciò funziona.

Resto sdraiata lì, con i pensieri che girano in cerchio come una trottola.

Non può essere vero.

Rose non può essere morta.

Forse qualcuno nella comunità dei Conoscenti possiede un potere simile a quello che Koschei esercita su se stesso... il potere di riportare in vita Rose?

No.

Kit, o qualcun altro, ne avrebbe parlato.

Il mio mento trema e sento una pressione dietro gli occhi, ma le lacrime non scendono... come se i dotti lacrimali fossero ostruiti. Quand'ero piccola, indipendentemente da quanto mi sentissi male, una buona crisi di pianto mi faceva sempre stare meglio... un po' come quando, vomitando adeguatamente, si può far diminuire anche la nausea peggiore.

Scommetto che le lacrime non scendono perché, dentro di me, penso di non meritare di sentirmi meglio. Dopotutto, la visione del funerale parlava di *questo*, e non l'ho capito in tempo. Non sono riuscita a salvare Rose. Non era nemmeno nella lista di persone di cui mi preoccupavo, e invece avrebbe dovuto farne parte.

Quando comincio a percorrere la strada del senso di colpa, comincio a formulare altri pensieri autoflagellanti. Se avessi lasciato che l'ultima visione durasse più a lungo, avrei visto Koschei camminare verso l'appartamento di Rose dopo aver ucciso Felix e Maya, e avrei potuto fare qualcosa. Forse. Inoltre, la vera ragione per cui l'ha uccisa potrei essere io, poiché sto iniziando a pensare che il piano di Baba Yaga sia di tormentarmi, uccidendo le persone a cui tengo.

Le carezze sulla schiena s'interrompono, e Maya e Felix escono in punta di piedi dalla stanza.

Pensano che mi sia addormentata?

Vorrei *esserlo* con tutta me stessa, e che questo fosse solo un incubo.

D'altra parte, come posso sapere che non si tratta di un incubo?

E in quanto a questo, come posso sapere che proprio adesso non sto avendo una visione? Nelle visioni ho visto morire le persone a cui tengo.

Il problema con quella teoria è che non ricordo di essere entrata nello Spazio Mentale, prima che succedesse tutto questo. Ma me lo ricorderei? Se non avessi acquisito il controllo cosciente sulle mie visioni, penserei di trovarmi in una di quelle visioni spontanee ad occhi aperti, o addirittura in un sogno come quelli dei primi tempi. Ma adesso so esercitare il controllo cosciente, perciò è escluso che possa essere una di quelle opzioni.

Aspetta. Si può entrare nello Spazio Mentale da dentro una visione? Sebbene nessuno me l'abbia detto espressamente, sembrerebbe una cosa impossibile, altrimenti si avrebbero visioni dentro visioni, dentro visioni, all'infinito, a quanto pare una follia.

Okay allora.

Devo raggiungere lo Spazio Mentale.

Avere qualcosa da fare senza lasciare la posizione fetale e il pelo di Fluffster è un bene, quindi ci provo.

E fallisco.

Più e più volte.

Sto sabotando me stessa perché *voglio* che sia una visione?

Accantonando questo e altri pensieri, inspiro a fatica attraverso il groppo in gola ed espiro lentamente, ripetendo il procedimento a più riprese.

Appena la concentrazione dello Spazio Mentale sembra a portata di mano, sento un rumore orribile.

Qualcuno urla dal dolore; poi qualcosa viene strappato e rotto.

Fluffster si libera dalla mia presa rigida. "Vado a vedere cosa succede."

I rumori continuano, ma non riesco a far muovere il mio corpo.

Finalmente, il clamore cessa e Fluffster torna di corsa nella stanza.

"Era Vlad" mi spiega mentalmente. "Non ha preso bene la notizia."

"Vlad?" Guardo il domovoi.

"Ha perso la testa, poi è uscito da qualche parte come una furia." Fluffster percorre la stanza avanti e indietro. "Kit è preoccupata. Pensa che lui dovrebbe lasciare la questione in mano agli Esecutori e tirarsi indietro, perché ha un rapporto personale con la vittima. Pensa che Vlad cercherà vendetta senza un adeguato processo, e così potrebbero esserci gravi conseguenze per lui con il Consiglio."

Ovvio che il Consiglio prenda una posizione tanto stupida. Come si può biasimare Vlad, per volere la vendetta? Se riuscissi a muovere i muscoli, probabilmente sarei là fuori anch'io, facendo del mio meglio per testare fin dove arrivi l'immortalità di Koschei.

La promessa fatta a Rose risale attraverso la turbolenta palude dei miei pensieri.

Dovrei prendermi cura di Vlad, ma finora ho svolto

un pessimo lavoro. Non c'ero per lui, quando ha scoperto il cadavere della sua amata. Adesso lo sto lasciando diventare una persona non gradita al Consiglio.

Ma che *posso* fare?

Di nuovo, la risposta è lo Spazio Mentale.

Se riesco ad entrarci, posso provare a me stessa che questa non è una visione, e anche verificare il futuro di Vlad.

Quindi, m'impegno come prima nella respirazione, e alla fine raggiungo la concentrazione mentale richiesta.

———

FLUTTUO PER UN PO' nello Spazio Mentale senza formare dei pensieri, o notare le forme circostanti.

Essendo priva di corpo, mi godo l'assenza della nausea, e del peso sul petto, e il doloroso nodo in gola.

Ma non sono venuta qui per risparmiarmi la sofferenza.

Volevo accertarmi che non fosse una visione, e a quanto pare è così. La speranza, per quanto tenue, era il mio modo di negare la realtà.

Altrimenti, *è* possibile avere una visione dentro una visione, eccetera.

No.

È ancora la negazione della realtà a parlare.

Rose se n'è andata e, che la mia realtà sia una visione o meno, l'unico comportamento logico è fingere che non sia così e continuare a vivere la mia vita.

In qualche modo.

I miei pensieri si rivolgono a Vlad, perché il minimo che posso fare per Rose è cercare di mantenere la promessa.

Penso alla fronte spaziosa sul suo volto estremamente simmetrico, scolpito nell'avorio.

Non cambia nulla.

Forse devo scavare più a fondo. Vlad era violento e instabile nei giorni migliori, ma visto quant'era protettivo nei confronti di Rose, la rabbia che deve provare adesso è...

Le forme attorno a me cambiano.

Senza pensarci troppo, accorcio la durata della visione e mi protendo verso una forma nella moltitudine.

———

LA MACABRA STANZA sembra un mattatoio.

"*Gdye on?*" sbraita Vlad a ciò che resta dell'apparente criminale sul tavolo di metallo.

L'uomo strilla qualcosa d'incoerente in russo.

Vlad strappa un pezzo tatuato a caso del corpo dell'uomo, lo lancia in un grande secchio quasi pieno, e grida a raffica in russo...

———

SONO DI NUOVO SUL LETTO, con il collo teso quanto una corda da arrampicata.

Se devo aiutare Vlad, ho bisogno di sapere dove andrà, e la mia raccapricciante visione non dava un'idea del posto.

Significa che devo riprovarci.

Soffocando un gemito di dolore, ricomincio con la respirazione di prima per coadiuvare lo Spazio Mentale.

Inspiro. Espiro.

Inspiro.

Espiro.

Qualcosa nella mia testa si muove, e mi ritrovo di nuovo nello Spazio Mentale. Mentre fluttuo tra le forme sconosciute, valuto le mie opzioni.

Posso invocare un'altra visione di Vlad... e vederlo probabilmente torturare altri uomini di Baba Yaga per arrivare a Koschei.

Non mi va molto a genio quell'idea per varie ragioni.

E se invece cercassi Koschei?

Potrei essere fortunata e beccare Vlad, mentre ottiene la sua vendetta? Visto il suo ultimo incontro con Koschei, potrebbe aver bisogno di assistenza in quel momento futuro, prima di tutti gli altri.

Sebbene tutto dentro di me si ribelli all'idea, cerco di pensare all'essenza di Koschei.

Comincio con le sue caratteristiche fisiche, e presto con l'occhio della mente visualizzo la sua voce chiara e la bellezza del suo fisico magro.

Niente affatto.

Non è sufficiente.

Allora faccio del mio meglio per indovinare l'ignobile personalità di Koschei.

Devo essere brava in questo sgradevole esercizio, poiché le forme intorno a me cambiano di nuovo.

Mantenendo la stessa durata della visione, protendo il mio fascio e vortico riluttante dentro di essa.

———

KOSCHEI È all'angolo tra la West 57 Street e 12 Avenue, e fissa lo smartphone.

Sono le 06:57 di sera, e l'indirizzo sul suo GPS corrisponde al numero inciso nell'edificio pseudoartistico che torreggia su di lui.

Quando si dirige verso la porta, gli fluttuo dietro come un fantasma.

L'ascensore si ferma al quattordicesimo piano.

Va verso l'appartamento 14N e bussa.

"Chi è?" chiede una familiare voce femminile da dietro la porta.

"Sono Keanu, il custode" dice Koschei, camuffando a malapena la voce roca.

"Torni tra qualche ora" risponde la donna. "Non sono vestita."

Koschei si acciglia, poi si allontana dalla porta e le dà un calcio potente.

Essa cigola, ma rimane al suo posto.

Dà un altro calcio.

La porta vola all'interno e Koschei entra.

Una Lucretia molto vestita è vicino a una sedia simile a un trono, in mezzo a un salotto dai mobili quasi identici a quelli dell'ufficio nel fondo di Nero.

"Mi manda Baba Yaga." Koschei estrae un pugnale. "Devo dirti da parte sua che non è una questione personale, sono solo affari."

"Non dare la colpa a qualcun altro." Lucretia frappone la grossa sedia tra loro. "Sento che non sei tu a volerlo fare."

"Non è una questione personale nemmeno per me." Avanza di un passo e solleva il pugnale. "Quando venivi alla banya, ti ho sempre ammirato... da lontano."

"Allora non farlo" dice lei, e la sua voce solitamente controllata sembra sempre più disperata. "So che non sta usando il controllo mentale su di *te*, perciò hai una scelta."

"Sì" dice Koschei quasi in tono di scuse. "Ma mi mancano solo pochi omicidi per sbarazzarmi degli obblighi nei suoi confronti. Per quanto voglia che qualcun altro prenda il tuo posto, fai parte del suo piano."

Invece di rispondere, Lucretia agguanta qualcosa dalla forma intricata del trono.

Il metallo scintilla nell'aria.

Koschei batte le palpebre e fissa lo spadino nelle mani di Lucretia con un misto di soggezione e rammarico.

Lei gli spinge addosso la grossa sedia con un calcio, mettendosi in guardia.

Dopo averla schivata, lui accorcia la distanza tra loro.

Lo spadino di Lucretia colpisce con la rapidità del pungiglione di uno scorpione.

Sebbene sia infilzato come un kebab dalla sua lama, Koschei continua ad avanzare, finché lo spadino non gli esce dalla schiena.

Lucretia si sforza di estrarre l'arma...

CAPITOLO VENTIQUATTRO

LA VISIONE TERMINA qui e ritorno nella posizione fetale.

Mentre elaboro ciò che ho appena previsto, un'ondata di ormoni dello stress affoga il dolore che si sta ancora schiudendo in me, allentando la pressione costante sui dotti lacrimali.

Lucretia è in pericolo.

Il mio respiro accelera, e sento il sistema nervoso simpatico spostarsi verso la reazione di fuga o attacco.

Bene.

Dovrebbe aiutarmi a volare verso casa di Lucretia per combattere Koschei insieme a lei.

Scatto in piedi.

La stanza gira per qualche istante, poi l'adrenalina mi schiarisce la vista e rinvigorisce i muscoli.

Controllo il telefono.

Sono le 06:21 di sera.

Dato che Koschei era fuori dall'appartamento di

Lucretia alle 06:57, non mi resta molto tempo. Se c'è traffico (ed è sempre il caso di Manhattan), posso impiegarci più di mezz'ora per arrivare a Midtown da qui.

Uso un'app per verificare se i trasporti pubblici sarebbero più veloci, ma essa dice che il tragitto più breve sarebbe di quaranta minuti e qualcosa.

Presa la pistola, corro fuori dalla stanza... ricordando poi di aver scaricato l'aggeggio addosso a Koschei.

Forse Ariel ha ficcato dei proiettili da qualche parte in camera sua, ma non ho tempo di cercarli.

Spero che Kevin, il bodyguard/autista di Nero, abbia dei proiettili di scorta nella limousine.

"Come stai?" mi chiede Fluffster, mentre gli sfreccio vicino in corridoio. "Stai andando in bagno?"

"Koschei sta per uccidere Lucretia" dico da sopra la spalla. "È la mia psicologa. Devo salvarla."

"Cosa? No, non andare." I piedini di Fluffster si sforzano di stare dietro ai miei passi impazziti. "Altrimenti Koschei ucciderà due persone, invece di una."

"Non mi ha ucciso, quando ne ha avuto l'occasione." Mi volto per guardarlo, mentre infilo le scarpe vicino alla porta. "Penso che Baba Yaga, adesso, stia fingendo di onorare l'accordo con Nero riguardo a me. Oppure vuole che io soffra per la perdita di alcune persone, prima di porre finalmente fine lei stessa alla mia infelicità."

"Ma là fuori non posso proteggerti." Il messaggio mentale di Fluffster ha un tono sconsolato.

"Mi dispiace, non ho tempo per parlarne." Sblocco la porta. "Tu tieni al sicuro Felix e Maya finché..."

"Se ne sono già andati" m'interrompe. "Voi siete pazzi."

"Li hai lasciati andare?"

"Maya doveva tornare a casa" replica, mentre con la coda dell'occhio vedo sgattaiolare qualcosa di peloso. "Kit si è offerta di accompagnarla... e ha ordinato a un paio di Esecutori di andare insieme a loro. Felix li ha seguiti."

"E nessuno si è degnato di chiedermi niente?" Guardo dietro la scarpiera, e vedo che la palla di pelo che ha appena attraversato la stanza come un lampo è Lucifera.

Fluffster segue il mio sguardo. "La gatta di Rose starà con noi. Abbiamo cercato di dirti tutto, ma sembravi catatonica."

"Bene." Mentre fisso la gatta, noto che sembra più triste di quando aveva ingoiato una chiave, quasi rimettendoci la pelle. "Non ho proprio tempo per questo. Se riesci in qualche modo a consolare la gatta, fallo."

"Ci ho provato." Fluffster china la testa. "Sembra sapere che cos'è successo."

"Li farò pagare per quello che hanno fatto" prometto alla gatta, e spalanco la porta d'entrata.

Dall'aspetto del corridoio, sembra che un tornado

abbia inseguito una mandria di bisonti da una parte all'altra.

"Vlad era molto turbato" spiega Fluffster, prima che glielo chieda. "Era piuttosto inconsolabile."

Corro verso le porte ammaccate dell'ascensore e premo il pulsante.

Esse si aprono con uno stridore: a quanto pare, Nero dovrà occuparsi di altre riparazioni all'edificio.

Le vedo, non appena le porte dell'ascensore si aprono.

"State scherzando" mormoro.

Stringendo i pugni, esco per affrontare Roxy e le sue due tirapiedi.

CAPITOLO VENTICINQUE

LA LIMOUSINE, mia destinazione, dista solo una breve corsa, ma le tre ragazze, da vere e proprie stronze, si sono abilmente posizionate tra me e la porta d'ingresso. I loro sogghigni da lupe sembrano sinistri sulle facce truccate con il make-up di Dior.

"Te l'avevo detto, che alla fine sarebbe uscita" dice Ashley, o Maddie, con la voce di una fumatrice di sessant'anni.

"È stata mia l'idea di seguire la limousine" dice l'altra... quella che aveva aiutato Roxy ad inseguirmi attraverso Battery Park l'altro giorno, quando avevo avuto bisogno di Rose e Vlad per salvarmi da una batosta. "Perché ti prendi sempre il merito di tutto quello che faccio?"

"Kevin!" grido il più forte possibile.

Lui, che si trova in piedi vicino all'auto a trafficare con il telefono, guarda verso di noi.

"Maddie" ordina Roxy a quella con la voce da fumatrice. "Vai alla porta."

Maddie si lancia verso di essa, mentre Kevin si precipita verso il palazzo.

Arriva prima lei, e afferra la porta con entrambe le mani.

Kevin, che è grande e grosso, la guarda senza molta preoccupazione, mentre tira la porta verso di sé.

La porta non si smuove.

Ci mette più impegno.

Ancora nessun risultato.

Maddie è super-forte, o sono le proprietà fisiche della porta?

Dev'essere la seconda opzione: il Mandato impedirebbe a Maddie di mostrare la sua forza soprannaturale a qualcuno privo dell'aura, come Kevin.

"Non sapevo che il tuo autista fosse anche una guardia del corpo" commenta Roxy, ignorando la lotta. "Ma sembra che non possa comunque salvarti."

"Ha paura." Ashley inspira in maniera esagerata. "Ne sento l'odore."

"Non ho paura di voi" dico. "Qualunque cosa sia, non ho tempo per questo. Possiamo farlo dopo?"

"Non te ne andrai." Roxy si mette le mani dalla manicure perfetta sui fianchi.

"Pensaci." Indico Kevin con la testa. "Potresti essere molto più avvantaggiata senza di lui nei paraggi."

"Non è necessario che ci trasformiamo, per sistemarti" replica Ashley con voce più bassa. "Siamo in tre contro una."

In realtà, sono solo in due, a meno che Maddie non molli la porta e lasci entrare Kevin... ma due contro una non è ancora abbastanza come probabilità, soprattutto perché mi preoccupa di più il mio ritardo piuttosto che una rissa.

"Diamoci un taglio" dico a denti stretti, cercando la pistola.

Anche se è scarica, posso cavarmela con un bluff.

Roxy balza verso di me, e con un colpo mi fa volare via di mano la pistola prima che riesca a puntargliela addosso.

L'arma sbatte sul pavimento.

"Prendila!" grida ad Ashley, poi sibila verso di me: "La pagherai per quello che mi ha fatto quella vecchia strega."

Con le narici dilatate, guardo di traverso la faccia sorridente di Roxy. "Che cos'hai detto?" Allargo le gambe, mettendomi istintivamente nella posizione che ho messo in pratica tante volte.

"Quella ritardata decrepita della tua amica mi ha privato dei poteri per una settimana" ringhia Roxy, tenendo alta la sua testa perfetta. "Adesso tu..."

"Intendi Rose?"

"E chi, altrimenti?" sghignazza. "Quante altre decrepite..."

Comincio a vedere tutto rosso, ed eseguo la mossa per la quale Nero e Thalia mi hanno addestrato.

Il mio pugno cozza contro il mento di Roxy.

Lei sembra librarsi in volo, ma poi rovina sul pavimento di granito.

Come se stessi giocando a pallone, le do un calcio nelle costole.

Boccheggia, sforzandosi di tirarsi su, mentre le sue tirapiedi mi guardano a bocca aperta, sbalordite e affascinate.

"Di' ancora qualcos'altro su Rose, adesso, stronza." Le do un altro calcio. "Ti sfido." La colpisco di nuovo.

"Fermati!" sento gridare Ashley attraverso il battito che mi martella nelle orecchie.

Le lancio un'occhiata.

Mi sta puntando la mia pistola alla testa.

Le mostro i denti, e do un altro calcio a Roxy, stavolta in testa.

L'arma di Ashley fa un inutile clic.

Roxy si copre la testa appena in tempo per ricevere un'altra botta sugli avambracci.

Il mio stivale le sbuccia il braccio, creando una macchia di sangue molto soddisfacente.

"Ferme!" ordina Kevin.

Guardo indietro.

Kevin è entrato nell'atrio e ha due pistole in mano, una puntata su Maddie, l'altra su Ashley.

Maddie e Ashley alzano le mani, e la (mia) pistola di quest'ultima è per terra.

Attraverso l'accecamento dell'ira, capisco che Kevin ha adottato questa soluzione dopo aver visto entrare in gioco la mia arma.

Vorrei l'avesse fatto prima. Ho una destinazione da raggiungere.

Vedo con sgomento che Kevin non abbassa le armi.

Anzi, sembra proprio sul punto di fare fuoco.

Roxy si accorge del nuovo pericolo e rotola sulla schiena con un grugnito di dolore.

Temendo che abbia in mente qualcosa, sollevo lo stivale, pronta a colpirle la faccia con il tacco.

"Non farlo" dice con un labbro spaccato. "Mi sottometto." La sua aura del Mandato si affievolisce, poi torna alla normale intensità.

Maddie e Ashley la guardano con occhi grandi come pizze.

Provo una strana sensazione... come se qualcuno mi avesse versato della caffeina direttamente nel cervello.

Ma essa scompare rapidamente. Forse è solo lo shock per aver visto alcuni dei danni causati a Roxy?

"Anch'io mi sottometto" dice Ashley in maniera solenne, quindi si abbandona sul pavimento e si allunga, per imitare la posizione di Roxy. Stavolta, è la sua aura a tremolare, e provo di nuovo lo stesso, strano flusso di energia.

Dev'essere una specie di rituale dei licantropi.

In effetti, Kit non aveva parlato di 'sottomissione' a proposito di Roxy?

"Anch'io mi sottometto." Maddie si mette a terra e anche la sua aura tremola nello stesso procedimento. Ricevo un altro incremento di energia, o qualunque cosa sia.

Scuotendo la testa, decido di approfondire tutte queste stranezze dei licantropi più tardi. "Dobbiamo andare a Midtown" dico a Kevin. "Devo essere là appena è materialmente possibile."

"Esci tu per prima" dice, tenendo le pistole puntate sulle adolescenti per terra.

Recuperata la mia pistola, corro verso la limousine e mi siedo davanti, per controllare meglio la strada.

Kevin sale qualche secondo dopo e, avviata la macchina, mi guarda con aspettativa.

"West 57 Street e 12 Avenue. L'edificio in stile arte moderna. 14N. Sbrigati."

Gli pneumatici stridono, quando ci lanciamo in azione.

"Hai dei proiettili per una pistola come questa?" La agito. Non voglio distrarlo a questa velocità, ma devo essere armata.

"Vano portaoggetti" risponde, senza guardarmi. "La scatola con le lettere dorate."

Trovo i proiettili e ricarico la pistola.

Quando risollevo lo sguardo, fremo per la congestione del traffico sulla West Side Highway.

Prendo il telefono e richiamo Nero.

Dato che risponde la segreteria, racconto rapidamente quello che è successo oggi, tralasciando le parti soprannaturali, in modo da non essere punita dal Mandato per aver fatto origliare Kevin.

Provo allora con il numero di Vlad, che non risponde, e gli lascio il messaggio vocale di richiamarmi... scrivendogli poi la stessa cosa.

Nessuna reazione.

Forse non vuole sporcare di sangue il telefono, o è troppo occupato in generale a torturare gli scagnozzi di Baba Yaga.

Si apre uno spiraglio nella corsia di sinistra, e Kevin sterza in quella direzione, mancando un taxi giallo per un pelo. Guadagniamo però solo pochi metri, e temo sempre più di non arrivare in tempo.

Il traffico si riscuote dal passo di lumaca, e Kevin ricomincia con le manovre da kamikaze, mentre rimbalzo su e giù sul sedile. Lucretia è sul punto di lottare per la vita, e io non posso farci niente.

Stupido traffico.

Stupida Roxy.

Ripensando alla ragazza licantropo, provo una lieve fitta di rimorso. L'ho colpita così forte, da avere male al piede. A meno che i licantropi non guariscano più rapidamente del normale, il che è possibile, starà provando molto dolore.

Non che lei meriti la mia compassione. Quello che ha detto di Rose...

Interrompo la direzione dei miei pensieri: non voglio perdere la testa. Devo concentrarmi su Lucretia, adesso.

La mia mente si rifiuta di obbedire alla logica. *Rose è morta. Rose è morta.* L'insidioso sussurro porta con sé una pressione sempre più tremenda sul petto e sui dotti lacrimali, ma per quanto desideri il sollievo di un pianto a dirotto, le lacrime si rifiutano di uscire.

Ci fermiamo con uno stridio all'angolo tra la 57 e la 12, e Kevin si slaccia la cintura.

"Dove vai?" gli chiedo.

"Vengo con te, per affrontare il pericoloso delinquente dei russi" risponde... ripetendo l'eufemismo con cui ho definito Koschei nel messaggio vocale per Nero.

"No. Sarà molto pericoloso." Mi slaccio anch'io la cintura e apro la portiera.

"È il mio lavoro." Kevin scende dalla macchina. "Qualunque cosa succeda al 14N è nulla in confronto a quello che mi farà il capo, se permetterò a qualcuno di ferirti."

Non c'è tempo per discutere, né modo per descrivere la singolare natura del pericolo senza che il Mandato mi faccia sanguinare da ogni orifizio. Gli permetto di seguirmi.

"Lui è mio marito." Indico Kevin con la testa, quando raggiungiamo l'addetto alla sicurezza. "Siamo qui per una consulenza matrimoniale. La nostra psicologa si chiama Lucretia Rossi. 14N."

"Marito?" Kevin mi lancia un'occhiata, quando gli sportelli dell'ascensore si chiudono.

Mi stringo nelle spalle. "Di solito me la cavo molto meglio nelle bugie."

Annuisce, e prende la pistola.

Lo imito.

L'ascensore si ferma e Kevin prende il comando.

Corro dietro di lui.

La porta del 14N è stata sfondata.

Kevin, imitando un poliziotto della TV, si precipita dentro con prudenza, la pistola sollevata. Lo seguo, sforzandomi d'imitare al meglio le sue azioni.

Ci sono segni di lotta dappertutto, ma Koschei è sparito.

"Controllo il perimetro" mi sussurra Kevin nell'orecchio. "Vedi se puoi aiutarla."

Indica con la testa il divano che mi blocca la visuale, e si sposta in fretta in un'altra stanza.

Con un tuffo al cuore, giro intorno al divano, già sapendo che cosa troverò.

Lucretia giace scomposta sul pavimento. Le ferite inferte dal pugnale sono identiche a quelle di Rose, e la sua aura del Mandato è svanita.

Come se stessi pilotando il mio corpo da remoto in un bunker, passo intontita sopra lo spadino imbrattato di sangue e m'inginocchio accanto a lei, per verificare l'ovvio.

Niente battito.

Niente respiro.

Niente aura del Mandato.

Inebetita, crollo su Lucretia e abbraccio forte il suo cadavere.

CAPITOLO VENTISEI

NON SO per quanto tempo rimango lì, avviluppata al corpo immobile di Lucretia.

I miei pensieri sono come scoiattoli dopo una Red Bull, e la pressione sui miei occhi ha superato il limite di sopportazione.

Poi una domanda razionale si fa strada nella confusione mentale: come può essere morta Lucretia? È una pre-vampira: una specie di Conoscenti che si trasformano in vampiri dopo la morte. Ma poi ricordo una cosa che mi aveva detto Ariel: se un pre-vampiro non è abbastanza potente, non si trasforma.

Non se prima non ha bevuto il sangue di un vampiro.

Ed è facile che Lucretia non l'abbia bevuto... in quanto psicologa, sa che può creare dipendenza. Inoltre, Ariel aveva anche detto che questa scelta poteva comportare uno spiacevole effetto collaterale: il vampiro donatore diventa il sire del nuovo vampiro, e potrà controllare lui o lei per dieci anni.

Koschei e Baba Yaga devono essere stati al corrente della vulnerabilità di Lucretia. Altrimenti perché disturbarsi a commettere un crimine, che avrebbe solo trasformato Lucretia in un nemico potenzialmente più potente?

Ma aspetta.

Durante la nostra ultima seduta, Lucretia aveva detto di aver bevuto il sangue di Gaius dopo una ferita. Non aveva sviluppato una dipendenza, ma era stato come ricevere una dose di morfina nel momento del bisogno.

Perciò, forse si è trasformata ma Koschei l'ha uccisa due volte, prima come Conoscente normale e poi come vampira?

Come si uccide un vampiro?

Delle mani gelide mi afferrano di colpo per le spalle.

Poi provo un dolore lancinante, quando le zanne di Lucretia mi affondano nel collo.

CAPITOLO VENTISETTE

"LUCRETIA." Mi sforzo di sciogliere la sua morsa d'acciaio. "Sono io, Sasha."

Non mi lascia andare, ma si mette a succhiare la ferita sul mio collo.

Faccio per prendere la pistola, ma me la toglie di mano con un colpo, scagliandola dall'altra parte della stanza.

"Reagisci" sibilo, dando un calcio alla mia amica, appena rianimata. "Non vorrai mica mangiarmi."

"Lasciala andare" dice Kevin da qualche parte. "Altrimenti *sparo*."

"Tu non sparerai a nessuno" dice una familiare voce ipnotica.

"Io non sparerò a nessuno" ripete Kevin, come sotto un incantesimo.

"Getta via la pistola" dice la voce.

Kevin la butta nella stessa direzione dov'è sparita la mia.

"Lucretia, cara, lascia andare subito Sasha." La voce trasuda cattiveria melliflua e, nonostante lo shock e il panico, mi rendo conto di chi sia.

Lucretia libera le mie spalle, e mi rialzo in piedi a fatica.

"Dov'è Ariel?" chiedo, voltandomi per verificare il mio sospetto. La mia mano va a lenire involontariamente il morso sul collo.

Già.

Il bel viso del nuovo venuto appartiene a Gaius, la rovina dell'esistenza di Ariel.

"Dov'è?" ripeto, avanzando verso di lui.

"Ti ho sentito alla prima frase." Gli occhi a specchio di Gaius ritornano normali.

Kevin è immobile come un palo.

Lucretia si solleva su un gomito, guardandosi intorno nella stanza con gli occhi più spiritati di una studentessa universitaria ubriaca durante le vacanze di primavera. Nel mettermi a fuoco, vede la ferita sul mio collo e impallidisce... un'impresa difficile, dato che la non-morte ha già reso più pallida la sua solita carnagione bianca da bambola di porcellana.

A proposito di non-morte, non ha ancora l'aura... al contrario di Gaius e degli altri vampiri.

Forse dev'essere riapplicata?

Accantono il mistero, mentre mi dice: "Sento quanto sei spaventata. Mi dispiace tanto."

"Sei ancora un'empatica anche dopo la trasformazione?" mi lascio sfuggire, rendendomi conti che ci sarebbero diverse domande migliori da porre, e la maggior parte consiste in una variazione di ciò che ho già chiesto a Gaius.

"Esatto" risponde Gaius con un orgoglio quasi paterno. "Per me, lei avrà un valore inestimabile." Guardando il mio collo, aggiunge: "Siete state fortunate entrambe per il tempismo del mio arrivo: i vampiri appena trasformati fanno fatica a controllarsi."

"Non avrei fatto del male a Sasha" dice Lucretia, alzandosi a sedere.

"Falso" replica lui in tono canzonatorio. "Facilmente, l'avresti uccisa... e né Nero, né il Consiglio l'avrebbero apprezzato. Ai neofiti succede spesso."

"Neanche per sogno" insiste Lucretia, tuttavia sgattaiola via da me, come se avesse bisogno della distanza per evitare la tentazione.

"Devi nutrirti" le dice Gaius, indicando Kevin con la testa. Quest'ultimo, a causa della malia, non reagisce di fronte al terribile suggerimento.

"Aspetta un attimo." Avanzo di un altro passo.

"Non posso semplicemente prendere una sacca di sangue?" Lucretia si mette in posizione eretta con la scioltezza di un'atleta olimpica. "Bere da un umano è..."

"Chiedo scusa per l'equivoco" dice Gaius, e la sdolcinatezza evapora dalla sua voce, lasciando spazio alla pura cattiveria. "In qualità di tuo *sire*, ti *ordino* di bere da quell'umano."

Dall'espressione di Lucretia, sembra che lui le abbia appena sbattuto un camion contro la testa, e con la determinazione di uno zombie viene verso Kevin.

"Resisti." Mi metto davanti a lei. "Non farlo."

"Esatto" cantilena Gaius, ignorandomi. "Farai sempre più fatica ad opporti a me dopo ogni mio ordine."

Lucretia mi spinge di lato con una forza simile a quella di Ariel e, ritrovandomi sul divano, mi viene in mente una cosa.

Certo. Lucretia adesso è praticamente la schiava di Gaius... e lo sarà per dieci anni interi.

"Gaius, ti prego." Mi precipito in avanti, mentre Lucretia morde Kevin.

"Preferiresti essere tu?" Gaius si mette sulla mia strada e il suo corpo imponente crea una barriera impenetrabile.

Lucretia si sta nutrendo alle sue spalle. La sua gola si muove con riluttanza all'inizio, ma dopo qualche sorso comincia a succhiare con sempre maggior entusiasmo.

"Lucretia!" grido, cercando inutilmente di aggirare Gaius. "Kevin non è un Happy Meal. Così lo ucciderai."

Con estrema riluttanza, Lucretia si ritrae dal collo di Kevin.

L'autista, a parte il pallore, sembra normale... se si tralasciano gli occhi vacui sotto l'effetto della malia.

"Non ho detto che ti potevi fermare" dice Gaius a Lucretia da sopra la spalla. "Bevi da lui, e fermati solo quando lo dico io."

Sebbene sia chiaro che Lucretia sta cercando di opporsi all'ordine, stavolta obbedisce più in fretta.

Una volta ripreso a bere, lo fa sempre più rapidamente, come se dopo ogni sorso avesse più sete.

Il pallore di Kevin comincia ad eguagliare quello dei due vampiri nella stanza... e non può essere un buon segno.

"Fermala!" Colpisco Gaius alla mascella, poi gli do una spinta, ma si limita a sollevare un sopracciglio perfetto.

"La risposta sta davvero nella violenza?"

Squarcerei subito la gola a Gaius, se potessi, ma nella situazione attuale devo usare un raggiro.

Dopo una finta verso destra, fingo di volerlo schivare, e all'improvviso balzo verso sinistra.

Ridacchia alle mie spalle, palesemente divertito mentre afferro Lucretia e faccio del mio meglio per staccare la sua testa dal collo di Kevin.

Tanto varrebbe provare a rompere a metà un blocco di cemento.

Il corpo di Kevin si affloscia tra le sue braccia.

"No." Strattono più forte. "Lucretia, smettila!"

Strani rumori di sorsate le sfuggono dalla bocca, mentre continua a succhiare come una sanguisuga golosa.

"Non c'è più sangue in quel corpo." Gaius va a raccogliere da terra lo spadino imbrattato di sangue, e lo studia con apprezzamento. "Andiamo."

Lucretia lascia crollare a terra Kevin e si affretta a seguire Gaius... che deve aver usato i poteri di vampiro per uscire così velocemente dalla stanza.

L'attraverso in un lampo e prendo la mia pistola, poi corro di fuori, nel corridoio: non so se preferisco sparare a entrambi o solo a Gaius.

Il corridoio è già deserto.

Forse è meglio così. Non ho abbastanza energia per inseguirli.

Chiudo la porta d'entrata per tornare da Kevin e gli giro intorno.

Lasciandomi cadere in ginocchio vicino al suo corpo immobile, controllo i parametri vitali.

Niente.

È morto.

Proprio come Rose.

Vorrei gridare delle oscenità, ma l'urlo mi rimane conficcato in gola.

È stata colpa mia. Di nuovo.

Oggi è morta un'altra persona a causa mia.

Ci saranno due funerali.

La pressione dietro gli occhi sembra diventare acido bollente.

Distolgo lo sguardo dal cadavere e mi copro gli occhi con le mani.

Morto.

Aveva una famiglia? Dei figli?

Una povera donna è diventata vedova, stasera?

L'adrenalina residua che mi sosteneva evapora, lasciandomi completamente prosciugata.

Rose e Kevin.

Ariel sparita.

Lucretia, una vampira legata a Gaius.

È difficile respirare, e impossibile pensare.

C'è solo quella terribile pressione bruciante, e il vuoto tremendo.

Non so per quanto tempo rimango lì, inginocchiata accanto al corpo di Kevin, prima di sentire dei lievi passi fuori dalla porta.

Per me è difficile preoccuparmene.

I cardini della porta cigolano.

Dovrei alzarmi, o almeno chiedere chi è, ma le gambe e le braccia rifiutano di muoversi.

E poi, comunque, è troppo tardi.

Il nuovo venuto si precipita verso di me, troppo veloce per seguirlo con gli occhi.

CAPITOLO VENTOTTO

SI FERMA DAVANTI A ME, e riconosco gli zigomi prominenti del suo volto, contratto in una maschera di furia.

È Nero.

Mi ha trovato. Deve aver saputo le mie coordinate dal messaggio vocale. Ma è arrivato tardi. Se solo...

"Sei ferita?" chiede. "Cos'è successo?"

Incapace di formulare delle parole, scuoto la testa.

Nero non sembra soddisfatto della mia risposta laconica. Accovacciandosi accanto a me, mi dà dei colpetti come per cercare delle ferite.

Il suo sguardo si concentra sulle punture sul mio collo.

"Chi è stato?" Sembra un T-Rex che difende il proprio territorio.

Le mie ghiandole surrenali tornano in vita, dandomi la forza di gracchiare: "Lucretia. Era morta, e un attimo dopo non lo era più. L'ha costretta Gaius."

Indico il corpo di Kevin con la testa e provo un'ondata di vertigini.

"Ti porto a casa" dichiara Nero, come in lontananza.

Se riuscissi a parlare, gli consiglierei di non starmi vicino.

Gli direi che tutte le persone che mi si avvicinano sono in pericolo.

Che tutti coloro a cui tengo sono degli obiettivi... e che non voglio che lui muoia.

Che non sarei capace di sopravvivere, se fosse lui il prossimo.

Delle mani forti mi sollevano in aria, stringendomi contro un ampio petto, e un profumo puro, maschile e legnoso mi avvolge come una coperta soffice.

Mi porta fuori dall'edificio e, mentre cammina, il calore del suo corpo lava via una piccola parte della mia sofferenza.

Ma non aiuta molto. C'è un oceano di dolore, nel luogo da dove essa proviene.

Come da lontano, lo sento sbraitare degli ordini al telefono. Vuole che qualcuno organizzi una degna sepoltura per Kevin, e si assicuri che la sua famiglia sia economicamente a posto.

Poi mi mette sul sedile anteriore della limousine, e lo perdo di vista mentre chiude la portiera.

Senza la sua presenza, l'orribile vuoto dentro di me cresce fino ad assumere le proporzioni di Giove, e la pressione dietro gli occhi diventa molto più forte.

Potrebbe causare la cecità a lungo andare?

Gli occhi potrebbero schizzarmi fuori dalle orbite, come...

Nero apre la porta del conducente, sale e comincia a guidare.

"Puoi spiegarmi meglio cos'è successo?" chiede, mentre ci fermiamo a un semaforo rosso. "Potrebbe essere importante."

Resto seduta, fissando davanti a me mentre mi cingo con le braccia.

Mi sento come se, parlando, potessi essere spazzata via.

Alla fine, trovo la forza di mormorare sottovoce un delirante racconto degli eventi.

Un *senso* deve averlo comunque, poiché il volto di Nero è un caleidoscopio di reazioni spaventose.

"Allora, forse, la visione riguardava il funerale di Rose" concludo con voce incerta. "O forse quello di Felix o di Maya, se non li avessi salvati. Oppure quello di Kevin. Altrimenti, morirà anche qualcun altro. Forse..."

Mi zittisco, mentre ci fermiamo.

Sulle prime non avevo riconosciuto il luogo, ma ora sì.

Questo è l'elegante palazzo di Nero.

Mi ha portato a casa *sua*, non mia.

Prima di poter elaborare questo sviluppo, mi ritrovo di nuovo tra le braccia di Nero e percepisco gli effetti calmanti del suo tocco.

È piacevole soprattutto quando entriamo in

ascensore e lui mi accarezza la schiena, come se fossi un gatto.

Ma non dovrei pensare ai gatti, in particolare a quelli che sembrano tanto infelici quanto me.

Troppo tardi.

Appallottolandomi ancora di più tra le sue braccia, il mio respiro diventa affannoso mentre rivedo mentalmente la povera gatta, che sembrava capire cosa fosse successo alla sua padrona.

Usciti dall'ascensore, Nero mi porta nel suo attico.

Una volta dentro, mi conduce in cucina, dove mi rimette in piedi e ripulisce la ferita sul mio collo. Poi scarta un cerotto e lo applica delicatamente sui segni.

Dopo aver messo via il kit di pronto soccorso, mi prende il viso tra le sue grandi mani e mi fissa negli occhi.

Non riesco a non fissarlo a mia volta.

Oggi i suoi anelli limbari sono extra-spessi, rendendo molto più ipnotiche le sue iridi grigio-azzurre.

Sebbene sia soltanto un'illusione, sento il suo sguardo assalire fisicamente le paratoie che bloccano i miei dotti lacrimali.

Oscillo in avanti, come attratta da lui.

Abbassando le mani sulle mie spalle, mi attira in un abbraccio, premendomi la guancia contro il suo petto muscoloso mentre mi cinge con le braccia.

Mi aggrappo ai suoi fianchi, tremando da capo a piedi, mentre un groppo in gola mi mozza il respiro e la pressione dietro gli occhi diventa insostenibile.

"Shhh" mormora. "Andrà tutto bene. Si sistemerà tutto."

E come se stessi aspettando quelle parole da parte sua, un singhiozzo si fa strada attraverso il nodo in gola e i miei dotti lacrimali esplodono.

CAPITOLO VENTINOVE

ALL'INIZIO PIANGO IN MANIERA INCONTROLLABILE.

Nero mi accarezza dolcemente la schiena, cullandomi ogni volta che gemo, singhiozzo o tiro su con il naso... facendomi sentire appena un pochino meglio.

Quando mi sparisce la voce, i singhiozzi diventano rantoli rauchi, e stringo la camicia di Nero con gli ultimi residui di forza.

Mi massaggia le spalle, sussurrandomi paroline dolci e rassicuranti nell'orecchio.

Non so per quanto tempo rimaniamo lì così, ma quando alla fine mi ritraggo, sul suo petto c'è una grande macchia bagnata.

Ignaro della sua presenza, Nero va a grandi passi verso la sedia più vicino a me, la discosta dal tavolo e, con la grazia di un maître in un ristorante elegante, mi fa segno di sedermi.

Lascio cadere il didietro su di essa e mi asciugo la faccia con una manica.

Come in una delle mie illusioni, un bicchier d'acqua compare nella mano di Nero, che lo mette davanti a me, e lo tracanno.

Sembra che a piangere e a sbavare sul capo ci si disidrati abbastanza.

Nero raggiunge il gigantesco bancone della cucina e traffica con la teiera di ultima generazione lì sopra.

"Bevi anche questo." Mi mette davanti una tazza fumante. "Contiene melissa e camomilla."

Prendo la tazza con le mani gelide, riconoscente, soffio sulla superficie e bevo prudentemente un sorso.

"È buono" dico con voce roca. "Grazie."

Nero annuisce, poi si avvicina al frigorifero di dimensioni industriali e prende un paio di avocado dall'aria perfetta, un sacchetto di frutti di bosco, e delle verdure a foglia verde.

Mi squilla il telefono.

Nel prenderlo, vedo che Nero si acciglia.

È Felix.

Rispondo e lo sgrido per il fatto di essere uscito di casa.

Quando ho finito, si mette anche lui a gridare perché sono partita di nuovo da sola per una missione di salvataggio.

Ma facciamo pace alla svelta: lui adesso è a casa al sicuro, e gli spiego perché avevo avuto i minuti contati.

"Penso che dovresti stare da Nero, finché non

abbiamo capito cosa sta succedendo" dice Felix. "Non mi viene in mente un posto più sicuro per te."

E prima che possa esprimere il mio parere sull'argomento, riattacca.

Sorseggio il tè, riflettendo sulla realtà della mia situazione.

Sono a casa di Nero.

Ed è una situazione a dir poco confusa.

Come per stordirmi ancora di più, Nero mi mette davanti una ciotola con un'insalata appena fatta, e torna al frigorifero.

"Non ho fame" dico, ma poi esamino la stupenda presentazione del piatto.

"Mangia quello che riesci" suggerisce Nero, aprendo il frigo.

Infilzo l'insalata con una forchetta e la metto in bocca con circospezione.

Wow.

O sono più affamata del previsto, o si tratta della migliore insalata che abbia mai assaggiato.

Divoro la ciotola al rumore di qualcosa che sfrigola sui fornelli.

"Patate e funghi" spiega Nero, notando la mia occhiata furtiva nella sua direzione.

"Ha un profumo delizioso" mormoro, ingoiando l'ultimo boccone di insalata.

Nero porta in tavola la padella intera, posa due piatti, e ne serve un'abbondante mestolata nel mio.

Nonostante l'insalata, il mio stomaco brontola rabbiosamente alla vista.

Com'è poco elegante.

E lui l'ha sentito.

Altrimenti, come potrei spiegare il sorriso che sfiora gli angoli degli occhi di Nero?

Infilzo e mi metto in bocca alcuni pezzi di patate e funghi.

Mi sfugge accidentalmente dalle labbra un gemito di piacere.

Il sorriso svanisce dai suoi occhi, ma gli anelli limbari diventano più spessi. Bisogna riconoscere che Nero non dice, né fa niente per dimostrare di avermi sentito.

"Tu mangia, io torno subito" dice e, prima che possa protestare, esce dalla cucina.

Quando torna, ho mangiato metà del mio piatto.

Si serve anche lui del cibo e lo assale con la voracità di un cane di strada affamato.

"Un po' di musica?" Indica l'altoparlante intelligente vicino a noi.

Dato che ho la bocca piena, faccio segno di sì con la testa.

"Alexa" dice Nero con la sua voce profonda. "Metti 'Gangnam Style.'"

La scelta mi stupisce a tal punto, che quasi mi strozzo con un fungo.

Il ritmo del video di YouTube più guardato di sempre parte con un volume troppo alto, perciò Nero chiede all'altoparlante di abbassarlo.

Deglutisco e dico: "Pensavo che avresti messo Johnny Cash o Leonard Cohen, o qualcosa del genere.

Non..."

"Devono piacermi dei cantanti con la voce profonda, perché io ho la voce profonda?" Il sorriso è ricomparso agli angoli degli occhi di Nero.

"Beh, no, ma non pensavo che ti piacesse esattamente il K-Pop." Puntualizzo infilzando diverse patate con la forchetta. "Oppure ti piace solo questa canzone?"

"Nel K-Pop si fondono perfettamente alcuni dei miei generi preferiti" risponde Nero, mettendo un'altra canzone per me meno familiare. "I testi sono..."

"Aspetta, tu parli coreano?" So che non dovrei stupirmi di nulla, quando si tratta di Nero, ma le parole della canzone attuale sono così incomprensibili che...

"Lavoro a stretto contatto con Lee Kun-Hee" risponde. Poi, forse fraintendendo il motivo per cui sgrano gli occhi, aggiunge: "È il presidente del Gruppo Samsung."

"Lo so" dico. "Sono solo scioccata, perché hai imparato il coreano per parlare con un cliente, al di là della sua ricchezza."

"So la lingua di tutte le persone con cui interagisco." Si mette in bocca una forchettata delle ultime patate. "Quando qualcuno mi parla tramite un interprete, può mentire."

"Hmm. Non lo sapevo."

L'argomento delle bugie a Nero è un tasto dolente per me. Mi fa venire in mente quando ha affermato che Baba Yaga non sta cercando di uccidermi. In teoria, lei non ha scatenato l'allarme del suo rilevatore di bugie con quella frase, anche se i suoi scagnozzi sono venuti a uccidermi nel bagno dell'hotel.

D'altra parte, Koschei mi ha lasciato apertamente in pace dopo aver...

No. Meglio non andare in quella direzione, o ricomincerò a piangere.

Finisco ciò che mi rimane nel piatto, anche se adesso non ha più alcun sapore.

Quando alzo lo sguardo, noto che Nero mi fissa con quella che può essere solo solidarietà nel suo sguardo.

Questa è nuova. Il Papa sta per convertirsi al buddismo?

"Un giorno andrà meglio." Nero mi rassicura, mettendomi una mano sul polso.

Scuoto la testa: non è detto che riesca a parlare, adesso.

"Ti prometto che sarà così" mormora. "Con il tempo, impari a conviverci."

Batto le palpebre per scacciare le lacrime vaganti e lo fisso.

Dal modo in cui l'ha detto, sembra che stia parlando per esperienza personale.

Lucretia *aveva* detto qualcosa sulla paura di Nero di perdere qualcuno a cui tiene. Dev'essergli successo in passato.

Ma chi?

E quando?

Ma non sono abbastanza suicida da chiederglielo, perciò metto solo l'altra mano sopra la sua.

Rimaniamo seduti così per lunghi secondi, poi si ritrae e chiede se voglio il dolce.

"No, grazie" dico, non sapendo bene cosa fare con le mani, adesso che non stanno toccando le sue. "Sono piena."

"In questo caso, seguimi." Si alza. "Prima ti ho preparato una cosa. Ormai dovrebbe essere pronta."

Mi alzo e lui mi guida attraverso una serie di stanze, finché non entriamo in un bagno gigantesco, che sembra la sala di esposizione di stravaganti attrezzature per la spa. Ci sono candele accese dappertutto, e al centro si leva un'enorme vasca da bagno, con l'acqua che scende a cascata come un fiume in un canyon.

Nero osserva il livello dell'acqua e ne controlla la temperatura con la mano. "Perfetta." Si gira verso di me. "Questa è per te."

Il mio battito cardiaco accelera.

Preme un pulsante, e l'acqua ribolle appena i getti della Jacuzzi prendono vita.

Nero si aspetta che mi spogli nuda e che entri in una vasca di acqua calda davanti a lui? È questo il motivo delle candele romantiche?

Una parte di me, per qualche motivo, vuole esattamente fare questo. Ma un'altra parte sa che potrei non essere nello stato d'animo ideale per fare delle scelte, al momento... soprattutto quando significa spogliarsi nuda davanti al mio capo, Mentore full time, e tormentatore part time.

Non sapendo bene come agire, mi avvicino all'acqua, facendovi scorrere nel frattempo le dita.

La temperatura *è* perfetta, ed è tanto tempo che qualcosa non mi è sembrato così invitante.

"Lì ci sono delle salviette nuove." Nero indica un enorme portasciugamani. "Goditela."

Detto questo, risolve i miei dilemmi uscendo a grandi passi dalla stanza e lasciandomi lì, confusa dalla delusione che provo per il fatto che se ne sia andato.

Oh beh.

Mi spoglio ed entro nella vasca.

I getti mi colpiscono da ogni direzione... producendo un rilassante effetto massaggiante.

Sospiro di piacere.

Dev'esserci l'acqua calda, in Paradiso.

Infatti, mi sento così bene che comincio a sentirmi in colpa. Come posso essere così rilassata, dopo tutto quello che è successo?

Il peso sul petto si rifà sentire, ma nel giro di poco tempo la sonnolenza postprandiale in combutta con l'acqua che ribolle mi calma di nuovo.

Dopo qualche minuto, sono così rilassata da sentirmi strampalata.

A chi serve lo Xanax, quando esistono i carboidrati e le vasche di acqua calda?

Le palpebre si fanno pesanti, e cedo alla forte tentazione di chiudere gli occhi.

CAPITOLO TRENTA

MI RISVEGLIO sulle lenzuola più morbide che abbia mai provato.

Ho speso una fortuna per pagarmi il soggiorno in un hotel a cinque stelle?

Assolutamente no.

Ora ricordo.

Sono nell'attico di Nero.

L'ultima cosa che ricordo è di aver chiuso gli occhi in una vasca di acqua calda.

Mi ci sono addormentata dentro? E allora, come sono finita qui?

Sfregandomi gli occhi assonnati, mi guardo intorno.

Dev'essere la camera padronale di Nero. O almeno lo spero... è grande quanto tutto il mio appartamento.

Nero stesso non è in vista.

Sono sollevata o delusa? È sempre difficile pensare appena ci si sveglia la mattina.

Guardo sotto le lenzuola da tremila fili.

Già.

Come sospettavo, sono nuda come una spogliarellista in una colonia di nudisti.

Mi alzo con riluttanza.

I miei vestiti di ieri sono sul comodino vicino al mio telefono, così come un paio di mutandine di pizzo sconosciute, dei pantaloni da yoga nuovi di zecca, e una T-shirt sportiva.

Hmm. Cos'è peggio: l'idea che Nero si sia fermato da La Perla come prima cosa la mattina per comprare le mutandine, o il fatto che potrebbe averle tenute a portata di mano se per caso avessi deciso di passare la notte a casa sua?

O per un'altra donna, ora che ci penso.

Accantono questo pensiero, che non mi piace per niente.

Sentendomi troppo pulita per indossare i vestiti di ieri, scelgo quelli nuovi.

Ovviamente, mi vanno tutti bene e sono comodi quanto quelle lenzuola.

D'altra parte, devono essere per me.

Mentre prendo il telefono, noto che anche i vestiti di ieri sanno di fresco bucato.

Che cavolo? Nero ha dei domestici invisibili, o sto solo sperando che lo faccia perché così io sarei più o meno la Bella e lui la Bestia?

Il telefono dice che sono le 09:30 del mattino. Di lunedì.

Wow.

Nero non mi ha svegliato per andare al lavoro. Mi

auguro di avere ufficialmente la giornata libera. Per sicurezza, controllo se ho ricevuto e-mail o messaggi di lavoro.

Assolutamente no. Silenzio radio completo.

Carino.

E dato che è lunedì dopo l'alba, Nero dev'essere in ufficio. La sua etica lavorativa è una leggenda metropolitana di Wall Street.

E ciò significa che potrei dare un'occhiata in giro.

Entro nello smisurato bagno padronale, dove trovo uno spazzolino ancora sigillato identico al mio. Anche il dentifricio è il mio preferito, così come ogni altro accessorio da toilette in vista.

Immagino che stare con lo stalker di una vita abbia i suoi vantaggi.

Dopo aver sbrigato tutte le mie faccende da bagno, vagabondo fuori dalla camera padronale... ed è a quel punto che dei profumi deliziosi mi arrivano alle narici.

Mi lascio guidare dal naso per raggiungere la cucina.

Nero indossa degli abiti da workout che gli donano molto, e sta cucinando qualcosa ai fornelli dall'aspetto futuristico.

Non è andato al lavoro?

È una festa nazionale di cui mi sono dimenticata?

Sbircio il telefono.

Assolutamente no, non è così.

"Buongiorno" dice senza voltarsi. "Come hai dormito?"

Devo affrontare con lui la questione di essermi svegliata nuda? Quasi riesco a immaginarmelo rispondere: "Avresti preferito affogare nell'acqua calda?"

"Cosa stai cucinando?" chiedo invece, e ho 'aspetto delizioso' sulla punta della lingua, ma per fortuna non mi esce.

Si volta e mi mette davanti un piatto con un gesto enfatico.

Sono delle Eggs Benedict, uno dei miei cibi preferiti, e scommetto che lo sa.

Come contorno ci sono degli asparagi alla griglia, un altro dei miei preferiti, con pomodori e purè di patate dalla forma di un piccolo castello di sabbia.

Fantasioso.

Mette un piatto identico davanti a sé, poi versa del tè per entrambi e spruzza del succo d'arancia in bicchieri da champagne. Poi, con un movimento fluido, apre una bottiglia di Cristal e trasforma i nostri succhi in mimosa.

Brunch come in *Sex and the City*.

Con il mio capo.

Assolutamente normale.

Ceeerto.

"Non sei al lavoro." Taglio le uova, sforzandomi di sbavare il meno possibile. "Qualcuno ha finalmente esagerato con l'aria condizionata all'inferno?"

Nero sorride di nuovo con gli occhi. "Perfino *io* posso prendermi un giorno libero, in rare occasioni."

Assaggio le uova. Sono divine. Nero è molto più

bravo di Felix a cucinare. E forse anche della maggior parte degli chef di Tribeca.

"Naturalmente. *Puoi* prenderti un giorno libero." Sorseggio il mimosa. "Solo che non lo fai mai." Faccio seguire il tè alla bevanda frizzante: è la stessa combinazione rilassante di camomilla e melissa di ieri sera. "Quand'è stata l'ultima volta che hai semplicemente preso una giornata di ferie come questa?"

"L'estate del 1825" risponde Nero senza tracce di frivolezza.

"Stai scherzando, vero?" Assalto il fusto di un asparago con la forchetta.

"Giusto prima dell'inaugurazione della prima ferrovia pubblica al mondo" dice, sempre senza tracce d'ilarità. "Sapendo che mi aspettava un periodo molto impegnativo, presi un giorno di ferie."

"Beh" commento. "Tra il fatto di essere uno stacanovista, e di prendersi una vacanza ogni 192 anni, per il tuo bene *spero* che tu stia scherzando." Gli rendo onore con il mio drink.

"E in caso contrario?" Fissandomi intensamente, fa tintinnare il suo bicchiere contro il mio.

"Allora spero che tu ti goda il giorno libero." Mi lecco nervosamente dalle labbra i residui di salsa olandese.

"Sto cominciando a farlo." Mi fissa la bocca con una fame apparentemente non legata alla colazione.

Le mie guance si colorano. Sono proprio una principiante in fatto di alcol, indipendentemente da quanto sia diluito. Provando il bisogno improvviso di purificarmi, mi passo un tovagliolo sulle labbra.

Sta ancora fissando la mia bocca, perciò decido di cambiare argomento. "La tua assenza non costa al fondo un triliardo di dollari?"

"Circa quarantanove milioni" risponde, sempre con espressione seria. "Ma la settimana scorsa abbiamo registrato una performance eccezionale grazie al tuo lavoro."

Sta facendo il sarcastico, adesso? È la seconda volta che insinua che le mie scelte casuali sulle azioni gli abbiano fruttato dei soldi... ma è impossibile.

"Fammi indovinare." Alza lo sguardo per incrociare il mio. "Nonostante le tue abili proprietà di linguaggio, in realtà non hai usato le visioni per fornirmi i suggerimenti sulle azioni la settimana scorsa, giusto?"

Per fortuna, ho la bocca piena di bacon, uovo e muffin inglesi, perciò mugugno qualcosa d'incomprensibile. Dovevo saperlo, di non usare tutti quei nomi buffi delle azioni. Mi avrebbe smascherato per forza.

"L'avevo pensato" dice. "Ma pensi che le tue scelte fossero *davvero* casuali?"

Mando giù il boccone. "Non erano casuali."

"Un'altra affermazione vera e fuorviante." Sembra colpito. "Lasciami riformulare la frase. Pensi di aver scelto quelle azioni solo perché avevano delle abbreviazioni vagamente divertenti?"

"Vagamente divertenti?" Bevo un sorso del mimosa

come atto di coraggio. "Non è colpa mia, se certe persone sono prive di senso dell'umorismo."

"Comunque sia, ogni scelta che hai fatto era corretta." Mi rende onore con il suo drink senza tracce di scherno.

"Sul serio?" Faccio tintinnare il mio bicchiere contro il suo, senza pensarci.

"Devo mandarti il nostro conto economico?"

"No, sono a posto." Bevo un altro sorso del mio drink, anche se probabilmente non dovrei. "Ti credo."

"Bene." Si china verso di me. "Io non ti dico mai bugie."

Invece di richiamarlo per quella bugia, provo l'improvviso impulso di baciarlo.

Come in una visione, riesco ad immaginare come si svilupperebbe il bacio, dalla pressione delle sue labbra decise ma morbide, al...

Aspetta, cosa?

Ma che mi prende?

L'alcol ha sortito un duro effetto su di me.

Invece di dare retta al folle impulso, allontano il mimosa e dico: "In tal caso, eccoti altri due suggerimenti gratis: Southwest Airlines e la National Beverage Company."

Solleva il drink frizzante, dedicandomi un vero e proprio sorriso. "Le tue scelte ricadono su LUV e FIZZ?"

"Pensavo anche di darti la casa madre di KFC e Pizza Hut." Ricambio il sorriso. "Il loro ticker è YUM, come il tuo cibo."

"Grazie." Nero prende il telefono e scrive qualcosa.

Lo fisso, incredula. "Stai mandando un'e-mail a qualcuno, per investire in LUV, FIZZ e YUM?"

"Solo i primi due." Alza lo sguardo dal messaggio. "Hai solo detto che *pensavi* a YUM. Significa che è diventato una raccomandazione?"

"Perché no?" dico. "Dato che ci sei, investi in YUM. Mi dà tanta fiducia quanto tutti gli altri."

"Grazie" dice, imperturbabile. "Solo un secondo."

Mi metto il resto del cibo in bocca mentre lui scrive.

Come possono aver fruttato qualcosa le mie scelte casuali? Sono *così* brava con le previsioni nel mercato azionario? Se sì, preferirei diventare altrettanto abile nel tenere al sicuro me stessa e le persone che amo... che vada al diavolo il mercato azionario.

Il cibo saporito nella mia bocca si tramuta in sabbia, mentre mi passa davanti agli occhi l'immagine di Rose per terra.

Il dolore al petto ritorna con gli interessi, e la stanza comincia a girare intorno a me, le pareti si restringono.

"Sasha." Una mano forte copre la mia e la massaggia delicatamente. "Non pensarci. Resta qui con me."

Batto le palpebre, riscuotendomi dai cupi ricordi grazie al calore del suo tocco. O forse grazie allo slancio degli ormoni, generato da quel tocco.

Alzo lo sguardo su Nero.

Il suo sguardo è ipnotico e mi attira verso di lui, come se i suoi poteri riuscissero a infrangere le leggi della gravità.

Si china su di me. La gravità soprannaturale dev'essere pluridirezionale.

Sento il suo respiro caldo.

Le farfalle mi creano agitazione nello stomaco, mentre ricordo cos'è successo l'ultima volta che i nostri volti sono stati *così* vicini.

Il tempo rallenta, e mi passa per la testa una pericolosa domanda.

Perché non *posso* baciarlo di nuovo?

Mi ha consolato, ha cucinato per me, si è preso un giorno libero per la prima volta da secoli per rimanere con me nel momento del bisogno.

Ma no.

Ho già fatto queste considerazioni.

È il mio capo e il mio Mentore.

D'altra parte, non m'importa veramente del mio lavoro, e il suo ruolo di Mentore è solo una situazione temporanea. E comunque, non è che mi stia insegnando granché. Un bacio potrebbe magari portare a lezioni più interessanti in...

Interrompo di botto quel pensiero. Per quanto ne so, tutta questa inusuale gentilezza potrebbe essere un trucco, un modo per assicurarsi che la sua piccola veggente prediletta si comporti bene. Quando non gli sarò più di alcuna utilità, Nero potrebbe trovarsi facilmente un'altra veggente e abbandonarmi.

Proprio come hanno fatto i miei genitori biologici e Rose.

Con riluttanza, Nero si ritrae. E anche se stavo per

fare un passo indietro io stessa, sapere che ha deciso di non baciarmi brucia.

Ritraggo di scatto la mano dal suo tocco rasserenante.

Nei suoi occhi lampeggia qualcosa di simile a un senso di offesa e, piegandosi per alzarsi in piedi, prende il suo piatto sporco e va verso la lavastoviglie con lunghe falcate.

"Lascia che ti aiuti a riordinare." Mi alzo e prendo il mio piatto con le dita che, tremando, mi tradiscono.

"Faccio io" risponde, ma mi lascia spazio quando metto il piatto vicino al suo.

Nel giro di pochi istanti, la tavola è immacolata e la fisso a disagio, senza sapere bene cosa fare adesso.

"Io vado in palestra" afferma Nero senza traccia di emozioni nella voce.

"Buon per te" dico, sperando di sembrare altrettanto arida di emozioni.

"Penso che dovresti unirti a me" replica, con un tono un po' troppo autoritario per i miei gusti.

"Non sono dell'umore giusto." Abbassando lo sguardo sul mio outfit, perfetto per l'allenamento, mi maledico per averlo scelto... e maledico anche lui per essere stato abbastanza sveglio, da lasciarlo vicino al letto.

"Puoi usare le endorfine rilasciate dall'esercizio fisico" dice Nero in tono più ragionevole. "Dovresti..."

"Lo dici ancora in qualità di Mentore?" Alzo la testa.

"No." Sostiene il mio sguardo. "Puoi venire con me oppure no. A te la scelta."

"D'accordo" mi sorprendo a dire. "Dato che me lo chiedi così gentilmente, penso che un po' di allenamento mi faccia bene dopo questa colazione abbondante."

"Bene" afferma, e mi dà le spalle. "Da questa parte."

Cammina così velocemente, che stargli dietro è già un allenamento.

Dopo alcune svolte, ci ritroviamo nella sua palestra privata: una stanza delle dimensioni di un campo da pallacanestro, piena di attrezzature top di gamma.

"Usa questa per il riscaldamento." Indica un'ellittica, su cui salgo.

Sale sul tapis roulant vicino a me, lo avvia e si toglie la maglietta, gettandola sulla macchina accanto a lui.

La mia situazione cardio precipita all'improvviso, mentre la frequenza cardiaca aumenta in maniera sproporzionata rispetto ai miei movimenti.

Il mio capo è uno stupefacente esemplare di maschio, e la corsa non fa che sottolinearlo in maniera evidente.

Dopo alcuni minuti che ho passato a sbavare, m'informa che mi sono scaldata a sufficienza.

Verissimo, nel mio caso.

Anzi, forse sono nel bel mezzo di una vampata di calore.

Ci spostiamo in una zona libera destinata ai pesi, e mentre soffoco l'impulso di seguire le scanalature del suo torace muscoloso con la lingua, mi mostra come eseguire alcuni esercizi.

Con mio sollievo, lui si ritrae, e riesco a concentrarmi sul sollevamento pesi vero e proprio.

Nel giro di poco, sono lieta che mi abbia trascinato in palestra. Allenarsi è l'attività migliore, quando si è arrabbiati o agitati per altri motivi. Ogni volta che sollevo un peso, immagino di dare un pugno a qualcuno o a qualcosa... e ciò mi aiuta ad aumentare la difficoltà dell'esercizio.

"Bel lavoro" commenta Nero, mentre lascio cadere i manubri con un grugnito. "Adesso passiamo ai sollevamenti alla panca."

Accetto, ma presto mi rendo conto di aver fatto un grosso errore. Guardare le onde dei suoi muscoli che si flettono, mentre gocce di sudore si formano sulla sua pelle liscia e abbronzata, sta sgretolando il mio autocontrollo come un fiume ai piedi di una montagna calcarea.

"Sono stanca" dico quando non riesco più a sopportarlo. "Vado a fare una doccia."

Mi guarda intensamente e m'irrigidisco, temendo che si offra di lavarmi la schiena... e di accettare la proposta.

"Riesci a trovare la strada?" chiede con mio sollievo.

"Sì, sono sicura."

Fuggendo dalla palestra, corro nel bagno padronale e faccio una doccia fredda... cosa che sta diventando un rituale, con Nero.

Aiuta leggermente, anche se, quando esco dalla doccia, il mio viso è ancora un po' troppo arrossato.

Oh beh. Dopo essermi asciugata rapidamente, indosso i vestiti di ieri, appena lavati.

Adesso è giunta l'ora di tornare a casa.

Mi faccio largo fino all'entrata dell'attico... e mi ritrovo lì Nero, ancora a torso nudo.

Cerco di non mordermi la lingua, notando le gocce di sudore sul suo petto scolpito.

"Dunque... è stato divertente. Grazie di tutto." Avanzo di un passo, ma lui non si toglie di mezzo. Ci ritento, stavolta più rudemente. "Penso che adesso me ne andrò a casa."

"No." Nero incrocia le braccia sul petto come un buttafuori. "Non lo farai."

CAPITOLO TRENTUNO

"SÌ CHE LO FARÒ" dico, rendendomi conto di quanto debba sembrare infantile. "Non puoi tenermi prigioniera" aggiungo in tono più adulto.

O almeno spero che sia così, ma d'altra parte chissà a cosa gli dia diritto il suo ruolo di Mentore. O di stronzo crudele, in quanto a questo.

"Non sei una prigioniera" replica, quasi a denti stretti. "Voglio solo assicurarmi che tu sia al sicuro." Si avvicina. "Quando scoprirò cosa sta succedendo, ti lascerò andare."

"Beh, allora è semplice." Arretro di un passo. "La tua socia, Baba Yaga, sta cercando di uccidermi."

"Questo è impossibile" risponde deciso. "Ha detto di no, e non può mentirmi. Ne abbiamo già parlato."

"Allora vuole spingermi a desiderare di essere morta" dico, mentre riemerge il mio precedente sospetto di Nero in combutta con Baba Yaga.

"Non penso che così si spieghino le sue mosse"

replica. "Lucretia lavora per me... e anche se lei non rientra nell'accordo, dubito che Baba Yaga voglia provocare la mia rabbia. Inoltre, mandare Vlad su tutte le furie è da stupidi. Non lo farebbe unicamente per arrivare a te un'altra volta."

"Ah-ha. Quindi stai dicendo che, se volesse farmi del male, sceglierebbe un obiettivo più blando, come Ariel... che comunque è ancora scomparsa."

"O Felix" dice. "O la tua famiglia."

Sento il sapore della bile in fondo alla gola.

"Non ti preoccupare. Sto tenendo d'occhio i tuoi genitori adottivi" afferma Nero, avvicinandosi di un altro passo. "E ho detto a Felix di rimanere a casa, dove il tuo domovoi e il Consigliere Kit dovrebbero fornire una protezione sufficiente."

La mia nausea diminuisce, tuttavia continuo a indietreggiare fuori dalla sua portata.

Socchiude gli occhi, ma non si sposta. "Non credo che il fine ultimo di Baba Yaga sia di farti del male... ed è per questo che ho incaricato una persona di seguire il caso, per cercare di arrivare in fondo alla questione."

Rimango sorpresa. "Davvero?"

"Sì. La chiamano Freda Krueger" dice Nero, con il tono che la gente usa per sfoggiare la conoscenza di una celebrità.

Sollevo le sopracciglia. "Ho sentito parlare di un Freddy molto famoso con quel cognome, in *Nightmare - Dal profondo della notte*. Ma non sapevo di una versione femminile. Ti prego, non dirmi che Hollywood sta facendo l'ennesimo remake con..."

"Il suo vero nome è Bailey Spade" risponde Nero, guardandomi con aspettativa. Quando non do segno di riconoscerla, aggiunge: "Era a scuola con Felix."

"Ancora non mi dice niente." Mi sposto da un piede all'altro. "Non mi ha mai parlato di lei."

"Beh, il nome non è importante" afferma Nero. "Ha accettato di approfondire la questione per me, e possiede delle abilità uniche, che la rendono la persona perfetta per arrivare fino in fondo."

"Hai assoldato una Conoscente detective?" Mi massaggio le tempie.

"Puoi vederla in questo modo" risponde. "Il punto è che deve fare rapporto entro poche ore, e penso che vorrai aspettare di vederlo."

"A quanto pare, non ho molta scelta." Incrocio le braccia sul petto, imitando la sua posizione. "Cosa ti aspetti che faccia, se rimango?"

"Speravo che potessi farmi vedere una cosa." Infila la mano nella tasca dei pantaloncini da allenamento.

Una mano in tasca? Ecco un modo infallibile per attirare l'attenzione di una ragazza. Non riesco a non fissargli il cavallo dei pantaloni, affascinata.

Il mio capo sta per fare il pervertito con me? Come reagirei in quel caso?

La sua mano esce dalla tasca con un mazzo di carte da gioco. Lo allunga verso di me, tenendolo sul palmo. "Vorrei vedere da vicino la tua magia con le carte."

Mi permetto di sbarrare gli occhi.

È bravo. In effetti, se dessero delle medaglie per i

migliori manipolatori in assoluto, Nero vincerebbe la medaglia d'oro.

Avrà immaginato che questa prospettiva mi avrebbe eccitato quasi quanto l'idea di un altro bacio.

"Penso di poterti mostrare una cosa o due" dico, ricorrendo a tutto il mio talento di attrice per sembrare meno impaziente. "Mi serve un tavolo se..."

"Seguimi" risponde Nero, guidandomi in un'ala della casa che non avevo visto, e fermandosi ad un certo punto vicino a una cabina armadio per mettersi una T-shirt.

Le mie ovaie sono in lutto, ma il resto di me ne è felice.

Stavo mettendo in dubbio la capacità di concentrarmi sulle carte.

Finiamo in una stanza di sette metri per otto, piccola per un attico come questo.

Guardo con stupore l'arredamento, invidiosa e affascinata.

"Qui dentro ospito delle partite di poker con un'alta posta in gioco" spiega Nero nel vedermi a bocca aperta. "Ho pensato che fosse un ambiente adatto a questo."

Non è uno scherzo. Questo posto sembra un casinò in miniatura.

E sarebbe l'ambientazione ideale per i miei numeri con le carte, se qualcuno ne volesse progettare una.

"Posso usare questo tavolo?" Raggiungo il tavolo verde da poker, toccando con il palmo della mano la superficie perfetta per la disposizione delle carte.

"Certo." Nero si accomoda sulla sedia di fronte a me. "Era questa l'idea."

"Fantastico." Sedendomi più dritta, provo l'ondata di sicurezza che accompagna sempre le mie performance. "Mischia quelle carte."

Nero mi stupisce ancora, dando alle carte una mescolata professionale, seguita da una serie di appariscenti tagli che sarebbero l'orgoglio del miglior croupier di Monte Carlo, e mentre osservo le sue mani forti e sinuose eseguire tutti quei delicati movimenti, sento di aver bisogno di un'altra doccia fredda.

"Dammele" dico con voce rauca.

Nero sposta il mazzo di carte verso di me, e potrei giurare di vedergli un lieve ghigno sulle labbra.

Le dispongo a faccia in su, in modo che Nero le veda. "Sei soddisfatto di come le hai mischiate?"

"Sicuro" risponde, senza alzare lo sguardo dalle mie mani.

"Bene." Le raccolgo. "Adesso di' la tua mano di poker preferita e un numero di giocatori."

"La Scala Reale" afferma, sempre fissandomi le mani. "E quattro giocatori."

Ciò che sta facendo si chiama 'bruciare le mani', ed è un vero rischio quando si tratta della mia arte.

Per eseguire il numero, ho bisogno che lui distolga lo sguardo... ma come? A casa mia avrei un piano per distrarlo, ma qui devo ricorrere a qualcos'altro.

Dato che le domande sono un ottimo diversivo, dico di getto: "Volevo chiedertelo da tanto tempo. Che tipo di Conoscente sei?"

Come speravo, Nero alza lo sguardo, permettendomi di mettere in atto il mio raggiro.

Non mi aspetto una risposta, tuttavia la sola possibilità che me lo possa rivelare mi distrae. Per fortuna ho fatto ore e ore di pratica con le carte, altrimenti combinerei un casino.

"Non è che non voglia dirlo a *te*." Nero piega la testa di lato. "Semplicemente, è meglio che *nessuno* lo sappia."

"So tenere un segreto." Trovo ironico pronunciare quella frase, mentre faccio qualcosa di segreto proprio sotto il suo naso.

"Ci credo" risponde. "Ma ci sono creature come Bailey, che possono comunque rubarti l'informazione senza la tua partecipazione consenziente."

"Davvero?" Per poco non mi cascano le carte. "La tua piccola detective sembra spaventosa."

"Non è mia" dice, fissandomi intensamente.

"Quello che è." Afferro le carte. "Continuiamo con la dimostrazione."

Con un'equità esagerata, distribuisco le carte sul tavolo in quattro mani di poker e chiedo: "Quale giocatore?"

"Quale giocatore cosa?" chiede Nero, ricominciando a bruciarmi le mani in ritardo.

"Quale giocatore deve avere la Scala Reale?" Non riesco a trattenere un sorriso gongolante.

"Quello." Indica il giocatore numero tre.

"Controlla" dico, provando la solita ondata di dopamina di un numero andato a buon fine.

Nero volta le carte, rivelando la Scala Reale di cuori.

Fissa le carte, poi me, poi di nuovo le carte. "Ricordami di non giocare mai a carte con te" commenta alla fine, sbattendo la Scala Reale sul tavolo.

Ho sentito questa frase un milione di volte, ma pronunciata da *Nero* mi riempie di sentimenti teneri come se fossero mille gattini.

Gli mostro quindi alcuni dei miei classici preferiti con le carte, e Nero si beve tutto con sincero entusiasmo.

Per concludere la serie, m'invento un numero al volo. Comincio chiedendo a Nero di scegliere una carta a caso, e la confondo all'interno del mazzo. Poi gli dico che ritorneremo a quella carta tra poco.

Metto in pratica quindi il numero dell'ingerimento degli spilli che ho praticato a casa... e Nero fa le dovute espressioni disgustate nei momenti giusti, anche se il modo in cui mi fissa la bocca nel frattempo mi distrae da morire.

Per il gran finale, faccio librare le carte verso il tavolo da gioco, sputando nel frattempo l'ultimo spillo... che infilza un'unica carta nell'aria.

La carta 'perduta' di Nero.

Si alza in piedi e applaude. "È stato davvero sensazionale." Mi guarda con ammirazione. "Sei incredibile."

Arrossisco dalla testa alle punte dei piedi, e vorrei ballare dalla gioia.

"Puoi tenere le carte" dico, in parte per liquidare la teoria di quelle speciali per i trucchi, in parte per dire qualcosa di diverso da 'No, *tu* sei incredibile'.

Nero fissa il suo souvenir e sembra ancora più colpito.

Se sta fingendo, è in gamba.

Da far paura.

Prima cerca d'insinuarsi nel mio cuore passando per il mio stomaco con la cucina. Adesso usa il genere di adulazioni, che potrebbero decisamente farlo finire a letto con me.

Ma non posso abboccare all'amo.

Devo fare qualcosa per spezzare il malvagio incantesimo.

C'è solo un sistema a cui riesco a pensare... e guarda caso, prenderei due piccioni con una fava.

"Raccontami di mio padre" chiedo di getto.

L'eccitazione evapora all'istante dall'espressione di Nero, che ricade pesantemente sulla sedia con aria seriosa.

"Per favore?" aggiungo. "Tutto quello che puoi dire."

"Gli assomigli molto" ringhia a voce bassa. "Anche lui non lasciava mai perdere niente."

Soffocando un rantolo di sorpresa, resto semplicemente seduta in silenzio, temendo di riscuotere Nero da questo impeto di condivisione, per lui atipico.

"Come te, crea le sue regole al volo. E hai preso da lui anche l'immaginazione, e l'intraprendenza." Indica le carte in disordine sul tavolo. "Hai preso da lui anche quel tuo senso di lealtà quasi patologico." Tace e se ne sta seduto, come perso nei pensieri.

Respiro, cosa che mi accorgo di non aver più fatto da quando ha cominciato a parlare.

Non so se se n'è accorto, ma Nero ha appena parlato di Rasputin al presente, dandomi una risposta che volevo disperatamente conoscere.

Mio padre biologico è *vivo*.

Decido di mettere davvero alla prova la mia fortuna e chiedo in tono calmante: "Come posso trovarlo?"

L'espressione distante dipinta sulla faccia di Nero si trasforma nella familiare maschera di pietra, che si vede spesso al fondo.

"Questo non posso dirtelo" risponde. "Ho già parlato troppo."

Tirare la corda è stato un chiaro errore. Serro i pugni, balzando in piedi. Se una parte di me sa che Nero sta solo rispettando il contratto con mio padre, un'altra parte molto grande vuole dare un pugno sul mento a quel testone.

"Vorrei stare un po' da sola" dico nel tono più cordiale possibile, date le circostanze.

"Lascia che ti accompagni in salotto." Si alza e mi fa strada; la schiena è contratta, mentre cammina.

Lo seguo nell'ennesima stanza opulenta, che dev'essere la nostra destinazione. La parete sud è nascosta da un televisore abbastanza grande, da essere appeso a Times Square.

"Sono nel mio ufficio" dice Nero, scomparendo prontamente.

L'ho ferito con la mia richiesta di privacy?

Bene.

Sono certa che potrebbe rivelarmi altre cose sui miei genitori, se davvero lo volesse.

Solo che non vuole.

Mi ritrovo a camminare su e giù per la stanza, e mi accorgo che ho bisogno di calmarmi.

Ansiosa di distrarmi, raggiungo una parete di scaffali con una vasta collezione di Blu-ray.

Che cosa d'altri tempi. Nero è per caso contrario allo streaming?

Do un'occhiata a caso ad alcuni film. *The Wolf of Wall Street*, *La grande scommessa*, *Una poltrona per due*, *1 km da Wall Street*, *Margin Call*, *Wall Street*... le scelte d'intrattenimento di Nero seguono un preciso filo conduttore, ed è quasi triste.

Perfino nei rari momenti di tempo libero, guarda film legati al lavoro.

Sentendomi un po' più calma, parcheggio il sedere su una poltrona super-comoda e chiudo gli occhi.

E in questo momento mi si accende la lampadina.

Mi sono alzata già da diverse ore, ma non ho ancora usato i miei poteri per controllare Vlad.

Non mi sto impegnando granché nel 'prendermi cura di lui' per Rose.

Scommetto che Nero sarebbe ulteriormente compiaciuto, sapendo di avermi distratto fino a questo punto.

Beh, 'meglio tardi che mai' è sempre stato il mio motto.

Senza aprire gli occhi, scivolo nello stato di

concentrazione richiesto, e raggiungo lo Spazio Mentale in tempo di record.

––––––

IGNORO L'AMBIENTE, concentrandomi su Vlad, ed esso cambia.

Le forme intorno a me emettono adesso delle note di paura e afflizione, tanto potenti quanto quelle che accompagnavano la fatidica visione in cui venivano uccisi Felix e Maya.

Queste mi mostreranno qualcosa di altrettanto terribile.

Con riluttanza, tocco la forma più vicina senza modificare la durata della visione... In effetti, cerco d'imparare dai miei sbagli.

Ecco di nuovo la resistenza... che conferma i miei tetri sospetti.

Mordendomi la lingua inesistente, ordino al mio fascio di toccare la forma.

All'inizio non funziona, ma al ventesimo tentativo le fauci metaforiche della visione si aprono e ci cado dentro.

CAPITOLO TRENTADUE

SONO PRIVA DI CORPO, circondata dall'acqua.

È un molo. Sul cartello in lontananza si legge 'St. George Staten Island Terminal dei traghetti'.

Sul molo c'è solo un gruppo di persone, tutte voltate di schiena, tranne Vlad.

L'espressione sulla sua faccia mi ricorda le feroci maschere da samurai, senza dubbio ideate per demoralizzare gli avversari.

Questi sconosciuti dovrebbero temerlo.

Vlad si muove in avanti, e il mio punto di vista fluttua per andare ad appollaiarsi sulla sua spalla.

Scopro che le altre persone sul molo sono Koschei, Ariel, Lucretia e Gaius, più tre Esecutori vestiti di nero, che riconosco per le conseguenze della mia disastrosa performance in TV.

La testa di Vlad si piega da un lato all'altro. Sta probabilmente studiando gli avversari. Il suo sguardo non si sofferma su Ariel, che lo fissa di rimando con espressione vacua, né Lucretia, che sembra desiderare di essere da un'altra parte. La sua concentrazione sembra tutta incentrata su Koschei: senza dubbio, il pugnale nella mano dell'uomo ha attirato la sua attenzione.

Lo stesso pugnale che ha ucciso Rose.

Koschei arretra di un passo, come spinto dalla forza dello sguardo di Vlad.

Infine, Vlad rivolge l'attenzione a Gaius, che estrae lo spadino di Lucretia.

"Tu e la tua ambizione del cazzo" ringhia Vlad, con la faccia che si contorce in una smorfia selvaggia.

"Ho solo pareggiato le forze in campo" replica freddamente Gaius. "Senza gli incrementi di energia della tua streghetta, non sei un avversario temibile per me, figuriamoci per tutti noi messi insieme."

Se Gaius voleva tenere a freno Vlad, nominare Rose è stato un errore tattico.

Come in un effetto a computer, la sagoma sfocata di Vlad scatta in azione.

I tre vampiri Esecutori balzano in avanti, posizionandosi tra Vlad e Gaius.

Il pugno di Vlad penetra nel petto del primo con uno scrocchio nauseabondo.

Gli strappa la spina dorsale e la getta sul molo.

L'Esecutore non esiste più.

Deduco che questo sia un modo per uccidere un vampiro.

Gli altri due aggressori esitano... e Vlad sfrutta

l'attimo a proprio vantaggio, agguantando le loro teste e schiantandole l'una contro l'altra.

Esse esplodono come angurie sotto una pressa idraulica.

Questo è un secondo modo per uccidere un vampiro.

"Attaccatelo!" grida Gaius a Lucretia e Ariel.

Le due donne si avvicinano a Vlad da destra e da sinistra, mentre Koschei si getta su di lui da davanti.

Gaius saetta intorno a Lucretia... probabilmente per pugnalare Vlad alla schiena con lo spadino.

Ariel è la prima a raggiungere Vlad, che per un secondo esita... e ciò le permette di afferrargli il braccio sinistro con la sua stretta super-forte.

Senza più alcuna esitazione, Vlad la colpisce con un pugno nel petto, facendole descrivere un ampio arco in volo che si conclude in acqua... ed è a questo punto che Lucretia affonda i denti nel collo di Vlad, strappandone un bel morso.

Ignaro del dolore, Vlad afferra per le spalle Lucretia, la stacca dal proprio collo, e la getta in acqua sull'altro lato del molo... una distrazione che paga a caro prezzo, perché permette a Koschei di affondargli il pugnale nel petto.

Vlad barcolla, e ciò offre a Gaius uno spiraglio per trapassargli la schiena con lo spadino.

Vlad afferra il polso di Koschei, strappandogli via la mano con il pugnale, poi scaglia sia la mano sia il pugnale dietro la propria spalla, infilzando Gaius in un occhio.

Gaius strilla di dolore, ma mantiene la compostezza. Estratto lo spadino, colpisce Vlad ancora.

E ancora.

Vlad crolla in ginocchio.

Koschei lo guarda dall'alto verso il basso, quasi con pietà.

Gaius cala lo spadino, come per tranciare qualcosa, riducendo a brandelli la ferita di Lucretia sul collo di Vlad.

Ma lo spadino sottile non è all'altezza della situazione, perciò Gaius si strappa il pugnale dall'occhio e lo usa per terminare la macabra decapitazione di Vlad.

Koschei freme, mentre la testa rotola via, e il corpo decapitato di Vlad crolla per terra. La sua aura da Conoscente scompare.

"È fatta" dice Koschei a Gaius. "Adesso noi..."

CAPITOLO TRENTATRÉ

TORNO di nuovo nella poltrona di Nero. L'adrenalina mi pulsa così velocemente nelle vene, che è difficile pensare.

Tiro fuori il telefono dalla tasca per chiamare Vlad, ma risponde la segreteria... solo che, al posto di un bip, il suo fornitore di servizi dichiara con la voce automatica: "La casella vocale è piena e non può accettare altri messaggi. Arrivederci."

Dev'essere un po' di tempo che non la controlla.

Penso se sia il caso di dirgli di non andare a Staten Island, ma mi blocco. E se fosse proprio il mio messaggio a suggerirgli di andarci?

Decido di scrivere: *Non attaccare Koschei. Chiamami subito. È questione di vita o di morte.*

Aspetto la risposta per una manciata di secondi.

Non arriva.

O l'ha buttato in un fosso, o non ci sta facendo caso.

Altrimenti è così sconvolto dal dolore, da non preoccuparsi del pericolo? È triste, ma combacerebbe troppo bene con i fatti. Nonostante le schiaccianti probabilità a suo sfavore sul molo, ha attaccato lo stesso.

Beh, non gli permetterò di farlo.

Però mi mancano dei dettagli basilari, per esempio quando si verificherà l'attacco?

Nella visione era giorno, proprio come adesso. Ma in quale giorno? Mi restano dei minuti o delle ore?

L'intuito, del quale sto cominciando a fidarmi, mi dice che non c'è molto tempo.

Balzo in piedi e corro a cercare Nero. Ha detto che era nel suo ufficio, ma dove si trova? Nella stanza dove gli ho scassinato la cassaforte... la stessa in cui ci siamo baciati?

Andando quasi in iperventilazione, mi sforzo di non inciampare nei mobili costosi, perché se cado, ci saranno alcuni critici momenti di ritardo.

I pensieri mi ronzano in testa come api arrabbiate.

Non è possibile che mi stia succedendo di nuovo.

Vlad morirà, se non riesco a impedirlo. E anche se il destino di Ariel non era fatale nella visione, potrebbe annegare... e vale lo stesso per Lucretia.

A proposito di Ariel, perché non obbedisce agli ordini di Gaius?

E perché Gaius lavora con Koschei?

Potrei farmi un'idea grazie alle parole di Vlad sulla sua ambizione. Forse vuole prendere il posto di Vlad?

Dal modo in cui l'ha detto, sembrava che Rose gli mettesse i bastoni fra le ruote con la sua capacità d'infondere potere...

Irrompo nell'ufficio di Nero come un missile umano.

Sta chiacchierando con qualcuno su Skype e non sembra accorgersi di me.

Slitto fino a fermarmi davanti a lui. "Ho bisogno del tuo aiuto."

"Ti richiamo" dice allo schermo, e alza lo sguardo su di me.

Gli spiego in fretta la situazione nel modo più coerente possibile.

Nel frattempo, Nero corruga sempre di più la fronte, ma alla fine del racconto la sua espressione diventa indecifrabile.

"Possiamo andare a Staten Island passando dal New Jersey" dico tutto d'un fiato. "Ma potremmo arrivare un po' prima da Brooklyn, a seconda del traffico. Anche passando dall'acqua..."

"Chi l'ha detto, che andiamo da qualche parte?" Nero si alza dalla sedia con una grazia minacciosa.

"Non hai sentito neanche una parola di quello che ho appena detto?" Avanzo verso di lui, stringendo i pugni. "Vlad morirà. Ariel potrebbe..."

"Ariel è un soldato dalla forza incredibile" replica noncurante Nero. "È capace di nuotare."

"Ma Lucretia..."

"È diventata un vampiro, perciò adesso sarà molto

difficile ucciderla." Incrocia le braccia sul petto. "E non affogherà nemmeno."

"Ma Vlad..."

"Si sta comportando in maniera sconsiderata" afferma. "Attaccare un sospettato dell'omicidio della sua amata senza il dovuto processo? Attaccare degli altri Esecutori... compreso quello che conduce le indagini? Il Consiglio non avrà una buona opinione..."

"Che si fotta il Consiglio." Lo guardo di traverso. "Stai dicendo che non hai intenzione di aiutarmi?"

"Sto dicendo che dovresti rispettare il desiderio di Vlad di suicidarsi per vendetta" risponde Nero. "E anche che può ottenere ciò che vuole in un secondo momento. Uccidendo lui, Gaius e Koschei oltrepasseranno i limiti. Con te come testimone, loro..."

"Non puoi parlare sul serio."

"Non pensi che potrebbe essere questo, il vero piano di Vlad?" I suoi anelli limbari occupano la maggior parte della superficie dell'occhio. "Non può uccidere Koschei l'immortale da solo, ma con le risorse del Consiglio..." Si stringe nelle spalle.

Stringo i pugni lungo i fianchi. "Ho promesso a Rose di prendermi cura di lui."

"*Prenderti cura di lui*" ripete Nero, e riesco quasi a sentire le virgolette che mette intorno alla frase... dandole un senso osceno.

È geloso di Vlad? Se sì, che poca considerazione ha di me? Rose non è stata nemmeno sepolta. Anche solo per ritenere Vlad capace di romanticismo...

Inspirando profondamente, dico con calma: "Destino di Vlad a parte, non correrò mai dei rischi quando si tratta della vita di Ariel. Non è in sé, quindi non posso sapere con certezza che nuoterà, quando Vlad la butterà in acqua."

Nero sembra per un attimo pensieroso. "Sembra sotto la malia di Gaius" osserva. "Ma *dovrebbe* comunque agire d'istinto."

"Non ne sembri tanto sicuro."

Brontolando qualcosa d'incomprensibile, Nero va alla cassaforte, digita una password bloccandomi la visuale, e la porta di metallo si apre.

Prende un pezzo di carta e lo fissa per alcuni istanti. "Per contratto, mi è vietato presentarmi a Brighton Beach" dice senza alzare gli occhi dal documento. "Quello è stato dichiarato territorio di Baba Yaga."

"Il molo è a Staten Island, quindi per questo sei a posto" rispondo, concedendomi un barlume di speranza.

"Gli uomini di Baba Yaga sono off limits." Nero sta ancora studiando il probabile contratto.

"Com'è stata messa la frase?" Mi sforzo di guardare io stessa il foglio, ma lo allontana bruscamente dalla mia vista.

"Vengono elencati i nomi di alcune persone, come Koschei" dice. "Le altre vengono definite come chiunque la protegga..."

"Gaius non lavora per lei, ufficialmente" dichiaro trionfante. "Così come gli Esecutori e Lucretia. Ariel potrebbe essere considerata una sua nemica. Assicurandoci che non si coalizzino tutti contro Vlad, io e lui potremmo occuparci di Koschei... e quindi tu non toccheresti neanche con un dito l'unico servo ufficiale di Baba Yaga."

"Forse rispetterei l'interpretazione letterale del contratto, ma non il suo spirito." Le sue dita si stringono sul documento, mentre alza lo sguardo su di me.

"Dei sicari russi hanno cercato di uccidermi" gli ricordo.

"Abbiamo già stabilito che Baba Yaga non stava cercando di ucciderti. Non può mentirmi."

"D'accordo. Ma lo scopo principale del contratto stava nel fatto che Baba Yaga non doveva farmi del male, giusto?"

Nero annuisce.

"Allora è stata lei la prima a violarne lo *spirito*" dico. "Quando ha ucciso Rose, mi ha fatto del male. Non sarà stato un attacco fisico, ma avrei preferito un milione di lividi."

Mi bruciano gli occhi al solo pronunciare queste parole... e non mi trattengo, visto che può aiutare la mia causa. Mi rendo anche conto di essermi appoggiata a tattiche sleali, ricordando a Nero dell'altro giorno, quando un orco da lui assoldato mi aveva causato un livido. Vista la ferocia con cui Nero aveva massacrato di conseguenza tutta la banda degli orchi, potrebbe essergli rimasto un pizzico di senso di colpa.

E a quanto pare, alcune delle mie parole hanno fatto breccia, o almeno spero che sia questa la causa del tumulto di emozioni nell'espressione di Nero, ma con lui non si sa mai. Dipende tanto da una cosa che Nero potrebbe non possedere.

Una coscienza.

"Accidenti a te" ringhia, gettando con rabbia il foglio nella cassaforte. "Ti aiuterò." Prende una pistola dalla cassaforte. "Ma sappi questo: se Gaius o gli altri proclamano di lavorare per Baba Yaga, avrò le mani legate."

"Lo capisco. In ogni caso, avrei comunque la possibilità di avvisare Vlad della mia visione. Inoltre, se dicessero di lavorare per Baba Yaga, sarebbero vincolati al tuo contratto, e quindi incapaci di ferirmi. Così, potrei avere un vantaggio."

"Il contratto copre l'autodifesa." Mi porge la pistola, e capisco che è la mia... o piuttosto, quella che ho rubato al sicario l'altro giorno. "Se attacchi Baba Yaga o i suoi uomini" continua Nero, "guadagneranno il diritto di ferirti... ed è per questo che *non* lo farai."

Vorrei chiedergli allora a cosa mi serve la pistola, ma preferisco evitare.

"Vieni." Mi prende per il polso, trascinandomi fuori dall'ufficio di corsa.

Attraversiamo in fretta il suo attico, fino a raggiungere una sezione che non avevo visto: una scalinata di vetro che sale fino al tetto.

Prima che possa fargli domande, ci ritroviamo a

fissare il panorama della città che si estende sotto di noi.

Ma non è la vista a togliermi il fiato.

Lì c'è il nostro mezzo di trasporto.

Un lucente elicottero.

Devo riconoscerlo: quando Nero offre il proprio aiuto, lo fa con stile.

CAPITOLO TRENTAQUATTRO

NERO MI METTE delle cuffie sulle orecchie, e avvia l'impressionante veicolo. A bocca aperta e affascinata, osservo l'edificio rimpicciolirsi sotto di noi.

Questo panorama è il sogno proibito di ogni turista.

"Premi quel pulsante vicino all'orecchio, se vuoi parlare" mi dice Nero nelle cuffie.

Premo il pulsante. "Non sapevo che sapessi guidare un elicottero."

Si limita a grugnire qualcosa, mentre deviamo verso l'Empire State Building.

"Wow" commento, senza premere il pulsante. "Se non fosse una missione di salvataggio, probabilmente mi divertirei tantissimo."

D'altro canto, se non fosse una missione di salvataggio, sospetterei che Nero stesse cercando di sedurmi nello stile di Christian Grey.

"Devo riprendere la conversazione di prima" dice

Nero. "Tieni disattivato l'audio delle tue cuffie. Lei è molto riservata, quando si tratta delle sue capacità."

Lei?

Non ho l'occasione di chiederglielo, poiché Nero deve aver collegato qualcosa alle cuffie, e sento comporre un numero.

Qualcuno risponde subito, e una piacevole voce femminile dice: "Ecco qui il Signor Bowser." Ridacchia. "Non è da te riattaccare proprio quando le cose si stanno facendo interessanti."

Bowser?

Si riferisce al personaggio dei videogiochi, nonché acerrimo nemico di Mario? Riesco più o meno ad immaginarmelo. Anche se Nero non assomiglia affatto all'ibrido tartaruga-dinosauro del gioco, la voce di Bowser *è* molto profonda.

Mi piace già questa persona e il suo senso dell'umorismo.

"Signora Spade" dice Nero. "Procedi con l'aggiornamento."

Ah. Questa è la misteriosa Bailey Spade, alias Freda Krueger.

Ignorando la vista da sballo dello skyline della città, mi chino in avanti sul sedile, preparandomi ad ascoltare attentamente... cosa difficile, con il boato delle pale.

"Avevi ragione" dice Bailey, ora in tono più serio. "Baba Yaga sogna *davvero* un posto nel Consiglio. Sembra sicura che stia per liberarsene uno, e che sarà lei a occuparlo. Purtroppo, non ho altri dettagli. Quella donna dorme di rado, probabilmente per la mancanza di melatonina. Più invecchiamo, meno ne produciamo."

Produzione di melatonina? Dormire di rado? Che cosa c'entrano queste cose?

"E Koschei?" Nero inclina l'elicottero verso il mio quartiere di Downtown. "Avevamo concordato che..."

"Gli mancano pochi favori per liberarsi di Baba Yaga... che è il *suo* sogno più grande" risponde lei. "In seguito, intende fuggire nelle Altre Terre. Non so ancora con certezza se abbia o meno un portale privato. Sono piuttosto sicura che non possa essere comprato, né che ci si possa parlare, come speravi."

Mi pento amaramente di aver accettato di non partecipare alla chiamata. Ho tante di quelle domande, che mi sembra di scoppiare.

"Qualche scoperta a sorpresa?" chiede Nero, mentre ci avviciniamo al porto.

"Sì. Una bella grossa." Bailey sembra o incontenibile dall'eccitazione, o divertita dal doppio senso delle sue parole. "Baba Yaga ha un alleato. Non immaginerai mai chi è."

"Gaius?" ringhia Nero.

"Come lo sapevi?" Bailey sembra una bambina di cinque anni, che ha appena scoperto un paio di calzini nel pacco di Natale.

"Ho le mie fonti" risponde Nero. "Raccontami tutti i dettagli."

"Le ha dimostrato la propria lealtà, quando è andato in Russia e ha ucciso un nemico su cui lei fantasticava" dice Bailey. "Anche lui mira ad un posto nel Consiglio, e vuole prendere il ruolo di Vlad come capo degli Esecutori."

Stacco gli occhi dalla Statua della Libertà, obbligando il mio cervello sopraffatto ad elaborare quello che ho sentito.

La mia ipotesi di prima era corretta. È stato Gaius a chiedere a Baba Yaga di uccidere Rose. Come ho visto durante il salvataggio di Ariel, Rose riusciva a rendere Vlad più potente, rappresentando così un ostacolo per Gaius... che vuole rovesciare Vlad.

Poi mi viene in mente una cosa.

Proprio mentre Gaius era in Russia, Ariel mi aveva parlato con il telefono di lui... e poi Baba Yaga aveva misteriosamente scoperto il mio numero.

"Che mi dici di Ariel?" chiede Nero. "Che ruolo ha in tutto questo?"

"Aspetta, come sapevi che la conoscevo?" Bailey sembra confusa.

"Lei e Gaius sono intrecciati" dice Nero. "Non sapevo che la conoscessi."

"Oh. Beh, sì." Bailey sembra sollevata di fronte a quella semplice spiegazione. Dev'essere al corrente della sua tendenza a spiare le persone. "Conosco Ariel grazie al lavoro al centro di riabilitazione, il che significa che parlare di lei violerebbe il segreto tra paziente e terapeuta."

Ha conosciuto Ariel al centro di riabilitazione?

Aspetta un secondo.

Felix me ne *aveva* parlato.

Diceva di avere un'amica in quell'istituto, che poteva entrare nei sogni delle persone per guarirle.

Dev'essere lei quell'amica.

Tranne il fatto che, evidentemente, non usa i suoi poteri solo per curare.

Li può sfruttare per ottenere informazioni dai sogni delle persone... cosa che ho scoperto nei ricordi di Darian.

E adesso quel commento sulle abitudini del sonno di Baba Yaga ha senso. Ha invaso i sogni della strega.

Che posto ripugnante dev'essere stato, *quello*.

"Cosa puoi dirmi senza violare il segreto?" chiede Nero. "C'è in gioco la sicurezza di Ariel. Gaius la userà per attaccare Vlad... e puoi immaginare quanto sarà pericoloso per lei."

"Sta facendo buoni progressi" dice Bailey. "Adesso vuole decisamente sbarazzarsi della sua dipendenza. Era sul punto di..."

"Uscire con un vampiro non sembra supportare la tua teoria." Nero armeggia con i controlli, mentre ci avviciniamo a Staten Island.

"Probabilmente l'ha resa arrendevole con la malia" dice Bailey. "Dopo una settimana di riabilitazione, il paziente è al massimo della vulnerabilità."

"Allora non pensi che abbia ricominciato a bere il suo sangue?" chiede Nero, e vorrei baciarlo per questo.

È la domanda che mi preoccupava di più.

"Ne dubito" risponde Bailey. "Darle del sangue a questo punto dell'astinenza la renderebbe meno soggetta alla malia."

"Devo andare" dice Nero, mentre ci avviciniamo ad un grande stadio di baseball. "Hai fatto un buon lavoro."

"Grazie. Ora, a proposito del mio compenso..."

"Ne parleremo a breve." Nero dà inizio alla discesa. "Adesso devo proprio andare."

"Più tardi" afferma lei.

Nero riattacca e fa atterrare l'elicottero.

"La casa degli Staten Island Yankees" m'informa, mentre ci togliamo le cuffie. "Dista solo una piccola corsa."

"Facciamo un'accelerata" dico, una volta usciti, e senza aspettare una risposta comincio a correre.

Nero mi raggiunge facilmente, poi mi precede, probabilmente per spiegare l'atterraggio alle guardie dello stadio. Oppure per comprare il posto, sempre se non è già di sua proprietà.

Però ha ragione.

In un attimo sbuchiamo su un molo esattamente identico a quello della mia visione... perfino con Vlad e il resto della combriccola.

Peccato che sia troppo tardi.

CAPITOLO TRENTACINQUE

CON LA STESSA rapidità della mia visione, la sagoma sfocata di Vlad passa all'azione.

I tre vampiri Esecutori si posizionano di nuovo tra Vlad e Gaius.

"Vlad, no!" grido.

Non funziona.

Seguendo il copione della visione, la mano di Vlad trapassa il petto di un Esecutore e gli strappa via la spina dorsale.

Maledizione.

Dopo quello che ha detto Nero, volevo evitare che Vlad oltrepassasse quel limite. Uccidere un altro Conoscente, soprattutto un Esecutore, lo metterà nei guai con il Consiglio.

Perlomeno, ipotizzando che lo scoprano.

A proposito di Nero, sfreccia lungo il molo addirittura più velocemente di Vlad.

Rispettando il copione fatale, gli altri due vampiri davanti a Vlad esitano.

Dato che non posso sperare di eguagliare la velocità di Nero, estraggo la pistola.

Vlad afferra di nuovo le teste dei due vampiri, che esplodono.

Miro con attenzione alla testa di Koschei e, pregando di non colpire disgraziatamente Ariel, premo il grilletto.

La fronte di Koschei si frantuma in pezzi sanguinolenti, e lui cade sul molo, temporaneamente morto.

Nella visione, a questo punto, Gaius chiedeva a Lucretia e ad Ariel di attaccare, ma non sembra farlo per il momento.

Tutti, compreso Koschei che adesso è resuscitato, guardano verso la fonte dello sparo... e allora scorgono Nero, alla distanza di un solo balzo da loro.

"In acqua" ordina Gaius a Lucretia e ad Ariel, e si tuffa lui stesso.

"Nero, prendi Ariel!" grido.

Nero balza verso di lei, che però si butta in acqua prima che riesca ad afferrarla.

Nello stesso tempo, Koschei si lancia verso il bordo del molo.

Vlad gli corre dietro, ma Koschei riesce a tuffarsi... e Vlad si butta proprio dietro di lui.

Nero guarda intentamente la superficie dell'acqua, ma nessuna testa riappare.

Poi vedo Ariel arrampicarsi su per il molo adiacente.

"Dobbiamo raggiungerla" dico a Nero, e torno indietro di corsa.

Mi sorpassa nell'uscire ma, quando raggiungo la strada, vedo che si guarda intorno frustrato.

"Dov'è?" chiedo.

"Quando sono arrivato, se n'era andata" dice con sguardo arcigno. "Deve aver chiesto un passaggio a qualcuno."

"Era bagnata fradicia" replico. "Quale uomo sano di mente la..."

Mi blocco, rendendomi conto delle mie parole.

Perfino con i vestiti bagnati, Ariel è talmente bella che pochi uomini si rifiuterebbero di aiutarla.

In effetti, i vestiti potrebbero averle facilitato le cose.

Coprendomi gli occhi con le mani, impreco sottovoce.

Nero mi mette una mano sulla spalla per rassicurarmi. "Vlad è vivo" mormora. "E anche Ariel. Sai come potevano peggiorare le cose."

"Hai ragione, ovviamente." Abbasso le mani, resistendo all'impulso di chiedere perché mi sento un fallimento, se mi sono comportata così bene. "E quindi che si fa?"

"Ti ho già chiamato un taxi" dice Nero. "Io resterò indietro e farò del mio meglio per insabbiare il casino di Vlad."

Un'auto accosta vicino al marciapiede accanto a noi.

Nero indica alla donna al volante di abbassare il finestrino, le porge una banconota da cento dollari e, senza lasciarla andare, chiede: "Vuole fare del male a Sasha?" M'indica.

"Cosa?" La donna sembra quasi intenzionata ad allontanarsi con la macchina, ma la vista dei soldi dev'essere troppo allettante.

"So di sembrare un fidanzato iperprotettivo, ma mi assecondi." Nero le rivolge un sorriso dal fascino sconcertante. "Ha cattive intenzioni verso questa donna?"

"Non la conosco" risponde l'autista, strappandogli di mano i cento dollari. "E no, non voglio farle del male."

"Grazie." Nero mi apre la portiera in un gesto da gentiluomo e, chinandosi così vicino che quasi mi bacia la guancia, sussurra: "Guida con prudenza."

Con la pelle che brucia dov'è stata sfiorata dalle sue labbra, salgo goffamente in macchina.

L'autista s'immette nella carreggiata, poi mi studia nello specchietto retrovisore.

"Lo so." Incrocio i suoi occhi. "Iperprotettivo è riduttivo."

"Capisco perché lo sopporti, comunque." Mi fa l'occhiolino. "Io incontro tante persone, ma gli uomini come lui sono rari."

Sospiro, e per un momento proseguiamo in silenzio.

"Dove mi sta portando?" chiedo, quando raggiungiamo l'autostrada.

Gira l'app del navigatore verso di me e clicca sullo schermo.

Come sospettavo, la destinazione è l'attico di Nero.

Non se ne parla neanche. Voglio parlare faccia a faccia con Felix, dormire nel mio letto, e coccolare Fluffster.

"Potrebbe cambiare la destinazione?" dico. "Voglio che mi lasci a Downtown... per lei significa una tratta più breve per gli stessi soldi."

"Nessun problema" risponde. "Qual è il tuo indirizzo, cara?"

Glielo dico.

Attraversiamo il ponte di Verrazzano e troviamo traffico.

Oh beh, almeno la vista è spettacolare.

Fissare l'acqua in lontananza mi aiuta a calmarmi quanto basta, per capire che dovrei informare Nero della mia decisione di andare a casa. Tiro fuori il telefono e gli mando un messaggio.

Nero risponde quasi immediatamente: *Saresti più al sicuro a casa mia.*

Grazie, rispondo. *Quando abbiamo parlato della sicurezza di Felix, hai precisato tu stesso quanto sia ben organizzato il mio appartamento.*

D'accordo, scrive Nero. *Ci vediamo al lavoro domani, solita ora. Ti manderò una limousine.*

Non replico con qualcosa di bisbetico, per quanto mi prudano le dita.

Voleva sottintendere che, stando a casa sua, potevo marinare il lavoro?

No. Mai e poi mai avrebbe preso un secondo giorno di ferie per farmi compagnia. Per *questo*, occorrerebbe una catastrofe delle proporzioni di un'estinzione.

D'altra parte, forse aveva pianificato per noi una cena a lume di candela, stasera.

Già, come no.

Dato che ci siamo, ci saremmo tenuti per mano, mangiando il fegato di un unicorno rosa invisibile. Magari con delle fave e un bel Chianti.

L'auto davanti a noi procede di qualche centimetro.

Sarà una lunga corsa, ma c'è qualcosa che posso fare per ammazzare il tempo.

Avere una visione per accertarmi che Vlad e Ariel stiano bene.

Presa la decisione, raccolgo le energie psichiche e raggiungo rapidamente lo Spazio Mentale.

FLUTTUO TRA LE FORME, chiedendomi quale sia il modo migliore per farlo.

Con chi cominciare: Vlad o Ariel?

Prima le donne, presumo.

Mi concentro sull'essenza di Ariel, finché non si manifesta una nuova serie di forme.

La musica che emanano è sicura, perciò mi danno una sensazione positiva... sempre se la visione riguarda Ariel.

Tocco la forma.

————

ARIEL È SEDUTA in una macchina e ha gli occhi vitrei.

Fuori dal suo finestrino sembra di vedere il New Jersey, ma potrebbe anche essere Staten Island.

Il viaggio in macchina continua.

E continua.

E continua.

————

RITORNO nella mia auto imbottigliata nel traffico.

La visione che ho appena avuto dimostra che Ariel, per ora, sta bene. In effetti, se il suo viaggio è abbastanza lungo, forse si scrollerà di dosso la malia di Gaius e tornerà a casa?

Sarebbe fantastico, ma non ho intenzione di stare col fiato sospeso.

In ogni caso, è arrivato il turno di Vlad.

Ritorno nello Spazio Mentale e penso a Vlad.

Quando ci riesco, si manifesta un'accozzaglia di forme.

Le osservo, stupita.

Le forme sono tantissime... molto più numerose del solito.

La cosa più interessante è che alcune di esse, parecchio distanti tra loro, hanno un colore, una temperatura e una geometria molto diversi.

Mi chiedo se abbiano in comune solo Vlad, ma contengano luoghi, tempi ed eventi diversi.

Tutte, comunque, emanano una musica inquietante: significa che devo vederle, per accertarmi che Vlad non sia in pericolo.

Ma come?

Se ne tocco una, ho una visione e basta.

Non è garantito che io veda l'intero gruppo di visioni durante il prossimo viaggio nello Spazio Mentale.

Ho bisogno in qualche modo di vederle tutte, non soltanto una.

Però non ho alcuna possibilità di riuscirci.

Se avessi i polmoni, sospirerei, ma nella situazione attuale cerco di chiamare Darian per l'ennesima volta.

Lui potrebbe conoscere un modo per mettere in atto la mia idea... e se ho fortuna, consigliarmi su tutto questo disastro a proposito di Baba Yaga.

Oh, e se riesco a stabilire una connessione, devo chiedergli come 'interrompere' queste conversazioni senza uscire dallo Spazio Mentale. Non voglio perdere tutte queste forme della visione.

Purtroppo, Darian non risponde ancora alle chiamate psichiche.

O non può rispondere.

Fluttuo, riflettendo con calma, circondata dalle varie forme legate a Vlad.

Poi mi viene un'idea.

Darian non è l'unico veggente che conosco.

Adesso ne ho conosciuto un altro: Yaroslav il bannik.

Non appena me ne rendo conto, vorrei darmi una

sberla con il fascio etereo per non averci pensato prima.

In realtà, esistono due modi per parlare al bannik, a cui avrei dovuto pensare: lo Spazio Mentale e il mondo reale.

Dopotutto, Baba Yaga è una delle due parti nel contratto di Nero... e non dovrebbe farmi del male. Non vuol dire, quindi, che posso tranquillamente entrare nella banya senza ostacoli e parlare con chi mi pare?

In teoria sì, ma non scommetterei la pelle su questi contratti.

Spazio Mentale sia.

Parto dalla sua incredibile avvenenza da naufrago su un'isola deserta, poi faccio del mio meglio per arrivare all'essenza di quell'uomo ricordando le sue azioni. Mi ha lasciato fuggire dalle grinfie di Baba Yaga, nonostante significasse rimanere alla sua mercé. Mi ha aiutato con il suo piano complesso. Quasi riesco a vedere i suoi profondi occhi tristi. Il suo...

Credo di essere migliorata in questa storia dell'invocazione, poiché una forma in movimento compare vicino a me, accanto a quelle legate a Vlad.

Appartiene chiaramente alla stessa specie di quella di Darian dell'altro giorno, eppure questa versione del bannik è tanto diversa da Darian quanto due persone qualsiasi lo sono l'una dall'altra.

Forse anche di più.

Beh, speriamo in bene.

Mi protendo verso quello che, spero, sia Yaroslav.

Pulsa di eccitazione, e ho l'impressione che si stia tendendo allo stesso tempo verso di me.

La connessione è stabilita.

Non avendo un termine migliore, cadiamo l'uno dentro l'altra.

CAPITOLO TRENTASEI

UNA DONNA pallida giace a faccia in giù su un asciugamano davanti a me, mentre il vapore circostante si condensa in grosse gocce sulla sua pelle nuda.

Le sono anche troppo vicino, perciò cerco di allontanarmi... ma scopro che non ci riesco.

Certo.

Sono nei ricordi di Yaroslav. È comprensibile. Con la mia fortuna, e date le circostanze, sta per succedere qualcosa a luci rosse.

E mi auguro di non essere io, quella che sta fissando in una qualche visione del futuro.

"Così bella" dice nella mia testa la voce di Yaroslav, mentre colpisce la donna con i rami di betulla che tiene in mano.

Il pensiero era in russo ma, dato che sono nei suoi ricordi, l'ho capito come se provenisse dalla mia testa.

"Questa è la seduta più strana che abbia mai avuto

con un cliente" commenta la donna con una voce familiare.

"Significa che vuoi che mi fermi?" dico con il melodioso accento russo di Yaroslav.

"Stai ricattando la tua terapista?" La donna si guarda indietro da sopra la spalla, confermando il mio sospetto.

È Lucretia.

———

IN MEZZO a un vuoto dall'oscurità assoluta, brilla un ologramma simile a sinapsi, nel quale riconosco Yaroslav.

Proprio come Darian, il bannik è semitrasparente e attaccato alla misteriosa entità-forma che rappresenta lo Spazio Mentale.

Come prima, inoltre, sono io stessa un ologramma... collegato alla mia entità, a sua volta intrecciata con lui a livello di Spazio Mentale... o come funziona questo procedimento.

"Mi chiedevo se fossi abbastanza potente per farlo." Yaroslav mi osserva da capo a piedi con ammirazione. "Non avrei dovuto dubitare di te."

"Grazie." Fluttuo verso il basso di pochi centimetri. "Sono qui perché ho disperatamente bisogno di un addestramento da veggente. Puoi aiutarmi?"

"Certamente" risponde. "Ma ci conviene fare in fretta: queste conversazioni consumano molto potere."

A quanto pare, Darian non ha mentito su questo.

Che novità. Ma vediamo se ha magari mentito su qualcos'altro. "Una domanda veloce: hai visto dei miei ricordi, quando ci siamo connessi?"

"Non ne ho avuto il piacere" risponde deluso Yaroslav. "E tu? Hai visto dei miei ricordi?"

"Solo uno fugace di te che usavi la banya" dico. "Molto breve."

Sembra sollevato, perciò mi sento a posto anche se l'ho ingannato con un'omissione.

E sorpresa, sorpresa. Darian ha mentito, sostenendo che fossero allucinazioni. Le conversazioni dei veggenti nello Spazio Mentale *permettono* ad ogni veggente d'intravedere i ricordi dell'altro.

Accertarsene è stata buona cosa.

"Allora, cosa volevi imparare?" chiede frettolosamente Yaroslav. "Il tempo ci è nemico, al momento."

Giusto. La scadenza legata al potere.

Gli spiego rapidamente cosa sto cercando di fare con il gruppo di visioni legate a Vlad.

"Facile" risponde. "Le inizi tutte, proprio come faresti con una singola visione."

"Devo in qualche modo toccarle tutte in un colpo solo?" Fluttuo leggermente verso l'alto, emozionata. "Pensavo di poterne toccare solo una."

"Se sei disposta a consumare il tuo potere, e se ne possiedi abbastanza, puoi dare inizio a molte, molte visioni contemporaneamente, in un modo molto simile a quando ne cominci una sola."

Fluttuo ancora più in alto. Non vedo l'ora di tornare nello Spazio Mentale per fare una prova.

"Esiste un modo per isolare un luogo e un tempo specifici nel futuro di qualcuno?" chiedo, pensando di sfruttare appieno quest'opportunità.

"Potrebbe esserci un modo per farlo, ma io stesso non l'ho scoperto. Faccio invece d'istinto quello che hai detto." Fa per sfregarsi la barba olografica, ma la mano ci passa attraverso.

Aspetta.

La sua mano ha qualcosa di strano.

Studiandola più da vicino, vedo che cos'è.

Yaroslav non ha più il dito indice.

Strano.

Il dito c'era, l'ultima volta che l'ho visto.

Notando cosa sto fissando, si acciglia. "Le azioni comportano delle conseguenze." Vola in avanti, per permettermi di osservare meglio il danno.

Da vicino, è veramente messo male.

Come se qualcosa o qualcuno avesse strappato via il dito con un morso.

Di recente.

"È stata Baba Yaga?" Cado di quasi mezzo metro, poi risalgo per tornare allo stesso livello dei suoi occhi.

"Dopo che sei fuggita dalla banya, ha chiesto a Koschei di scegliere il mio castigo." Le mani di Yaroslav si chiudono a pugno. "Quel bastardo ha fatto con calma." Fluttua verso il basso come una foglia autunnale, e inavvertitamente lo seguo.

"Non pensavo di poter odiare Koschei più di quanto lo faccia già" dico. "Ma evidentemente mi sbagliavo."

"Lo odi?" Yaroslav incrocia il mio sguardo.

La mia mascella olografica si contrae. "Lui e Baba Yaga. Hanno..."

"Senti, abbiamo quasi finito il tempo, ma devo dirti una cosa su Koschei." Il bannik saltella su e giù. "Ha commesso un errore trasformando me, un veggente, in un nemico tanto motivato. Ogni pezzo di dito che ha preso mi ha spinto ad usare di più i miei poteri. Ho indagato in infiniti futuri alla ricerca della morte permanente di Koschei, e alla fine l'ho trovata."

"Davvero?" Mi libro in alto. "*Può* essere ucciso?"

"Non so se funzionerebbe per *te*" risponde. "Nella mia visione, ero io a farlo. Ho trovato un futuro in cui ero libero, capisci, e..."

"Pensavo che avessimo poco tempo. Raccontami solo i punti chiave."

"Hai ragione" dice. "Ho visto me stesso viaggiare in una delle Altre Terre chiamata Buyan. Ero alla Locanda della Lepre D'oro. Per cena ho ordinato uova di anatra, e c'era un ag..."

CAPITOLO TRENTASETTE

SONO DI NUOVO NELL'AUTO.

Merda.

Non sono mai riuscita a chiedergli come uscire dalla nostra conversazione, senza abbandonare lo Spazio Mentale.

Adesso devo solo sperare di poter ritrovare il grande gruppo di visioni legate a Vlad.

Ma cosa più importante, non ha finito di dirmi come uccidere Koschei in modo permanente.

Yaroslav stava per dire che c'era un agrifoglio (un albero sempreverde) che cresceva vicino alla Locanda?

O che c'era un agrume nel suo piatto, vicino alle uova di anatra?

Volevo chiedergli così tante cose. Inoltre, non sono nemmeno riuscita a dirgli cos'è successo a Lucretia... che è palesemente la sua fidanzata segreta.

Anche se probabilmente non funzionerà, devo provare a ricontattare Yaroslav.

Calmo i nervi e ritorno nello Spazio Mentale.

Vedere le forme tutt'intorno a me mi riempie di sollievo. Avrei potuto essere io ad esaurire il potere, mandando così in cortocircuito la conversazione, invece dev'essere stato Yaroslav.

Provo comunque a chiamarlo.

Non funziona.

D'accordo. Penso che tornerò ad occuparmi di ciò che ha dato inizio a tutta questa storia: visioni su Vlad.

Penso al fidanzato di Rose esattamente come prima.

Un'ampia nuvola di forme compare intorno a me.

Come la serie di prima, queste forme non sono omogenee, ma (e vado solo a memoria) non penso che siano lo *stesso* gruppo di prima. È quasi come se adesso avessi una serie tutta nuova di visioni su Vlad... che, come in precedenza, emana una sensazione sinistra, ma con eventi diversi.

È ora di mettere alla prova le parole del bannik e attivare un insieme di visioni contemporaneamente.

Ha detto che era facile, bisognava solo ripetere la solita procedura, ma normalmente protendo quello che ho chiamato il fascio etereo... e che ritenevo più o meno una cosa singola.

Ero più vicino alla verità, quando pensavo al fascio come a un arto indistinto? Dovrei ora immaginare la me stessa dello Spazio Mentale come un mostro lovecraftiano, dopotutto?

Seleziono una manciata di visioni su Vlad, scegliendone alcune particolarmente diverse tra loro.

Una volta scelti gli obiettivi, cerco di toccarli tutti, ma non succede alcunché.

Va bene.

Affrontiamo la questione da un'altra prospettiva.

Immagino me stessa come una piovra, con molti arti, senza la colonna vertebrale, e con la coscienza diffusa in tutto il corpo.

Ed è questo, o la semplice perseveranza, a funzionare.

Una serie di fasci/arti si protende come un'unica unità verso le forme a cui stavo puntando.

Come se fossero una cosa sola, le forme mi attirano al loro interno... e ho paura di essere fatta a pezzi.

Ma no. Per un momento, mi sento semplicemente in più posti allo stesso tempo... poi la mia coscienza viene risucchiata via.

———

VLAD SI AVVICINA ad uno dei compagni Esecutori e alza la mano verso la faccia dell'uomo.

"Mi dispiace" grida il vampiro. "Gaius..."

Vlad gli strappa la mascella dalla faccia, trasformando il resto della spiegazione in un macabro borbottio.

Poi squarta metodicamente altre parti del vampiro e, quando ha finito, la stanza sembra il retro di una macelleria durante un fine settimana impegnativo.

Senza curarsi di ripulire il sangue dai vestiti, Vlad va verso la porta...

———

VLAD È in un seminterrato buio, circondato da corpi smembrati.

Dopo aver collegato un lungo tubo a una grande cisterna d'acqua, individua uno scarico sporco di sangue nel pavimento di cemento, vi infila il tubo, poi torna indietro e apre una grossa valvola.

L'acqua si riversa nello scarico, lavando via tutto il sangue...

———

FLUTTUO poi in una stanza gigantesca, che assomiglia all'armeria di una SWAT o dei Navy Seals.

Vlad si avvicina al bancone, trasforma gli occhi in specchi, e fissa l'impiegato.

"Le vostre bombe fumogene sprigionano fiamme?" chiede Vlad.

"No" risponde l'uomo con voce soggiogata.

"Prendi una bomba fumogena, una doppietta, un..."

———

VLAD È DAVANTI a cinque gorilla russi armati, coperto di sangue. I suoi occhi sembrano assorbire la luce nel seminterrato già scarsamente illuminato.

Uno dei criminali punta l'indice simile a una salsiccia verso Vlad, e dice qualcosa in russo con voce tremante.

Vlad risponde, anche lui in russo... ma nel suo tono riesco solo a cogliere il nome di Baba Yaga e la promessa di una morte dolorosa.

I criminali estraggono le pistole.

La sagoma sfocata di Vlad scatta in azione...

———

VLAD È in una specie di stanza di ospedale, simile a quella dove Baba Yaga teneva i Johnny... i criminali che usa come marionette con la sua magia del controllo mentale.

Anche qui, i Johnny giacciono in uno stato comatoso, con le flebo e il resto. Vlad si avvicina ad un tizio grande e grosso e affonda le zanne, sempre più lunghe, nel suo collo.

Dopo aver placato la sete, stacca la testa al suo spuntino e incombe sul corpo in coma successivo...

———

VLAD PARCHEGGIA il gigantesco camion di benzina in un vicolo buio, poi collega un lungo tubo alla parte posteriore e tira l'altra estremità in un seminterrato dall'aria familiare.

Poi aggancia il tubo a una tanica vuota.

L'odore di benzina mi arriva alle narici inesistenti, mentre Vlad riempie la tanica con un liquido viscoso...

———

VLAD PERCORRE a grandi passi i corridoi della banya piena di schizzi di sangue.

Uccide brutalmente tutte le guardie. Tutti i clienti. Tutti i membri dello staff...

———

VLAD È DAVANTI a un uomo fradicio di benzina con un accendino Zippo.

"Sì, fornisco carne bovina a quel maledetto ristorante" grida l'uomo istericamente. "Lo faccio in perdita." Si sforza di liberarsi dalle corde che lo bloccano. "Non sono persone a cui dire di no."

"Quel ristorante non sarà più in attività." Vlad attiva l'accendino...

———

VLAD UCCIDE delle persone a mani nude.

———

VLAD UCCIDE delle persone con varie armi.

———

VLAD STACCA...

CAPITOLO TRENTOTTO

QUANDO MI RITROVO nel mondo reale del mio viaggio in macchina, potrei giurare di aver appena assistito a migliaia di ore di violenza.

Maledizione.

Vlad ha davvero guardato troppi film sulla vendetta e una quantità eccessiva di porno sulla tortura. Alcune scene in quelle visioni potevano anche essere tratte da *John Wick*, *The Punisher*, *Hostel*, *Kill Bill* e *Saw*, per citarne alcuni.

E a cosa serviva tutta quella benzina? E poi, perché stava...

"Tesoro, ti senti bene?" mi chiede l'autista. "Sei diventata bianca di colpo."

"Mi sono appisolata e ho avuto un incubo" dico con voce roca. "Andrà tutto bene."

Il traffico davanti a noi si sta dissolvendo, perciò l'autista accelera e mi lascia in pace.

Chiudo gli occhi e normalizzo il respiro, finché non riesco di nuovo ad affrontare lo Spazio Mentale.

Oso invocare altre visioni su Vlad?

No.

A meno che io non voglia vomitare nell'auto di questa gentile signora.

Ma ad Ariel potrei dedicare la mia attenzione, nella speranza che *lei* non stia facendo un'assurda mattanza.

Cerco di raggiungere lo Spazio Mentale... ma non funziona. Dopo qualche altro tentativo, ci rinuncio.

La maratona di omicidi di Vlad deve avermi prosciugato della mia essenza da veggente. Deduco di dover utilizzare l'abilità della multi-visione con prudenza.

Esausta, sprofondo in un sonnellino.

Quando riapro gli occhi, stiamo accostando davanti al mio palazzo. L'autista parcheggia tra una Lamborghini rossa e una limousine, che è la copia identica di quella di Kevin.

Un uomo, simile a un panda, mi apre la portiera con un largo sorriso.

"Ciao, Bentley" dico al mio vecchio allenatore. "Cosa ci fai qui?"

Il suo sorriso si fa ancora più ampio. "Nero ha assunto me e Thalia per prenderci cura di te."

Nero ha assunto non uno, bensì *due* esperti di arti marziali solo per proteggere me? Se è questo il suo modo di dimostrare quanto io sia una spina nel fianco, messaggio ricevuto forte e chiaro.

"Nero non ti aveva licenziato?" Ringrazio l'autista e scendo dalla macchina.

"Ha detto, e cito testualmente, 'Per tua fortuna, ho bisogno di muscoli con breve preavviso'." L'imitazione di Bentley della voce di Nero assomiglia più a un orso.

Mi guardo intorno. "Dov'è Thalia?"

"In macchina" risponde. "Se chiedi a me, è troppo seria perfino per una suora."

Vado verso la limousine, sorrido, e faccio un gesto con la mano alla donna emaciata all'interno.

Thalia risponde a sua volta con la mano, ma non sorride. Non è chiaro se sia il suo comportamento abituale, o se sia ancora più scontrosa per l'affronto di dovermi stare dietro al culo.

Lascia fare a Nero, e anche una suora diventa uno chauffeur.

"Sto andando a casa" informo Bentley. "Oggi non ho bisogno di voi."

"Rimarremo qui, finché Nero in persona non ci chiamerà per sollevarci dall'incarico" dice Bentley. "Non sei tu il capo qui. Mi spiace."

"Come volete" rispondo. "A dopo."

Prima che possa trattenermi a parlare un altro po', corro verso l'ingresso.

Né Bentley, né Thalia mi seguono.

Entro in ascensore per salire.

Al mio piano ci sono degli operai edili, intenti a riparare il danno creato da Vlad.

Dopo il contenuto di quelle visioni, bisognerà ripulire parecchie tracce di Vlad nel prossimo futuro.

Apre la porta dell'appartamento.

C'è uno scalpiccio di zampe pelose sul pavimento, poi dei burberi occhi da roditore mi fissano dal basso.

"Nero ha insistito perché dormissi a casa sua" spiego in via preventiva. "Non avevo molte alternative."

"Oh, ma dai" dice Felix, comparendo dalla cucina con un sandwich in mano. "Sei dotata di libero arbitrio."

Adocchio il sandwich, affamata.

Con un sogghigno, Felix me lo porge.

"Il libero arbitrio è il motivo per cui *rimani* con Nero" afferma Kit, avvicinandosi dal salotto con una camicia da notte di pizzo rosa. "Lo faresti anche potendo scegliere."

"*Io* di certo non lo farei" mormora Felix, poi torna in cucina.

"Ero terribilmente in pensiero" dice Fluffster nella mia testa, mentre assalto il sandwich.

"Devo sedermi" dico tra un morso e l'altro, andando in salotto.

Lucifera è rannicchiata sul divano a esse, perciò mi siedo accanto a lei.

Non alza lo sguardo.

La studio, preoccupata.

Sarà per un pio desiderio, ma oggi sembra stare meglio di quando l'ho vista l'ultima volta.

"Oggi ha mangiato" dice Felix, entrando con un nuovo sandwich. "Penso che si riprenderà."

Kit si siede sul divano. "Lascia che si ambienti, e comanderà questo posto."

"Ti conviene dirci tutto" dichiara Felix, mentre mi riempio la bocca con altri pezzi di cibo. "E intendo proprio tutto."

Deglutisco, poi li aggiorno a partire dalla visione di Lucretia in pericolo e dalla lotta contro le lupe, mie compagne di classe.

"Hai le tue lupe mannare personali?" Kit si trasforma in Roxy, poi in Maddie, e infine in Ashley. "Non sai quanto ti stia invidiando in questo momento."

Per poco non mi va di traverso il boccone successivo. "Cosa intendi con *lupe mannare personali?*"

"Sono giovani, quindi dubito che capiscano appieno cosa significhi sottomettersi a te" dice Kit. "Un licantropo adulto probabilmente preferirebbe morire, piuttosto che sottomettersi a qualcuno che non appartiene al suo branco."

Guardo Felix. "Puoi darmi una spiegazione *tu*, senza farla sembrare una corruzione di minorenni?"

Arrossisce. "È una cosa da licantropi. Visto che si sono sottomesse, ti vedranno per sempre come dominante. Quindi, diciamo solo che non ti causeranno mai più problemi."

Kit sogghigna. "E puoi costringerle a fare ogni genere di cose pic..."

"Andiamo avanti con la storia" la interrompo, e racconto loro della trasformazione di Lucretia, del coinvolgimento di Gaius, e della comparsa di Nero sul posto.

Sorvolo sui momenti privati passati con Nero e, ignorando le proteste di Kit, proseguo dritta con la visione di Vlad e con la conversazione durante il viaggio in elicottero.

"Bailey Spade è Freda Krueger?" Gli occhi di Felix sembrano dei piattini da caffè sotto il monosopracciglio. "Non posso credere che non me l'abbia mai detto."

"Mi piace." Kit assume un'aria sognante. "Così sprezzante. Così sexy. Così..."

"Bailey e Sasha, in effetti, hanno in comune un senso dell'umorismo contorto." Felix sorride, riprendendosi dallo shock. "Ma Bailey è più..."

"Posso finire la mia storia?" chiedo con fermezza.

Felix addenta il sandwich e Kit rotea gli occhi. Proseguo con la spiegazione del resto, concludendo con la conversazione tra me e il bannik.

"Ci sono stata, a Buyan." Per qualche motivo, Kit si trasforma in un grosso gatto nero, poi torna ad assumere la solita forma umana. "È un posto caratteristico."

Felix ingoia il cibo. "La mia famiglia da parte di padre è originaria di Buyan."

"Significa che sai come arrivarci?" gli chiedo, eccitata.

"No. Non ci sono mai stato. Se posso, evito le Altre Terre prive di tecnologia."

Guardo Kit. "E tu? Puoi dirmi come arrivarci?"

Annuisce, poi va a prendere un taccuino e una confezione di matite sul tavolino. Li tengo lì, per essere sempre pronta a mettere in pratica un classico del mentalismo chiamato duplicazione del disegno.

"Dall'hub del JFK, prendi il portale sud di colore viola." Kit disegna un cerchio viola all'estrema sinistra del taccuino. "Da lì, un portale verde a ovest." Disegna un cerchio verde, che va ad intersecarsi con quello viola nell'angolo a sud. "Poi un portale rosso." Disegna un cerchio rosso, che s'interseca con quello viola nell'angolo a ovest, poi spiega il resto del percorso, disegnando nel frattempo sempre più cerchi.

Alla fine, la mappa/il diagramma che ne deriva ha un aspetto vagamente familiare.

Felix guarda il taccuino, accigliato. "È un nuovo modo per mappare le Altre Terre? Sembra saltato fuori dalle mie lezioni di informatica e non c'entra niente con gli insegnamenti del Dottor Hekima."

"No. Il suo metodo è più aggiornato e più preciso" dice Kit. "Ma questo" indica il disegno, "è come si suppone che abbiano fatto i costruttori dei portali, a quei tempi."

"Davvero fantastico." Strappo la pagina del taccuino, poso i resti del sandwich, e mi dirigo verso la porta.

"Dove vai?" Felix mi si para davanti con le braccia piegate sui fianchi... somigliando così a un suricato arrabbiato.

"Non è ovvio?" Do un colpetto alla tasca. "A Buyan. Vlad ha bisogno di un modo per uccidere uno stronzo invincibile, e intendo dargli una mano, prima che si faccia ammazzare."

"Parli russo?" chiede Kit. "Perché su Buyan parlano solo un dialetto russo."

"No" dico. "Parlo un po' di spagnolo, tutto qua."

"Posso venire con te." Fluffster si alza sulle zampe posteriori. "Io parlo russo, ricordi?"

"Non hai i tuoi poteri fuori dall'appartamento" dice Felix. "Sarai un ostacolo. Se non altro, Sasha dovrebbe andarci con Nero. Lui parla fluentemente russo e…"

"Nero ha un contratto con Baba Yaga, che gli vieta di uccidere i suoi uomini, e il nome di Koschei rientra nella lista" replico. "Non prenderà parte a tutto questo."

"Allora vengo io." Felix lascia i resti del suo sandwich vicino al mio e si alza in piedi.

"Sei sicuro?" Lo squadro da capo a piedi.

"Penso di sì" risponde, spostando il peso da un piede all'altro.

"Il tuo robot è pronto?" chiedo. "Magari puoi mandare lui al tuo posto?"

"Golem *è* pronto" dichiara fieramente Felix. "Ma devo collegarmi a lui per farlo funzionare, ed è impossibile tra un portale e l'altro."

"Ah." Mi stringo il naso tra le dita. "Ha senso."

"Quindi io non sono invitata?" Kit mette il broncio. "Parlo discretamente russo, sapete." Dice qualcosa che a me sembra russo perfetto, e Felix e Fluffster roteano gli occhi… lasciando intendere di aver capito.

"Credevo che non volessi venire" dico a Kit.

"Perché?"

"Hai disegnato una mappa per arrivarci" spiego. "Io lo farei solo se non potessi andare di persona."

"Hai chiesto come raggiungerlo, e te l'ho mostrato." Il broncio di Kit sta assumendo delle proporzioni quasi comiche. "Non volevo che pensassi che ti stia costringendo a portarmi con te con il ricatto e le mie conoscenze. Volevo che tu *desiderassi* portarmi con te. Ma se non è così, lo capisco."

"Penso che Kit abbia davvero bisogno di un'amica" dice Fluffster nella mia testa. "Sii gentile con lei."

Faccio un cenno del capo al domovoi e, con espressione seria e la massima formalità a cui posso ricorrere, chiedo: "Kit, mi concederesti l'onore di seguirmi?"

Il broncio scompare, e lei finge di considerare le mie parole.

"Per favore?" dico amabilmente. "Con una ciliegina sopra?"

"Come posso dirti di no?" Il viso di Kit sembra di colpo più tondo e dalle guance più rosee. Il suo outfit cambia, diventando un sarafan: un abito russo dai colori vivaci, lungo fino a terra. Dopo l'aggiunta di un foulard, Kit assomiglia alla matriosca che mi ha portato Felix qualche anno fa. Le manca solo una serie di Kit più piccole da mettere dentro di sé... e non intendo in senso scabroso. "Vieni anche tu?" Sbatte le ciglia extra-lunghe guardando Felix.

"Certo" risponde lui.

"Non sei obbligato, davvero" replico nello stesso momento.

"Vengo anch'io." Felix marcia fuori dal salotto a testa alta.

"È così sexy quando diventa così sicuro di sé" mi sussurra Kit nell'orecchio. "Un vero peccato che non succeda molto spesso" aggiunge più ad alta voce.

Senza onorare il commento di Kit di una risposta, seguo Felix.

"Le luci" dice Fluffster nella mia testa.

Nascondendo il fatto di roteare gli occhi, faccio come dice il domovoi, poi per sicurezza spengo anche le luci in corridoio e in cucina.

"Buona fortuna" ci dice Fluffster, mentre usciamo.

"Hanno me" lo informa Kit. "Sono meglio della fortuna."

Io e Felix ci scambiamo un'occhiata e ci stringiamo nelle spalle.

"Quasi me ne dimenticavo." Felix mi guarda con aria colpevole. "Ce l'avevo per te."

Prende dalla tasca la mia collana della Grande Festa.

Quella su cui Rose ha usato i propri poteri, subito prima di...

No.

Non ho intenzione di pensarci adesso.

Con riverenza, Felix mi fa scivolare il gioiello sopra la testa, come se il Presidente conferisse una medaglia al valore.

Con il respiro accelerato, volto le spalle ai miei amici... e mi ritrovo faccia a faccia con un altro promemoria degli eventi precedenti: gli operai edili stanno ancora sistemando il corridoio.

Kit e Felix seguono il mio sguardo, e anche le loro espressioni diventano cupe.

È lei a riprendersi per prima e, quando arriva a marciare fuori dall'edificio, la sua andatura è scattante.

"Kit?" Bentley la raggiunge di corsa per darle un caloroso abbraccio da orso.

"Sasha mi ha detto che sei la sua guardia del corpo" dice Kit.

"Quella è la tua Lamborghini?" chiede Bentley, indicando l'auto rossa che ho notato prima.

"Sì." Kit tira fuori un elegante mazzo di chiavi e le fa dondolare davanti al naso di Bentley. "Vuoi portarci al JFK?"

"Viene anche Sasha?" chiede lui, con l'espressione che diventa sorprendentemente seria. Lo fa sembrare un panda preoccupato della capacità di riprodursi della sua specie.

"Ovviamente" rispondo.

"Allora dobbiamo prendere la limousine" dice, guardando le chiavi con una punta di malinconia. "Ordini di Nero."

"Disobbedire a Nero, non sia mai" lo prendo in giro. "Okay per la limousine."

"Grazie." Bentley si gira verso Kit. "Comunque, non puoi parcheggiare lì. Porteranno via il tuo gioiellino con il carro attrezzi."

"Le ho detto la stessa cosa quando abbiamo accostato" osserva Felix. "Non mi credeva."

"Ti piacerebbe spostarla?" Kit fa dondolare le chiavi di nuovo.

"Oh, sì" risponde Bentley, eccitato. "Ma vi prego di non partire senza di me."

"Nessun problema" risponde.

"Fa' presto" aggiungo.

Bentley le strappa di mano le chiavi e va dritto verso la Lamborghini.

Noialtri raggiungiamo con calma la limousine.

Il rombo dei 750 cavalli della Lamborghini mi raggiunge, insieme a una potente ondata di paura.

"Aspetta!" grido, lanciandomi verso l'auto di Kit.

La Lamborghini esplode.

CAPITOLO TRENTANOVE

LE MIE RETINE elaborano per prima cosa la fiammata; poi un rombo assordante mi devasta i timpani.

L'onda esplosiva mi spinge all'indietro, dritta addosso a Kit. Il Consigliere mi afferra, risparmiando una caduta a entrambe.

Ma Felix non è altrettanto fortunato, poiché urta il lastricato con la schiena.

Thalia si getta fuori dalla limousine con un estintore stretto fra le mani.

Mi libero dalla presa di Kit e corro verso Felix.

"Andrà tutto okay" annaspa. "Aiuta la suora."

Corro intorno alla pira per controllare Kit e Thalia.

Le braccia di Kit sembrano ricoperte di squame, mentre strappa via i resti della portiera del conducente. Si protende all'interno ed estrae un corpo in fiamme.

Lo posa sull'asfalto a mezzo metro dalla macchina, e Thalia punta disperatamente un getto di schiuma verso di essa.

Il fuoco si riduce a poco a poco, ma Thalia continua a usare il getto.

Kit mette una mano sulla spalla della suora. "Se n'è andato. Non c'è più l'aura."

Ha ragione. Non è solo l'aura che manca alla carne carbonizzata. Si riesce a malapena a capire che si trattava di una persona... e probabilmente perseguiterà i miei incubi per il resto dei miei giorni.

Così come l'odore di barbecue.

"Perché?" Thalia lascia cadere l'estintore ormai vuoto. La sua voce stridula è rauca e il viso sottile contorto dal dolore. "Perché l'hanno fatto?"

Si rende conto di aver appena infranto il voto di silenzio?

Mi giro verso di lei. "Per arrivare a me" rispondo tetramente. "A Baba Yaga non importa dei danni collaterali."

"Baba Yaga?" Le mani di Thalia si chiudono a pugno. "Chiunque sia, gliela farò pagare."

"Mettiti in fila" dico. "Una lunga fila."

"Stavamo proprio andando a fare una commissione per poter menomare quella stronza" dice Kit con voce sommessa e letale. "Se vuoi unirti a noi, sei la benvenuta."

Squillano delle sirene in lontananza.

Qualcuno deve aver già chiamato i servizi di emergenza.

"Dobbiamo andare" dice Felix. "Meglio non rimanere incollati qui, a cercare di spiegare l'accaduto ai poliziotti umani."

Kit prende il telefono e digita qualcosa, poi lo mette via. "Andiamo. Un paio di Esecutori si occuperà dei poliziotti."

Nessuno si muove, perciò Kit ci guida verso la limousine come pecore istupidite.

Thalia è la prima a ricomporsi e si mette al volante con un balzo.

Io e Kit aiutiamo Felix a salire sulla limousine, poi vi entriamo.

Con uno stridio di pneumatici, Thalia lancia in avanti il veicolo.

Localizzato il kit di pronto soccorso, ordino a Felix di mostrarmi dove sono le ferite.

"È solo qualche graffio." Scopre la schiena. "Andrà tutto bene."

Ignorando la sua baldanza, ripulisco le spellature, e questo mi offre qualcosa su cui concentrarmi... che non siano le terribili immagini nella mia mente.

Felix freme, quando l'alcol entra in contatto con i tagli, ma non sviene e non grida.

Ora che ci penso, non è nemmeno svenuto alla vista di un corpo carbonizzato. La mia vicinanza sembra desensibilizzare il mio coinquilino, che di solito si scandalizza facilmente.

"Prendi queste." Porgo a Felix due pillole di Tylenol.

"Grazie, mamma" dice, però le prende, insieme alla costosa acqua frizzante del bar della limousine.

Allacciamo le cinture e cade il silenzio. Mentre la scarica di adrenalina si placa, stiamo tutti elaborando l'accaduto.

Concentrandomi sulla respirazione meditativa, cullo le ginocchia tra le mani e dondolo avanti e indietro.

I miei pensieri vorticano come una centrifuga in un laboratorio.

Se Nero non avesse mandato così prontamente la limousine per me, saremmo andati al JFK con la macchina di Kit.

I corpi carbonizzati sull'asfalto sarebbero stati i nostri, invece di quello del povero Bentley.

Il sollievo che provo per il fatto di essere viva viene guastato dal senso di colpa e da più di un pizzico di paura.

Qualcuno ha cercato di uccidermi.

Di nuovo.

Me, Felix e Kit, per essere precisi.

L'esplosione mi passa per la testa rapidamente, e sotto lo shock prende fuoco una rabbia ardente.

Se è stata opera di Baba Yaga, ne risponderà... e anche di tutto il resto.

Se non sarà Vlad ad arrivare a lei, lo farò io.

A lei e a Koschei.

In effetti, penso che potrei godere addirittura di più della morte di *lui*.

Prendendo un respiro, mi chiedo se l'esplosione possa essere stata messa a punto da qualcun altro.

Chester, per esempio. Magari ha sentito delle mie interazioni con Roxy, sua figlia, e ha deciso di seguirmi di nuovo.

Mordicchiandomi una pellicina, chiamo Nero.

Risponde la segreteria telefonica, perciò gli lascio il messaggio di chiamarmi appena possibile.

Restiamo in silenzio per tutto il resto del tragitto fino al JFK, fingendo di non sentire i singhiozzi provenienti dal sedile del conducente della limousine.

Decisamente, Thalia non è senza cuore come poteva sembrare durante l'allenamento con me.

Altrimenti, lei e Bentley avevano un rapporto particolarmente intimo.

L'auto sosta nella zona delle fermate, e il divisorio tra noi e il conducente si abbassa.

Thalia ci mostra lo schermo del suo telefono, dove ha scritto:

Presumo che siate diretti alle Altre Terre.

"Sì" risponde Kit, senza battere ciglio per quello strano sistema di comunicazione. "La nostra destinazione è Buyan."

Io sono in esilio sulla Terra, scrive Thalia. *Violerei i miei voti, se la lasciassi.*

Non sembra essersi accorta di aver parlato ad alta voce dopo l'esplosione, rompendo il voto di silenzio, ma non ho intenzione di farglielo presente.

"Non puoi comunque lasciare un'auto qui" dice Felix. "Non se intendi tenerla."

"Andiamo noi. Non ti preoccupare" dico a Thalia con il tono più rassicurante possibile. "Potresti esserci di grande aiuto, se stessi nei paraggi per darci un passaggio al ritorno. Qualcosa mi dice che questa limousine è blindata." Do dei colpetti con le nocche al vetro oscurato.

Nero ci ha detto che è così, scrive Thalia, poi distoglie lo sguardo, mentre le lacrime le brillano negli occhi.

Si è accorta, credo, che il 'noi' non include più Bentley.

"Allora ci vediamo dopo" dice Kit, rivolgendosi alla suora.

Thalia allunga il braccio verso il mio telefono, digita un numero e chiama.

Quando il suo telefono squilla, riattacca e trasforma la chiamata persa in un contatto nella mia rubrica.

Mi restituisce quindi il telefono e ci saluta con la mano.

Entrati a passo spedito in aeroporto, ci dirigiamo verso i passaggi segreti.

"Fatemi vedere se mi ricordo la strada" dico loro, quando cominciamo ad attraversare i corridoi che portano all'hub.

"Va' pure" risponde Felix.

Faccio strada, e nessuno mi deve correggere.

"Bel lavoro" dice Kit, quando entriamo nell'enorme stanza. "Vuoi seguire la mia mappa per il resto della strada?"

Prendo lo schema che ha disegnato e vado verso un portale viola nell'angolo sud della stanza.

"Eccolo qua" dice Kit, e attraversa il portale.

"Dopo di te" dice Felix, perciò la seguo.

L'hub dall'altra parte è una caverna.

O almeno presumo che lo sia. Odora di terra, come le cantine e i seminterrati, e il 'cielo' è coperto da una specie di creature luminescenti.

"Come faccio a sapere dov'è l'ovest?" Prendo il telefono, ma è come impazzito.

"Non è un vero ovest" spiega Kit. "Con queste mappe, di norma si presume di essere rivolti a nord quando si esce da qualunque portale. Una delle tante falle di questo metodo, e motivo per cui Hekima ha inventato il suo sistema."

Mi avvicino al portale verde nell'angolo 'ovest', e Kit mi fa un applauso prima di entrarci.

Io e Felix la seguiamo.

L'hub in cui finiamo si trova nel deserto.

O perlomeno credo che lo sia.

Ho sempre immaginato che in ogni deserto esista una sorta di vita, indipendentemente dalla sua aridità, ma la desolazione in questo posto sembra totale. Non si vede nemmeno un cactus rinsecchito.

Segue un portale rosso.

L'hub dall'altro lato brulica di Conoscenti... che hanno installato un bazar proprio lì, in mezzo ai portali.

L'odore di spezie sconosciute mi stuzzica le narici, mentre mi faccio largo tra la strana folla fino al portale che ci serve.

Il portale successivo assomiglia molto a quello del JFK.

Quello dopo si trova dentro un albero, come nel film di *Avatar*.

Attraversare così un mondo dopo l'altro mi ricorda la lezione di Orientamento della settimana scorsa, quando il Dottor Hekima con i suoi poteri aveva dato alla classe un assaggio delle Altre Terre.

Il portale finale ci porta in un hub situato in mezzo alla radura di una foresta.

Anche se definirla una foresta è come chiamare il Monte Everest una collina. Gli alberi assomigliano a betulle, ma sono alti abbastanza da toccare le nuvole.

"Da questa parte." Kit cammina a stento attraverso l'erba, che arriva fino alle spalle, verso il bordo del prato, dove una quercia alta fino al cielo è coperta da un'enorme catena dorata... come il collo di un rapper gigante.

Mentre ci avviciniamo alla quercia, scorgo una piccola figura.

Il gatto maschio (presumo) nero, grande come una pantera, sembra un enorme gatto siberiano domestico.

Oh, e sul naso piatto e peloso porta degli occhiali tipo pince-nez.

Libero un sonoro respiro.

Il gatto smette di camminare attorno all'albero e ci guarda con un'intelligenza fuori dal comune.

"Ci sono degli allucinogeni in quest'aria?" chiedo sottovoce a Felix.

"Ne dubito" sussurra. "Ho sentito delle favole della buonanotte in proposito, come tutti i bambini russi. Ora mi chiedo se Pushkin, il famoso poeta russo, sia stato un Conoscente, come ha sempre sostenuto mio nonno."

Kit si avvicina all'albero e dice qualcosa al gatto, presumo in russo.

"Ha appena chiesto al gatto se conosce la strada per la Locanda della Lepre D'oro" traduce Felix.

Il gatto si sposta più in alto gli occhiali sul naso con una zampa pelosa, poi con la stessa, indica una strada malmessa alla nostra sinistra.

Quindi, per aggiungere al danno la beffa, comincia a parlare con una profonda voce baritonale in una lingua che potrebbe essere russo.

Mi massaggio le tempie.

Un vero e proprio gatto parlante.

Decisamente, non siamo più nel Kansas.

"Riesco a malapena a capire il suo dialetto" sussurra Felix. "Ma ha detto, credo, che è da quella parte... e di stare attenti a qualcosa."

"Anch'io ho capito la stessa cosa" dice Kit. "Si è anche offerto di farti diventare grosso."

"Non penso che abbia detto questo." Felix arretra di un passo. "Secondo me, era 'hai la testa grossa'."

"Rilancio sulla mia idea degli allucinogeni" dico. "Posso accettare i vampiri, gli zombie, e un cincillà che comunica telepaticamente e che si può trasformare in un mostro, ma un gatto parlante gigantesco proprio no. E con gli occhiali."

Felix ridacchia, mentre Kit dice qualcosa al gatto, poi si volta verso di noi. "È lontano. Meglio che vi dia un passaggio."

Io e Felix ci scambiamo occhiate confuse e, quando torniamo a guardarla, Kit non c'è più.

Al suo posto c'è una bellissima cavalla nera.

"Kit?" Osservo la cavalla, con la sella molto dettagliata e le redini con i gioielli incastonati.

Lei fa segno di sì con la testa.

"Vuoi che ti... montiamo sopra?" chiede Felix, arrossendo.

Kit/la cavalla strizza uno dei suoi occhi verdi.

"Dammi una spinta" dico a Felix.

In un silenzio sbalordito, mi aiuta a salire sulla schiena di Kit, poi mi porge le redini.

Gli tendo una mano e lui sale dietro di me.

"Mani sulla vita e non altrove" lo informo senza girarmi, e riesco quasi a percepire il suo rossore diventare più intenso, mentre si aggrappa al mio addome.

"E niente battute sul pony play" aggiungo. "Qualunque cosa succeda a Buyan, resterà a Buyan."

La risata di Felix sembra ai limiti dell'isteria.

Kit sbuffa, poi si lancia in un galoppo da colpo di frusta.

Ma non è la strada accidentata il mio problema peggiore. Dato che sono seduta davanti, i rami delle betulle mi sferzano, come se fossi un'irriducibile fanatica della banya.

Arriviamo ad un bivio con tre strade. In bella vista, c'è una grossa pietra con delle incisioni in un bel carattere, che presumo sia russo... vedo una R rovesciata e tutto il resto.

Felix socchiude gli occhi nel guardare le scritte. "Questo dialetto è ancora più difficile da decifrare in forma scritta, ma credo che dica: se vai a sinistra, perdi il tuo cavallo ma salvi te stesso. Se vai a destra, ti perdi ma salvi il tuo cavallo. Se vai dritto, perdi te stesso e il tuo cavallo."

Kit gira a sinistra.

Visto che *è* il cavallo, penso che la scelta spetti a lei.

Poi mi accorgo che siamo non più sopra un cavallo.

A Kit spuntano le corna e diventa più alta sotto di noi.

"Si è trasformata in una renna" sussurra Felix, nel caso in cui non l'abbia ancora capito.

"Ecco perché è predisposta agli accoppiamenti" gli rispondo sottovoce.

Felix ridacchia per un po', e alla fine tace.

Scommetto che il suo didietro è intorpidito tanto quanto il mio.

Usciti dalla foresta, capiamo finalmente di cosa parlava il gatto.

Davanti a noi c'è una testa gigantesca.

CAPITOLO QUARANTA

È la testa di un uomo.

Almeno lo spero, dato che ha la barba lunga, un naso importante e un mento sporgente.

Un elmo appuntito grande come una cisterna gli adorna il capo e, da questa posizione privilegiata, non è chiaro se la testa stia spuntando da terra, o se ci sia un uomo gigante bloccato in un enorme fosso.

"La catena d'oro intorno a quell'albero era appesa al collo di quest'uomo, un tempo?" chiedo sottovoce.

Nessuno risponde.

Nell'avvicinarci, l'agitazione della testa diventa evidente.

E c'è un motivo.

Una dozzina di uomini a cavallo con indosso una cotta di maglia la sta attaccando con archi, frecce e spade.

"Bogatyri" mi mormora Felix nell'orecchio. "Sono come i potentissimi cavalieri delle storie del nonno."

La testa soffia sul bogatyr più vicino.

Il vento, forte quanto un uragano, fa ruzzolare a terra il guerriero, il cui collo si piega in un angolo innaturale.

Dopo pochi istanti, egli resuscita in un modo molto familiare.

"I tuoi bogatyri devono essere dei Conoscenti della stessa specie di Koschei" dico a Felix da sopra la spalla.

"Interessante" mormora. "Spero che qui ce ne siano abbastanza, così qualcuno avrà escogitato un modo per ucciderli definitivamente."

Accosto la mano alla pistola, se per caso i bogatyri, tanto per cambiare, decidessero di fare i bulli con qualcuno della loro stazza.

La testa gigantesca viene attaccata di nuovo.

Quella poveretta non sembra avere modo di uccidere definitivamente i suoi nemici, e forse è per questo che mangia il cavallo del secondo aggressore, insieme alla gamba dell'uomo.

Cosa succederebbe, se il gigante ingoiasse intero un guerriero immortale? Risorgerebbe nello stomaco del gigante, ripetutamente?

Ipotizzando che la testa sia dotata di stomaco.

Uno dei bogatyri cattura la mia attenzione. Tiene in mano un oggetto oblungo, che sembra un piccolo globo di neve pieno di fuoco.

"Penso sia un uovo dell'uccello di fuoco" sussurra Felix, meravigliato e affascinato. "Avrebbe senso, credo, se fosse *questo* il mondo da cui vengono importati di contrabbando."

Sollevo le sopracciglia. "Uccello di fuoco?"

"Una versione russa della Fenice" spiega Felix. "Il nonno ha detto che le loro uova sono l'arma definitiva contro i vampiri e i loro cugini malvagi: gli upiri. Ho sentito dire che, se gli Esecutori ti beccano con un uovo dell'uccello di fuoco, è probabile che ti capiti un incidente mortale durante 'l'arresto'. Si dice che il Consiglio abbia una serie di queste e altre armi fighe nascoste sotto il loro castello."

Con un grido di battaglia, il guerriero butta l'uovo dell'uccello di fuoco contro la testa gigantesca.

Gli occhi della testa, grandi come dischi volanti, si spalancano, poi essa soffia disperatamente verso l'uovo.

La mossa funziona. L'uovo dell'uccello di fuoco vola all'indietro verso il lanciatore e, nel colpire lo scudo, esplode in una grossa palla di fuoco divorante.

La carne e la cotta di maglia si fondono, mentre il bogatyr e il suo cavallo urlano in agonia.

Sentendo un conato di nausea, mi volto verso Felix. "Queste uova dell'uccello di fuoco potrebbero essere l'arma di cui abbiamo bisogno per sconfiggere Koschei? Il bannik ha parlato di un uovo di anatra, ma forse..."

Felix punta un dito pallido e tremante verso il bogatyr, che ora non sta più gridando.

Mi volto giusto in tempo per vedere le ceneri dell'uomo, completamente bruciato, resuscitare come se non fosse successo nulla.

Addio alla mia idea.

Più ci avviciniamo al combattimento, più mi preoccupo di diventare uno dei danni collaterali.

Anche Kit deve pensare la stessa cosa, poiché si toglie dalla strada per descrivere un ampio cerchio attorno a quel caos.

Sebbene il percorso alternativo renda i sobbalzi intollerabili, né io, né Felix ci lamentiamo.

Quando la povera testa è alle nostre spalle, la strada ci porta in un villaggio agricolo di campagna.

Percorriamo delle strade deserte.

"La gente sta lavorando nei campi, oppure si nasconde in quelle capanne di legno" sussurra Felix.

"Oppure, la testa gigantesca li ha mangiati tutti" replico. "Altrimenti..."

M'interrompo nel vedere una grande struttura, simile ad una capanna di legno, al centro del villaggio.

Mentre ci avviciniamo, scorgo una lepre disegnata con della vernice dorata sopra la porta.

"Scommetto che è la Locanda della Lepre D'oro" dice Felix.

Kit si ferma e s'inginocchia.

Una volta scesi, si ritrasforma in se stessa con indosso il sarafan e, dondolando i fianchi, entra con sicurezza nel locale.

Io e Felix la seguiamo cautamente e, mentre una combriccola di strani esseri ci fissa dai tavoli, provo quella sensazione di 'attraversare un saloon del Far West'.

"Penso che quella sia una kikimora" sussurra Felix, vedendomi guardare fisso una mostruosità simile a uno spettro, che indossa una versione logora dell'abito di Kit. "E quello probabilmente è un leshy" aggiunge, quando guardo la creatura più spaventosa nel locale: una cosa nuda simile al figlio che Swamp Thing della DC avrebbe potuto generare con Groot della Marvel, prima di crescerlo a Chernobyl.

Kit si accomoda a un tavolo libero in mezzo alla sala da pranzo, e ci uniamo a lei.

Una cameriera dall'aspetto umano raggiunge il nostro tavolo e porge a ciascuno delle tavole di legno, con delle scritte in russo incise a fuoco.

Kit e Felix esaminano le loro.

"Non c'è un uovo di anatra su questo menù" dice Felix, senza alzare lo sguardo. "E adesso?"

Kit dice qualcosa in russo a voce molto alta.

Nel locale cala un silenzio di tomba e la cameriera impallidisce.

Il leshy si alza e si avvicina pesantemente al nostro tavolo.

Con un pugno di legno grande come la testa di Felix, colpisce il tavolo… riducendolo in mille pezzi. Poi, in un ghigno che scopre i denti coperti di muschio, ci squadra con affamati occhi acquosi.

CAPITOLO QUARANTUNO

ESTRAGGO DI SCATTO la pistola e la punto alla testa della creatura. "Non ti muovere, o sparo."

Quell'essere chiaramente non parla inglese, o in caso contrario potrebbe non comprendere di cosa sia capace una pistola.

Protende una zampa gigantesca verso il collo di Kit.

Premo il grilletto.

La pistola emette un rumore insolito, ma non succede nient'altro.

Nonostante la mano sul collo, Kit si alza, ma non è più se stessa. Ora ha l'aspetto del nostro aggressore, con un fondamentale e inquietante dettaglio.

È la femmina di quella specie.

O almeno è quello che deduco dai suoi seni abbondanti.

La reazione del leshy supporta la mia teoria, poiché viene immediatamente eccitato da Kit.

Non è possibile fraintendere *quel* tronco d'albero che si è prodotto.

Ma la dualità di genere, a quanto pare, è anomala per i leshy, poiché Kit è più alta di due deviazioni standard rispetto al nostro aggressore molto maschio.

Invece di flirtare, anche lei lo afferra per la gola, e quasi per gioco lo scaraventa contro la parete della locanda.

La parete si frantuma, e il leshy arrapato vola qualche altro metro più in là, atterrando in una pila dentro un pollaio.

Kit dice qualcosa in russo con la voce tonante di una leshy.

"Qualcun altro vuole avere a che fare con me?" traduce Felix, ma avrei potuto intuirlo.

La minaccia di Kit raffredda gli animi.

La cameriera s'inchina quasi fino a terra, poi scappa via.

Guardo confusa la mia pistola.

"C'è un motivo se alcune delle Altre Terre sono bloccate nel Medioevo" sussurra Felix. "A volte, la polvere da sparo non funziona correttamente in quei posti, oppure qualcos'altro diventa instabile, come l'elettricità."

"Devono essere quelle differenze nelle leggi della fisica di cui parlava il Dottor Hekima all'Orientamento" rispondo sottovoce.

Felix annuisce, e per alcuni minuti rimaniamo seduti in un silenzio estremamente imbarazzante.

Alla fine, la cameriera torna con in mano un piccolo

uovo in stile Fabergé. Anche se non so proprio che aspetto debbano avere le vere uova di anatra, scommetto che questa è l'interpretazione di un artista.

Kit riassume il suo solito aspetto e prende l'uovo, poi dice ai presenti qualcosa in russo e si dirige verso la parete mancante.

Io e Felix le corriamo dietro, come se la kikimora stesse per saltarci addosso... perché probabilmente è così.

"Senza dubbio, sono felice di aver chiesto a Kit di venire con noi" sussurro a Felix. "Se fossimo da soli, la pancia di quel leshy ci starebbe digerendo."

"Dubito che sareste andati oltre il gatto" replica Kit, poi s'infila l'uovo in tasca e si ritrasforma in una cavalla.

Io e Felix montiamo su di lei e torniamo indietro al galoppo.

Pochi minuti dopo aver oltrepassato la battaglia, ancora cruenta, con la testa gigante, un intero battaglione di bogatyri inizia ad inseguirci.

"E quelli da dove sono saltati fuori?" borbotta Felix nel mio orecchio, aggrappandosi ai miei fianchi come se ne dipendesse la sua vita, mentre Kit devia dalla strada e accelera.

"Forse sono i rinforzi del gruppo che vuole uccidere la testa" dico, cercando di non mordermi la lingua mentre scavalchiamo un masso. "Magari hanno deciso che saremmo un passatempo migliore."

Felix mi stringe più forte. "Forse. Potrebbero anche essere una squadra specializzata in coloro che sono venuti a rubare l'unica arma capace di ferire questi tizi." Sembra sul punto di svenire.

Kit salta un fosso a tutta velocità, con gli zoccoli che calpestano il terreno come dei tamburi.

I bogatyri stanno comunque guadagnando terreno.

Una freccia mi sibila vicino all'orecchio.

"Kit, non va bene" grido sopra le urla di battaglia e gli zoccoli martellanti. "Spero che tu abbia un piano."

Un uovo dell'uccello di fuoco esplode a pochi passi da noi, e l'ondata di calore quasi mi strina le sopracciglia.

Se solo riuscissimo a raggiungere la vasta foresta in lontananza, avremmo una possibilità.

Kit dev'essere arrivata alla stessa conclusione, poiché accelera a tal punto, che ci sembra di volare.

Ed è a questo punto che vedo innumerevoli bogatyri sbucare dalla foresta davanti a noi, bloccando così ogni via di fuga.

Con un tuffo allo stomaco, lancio un'occhiata alle mie spalle verso gli inseguitori... e vorrei non averlo fatto.

Dozzine di uova dell'uccello di fuoco, e una quantità sufficiente di frecce da oscurare il cielo, stanno volando verso di noi.

Ci siamo.

Stiamo per diventare un bel piatto di spiedini.

CAPITOLO QUARANTADUE

MA MI RENDO conto che non è solo una *sensazione* il fatto che Kit stia volando.

Lo sta facendo davvero... ed è sottolineato dal frenetico sbattere delle sue gigantesche ali.

"È una di quelle Grandi Aquile del *Signore degli anelli*?" mormoro, osservandoci volare sopra i proiettili.

"No" sussurra Felix con voce pietrificata. "Penso che sia il roc."

Guardo l'apertura alare di Kit.

Già.

Potrebbe facilmente essere il roc, un enorme uccello da preda della mitologia orientale. Come con l'uccello di fuoco, le leggende sul roc devono essere fondate su qualcosa nelle Altre Terre.

A quei Conoscenti pre-Mandato doveva piacere fare i gradassi. Soprattutto in fatto di strani uccelli.

"Non sapevo che Dwayne Johnson fosse uno dei Conoscenti" dico, sperando di calmare me e Felix con una battuta di cattivo gusto. "Né che *The Rock* potesse volare."

Felix mi stringe in vita, limitandosi a ridacchiare.

Mi concedo un sospiro di sollievo quando voliamo nella foresta.

Schiviamo per miracolo ogni albero davanti a noi.

Quando alla fine raggiungiamo l'hub nella radura e atterriamo, il gatto gigante ci guarda a bocca aperta, affascinato.

Il roc non proviene chiaramente da Buyan.

Smontiamo e Kit torna se stessa.

Massaggiandomi il didietro dolente, giuro solennemente a me stessa che mai, in nessun caso, salirò ancora su un cavallo, o una rena, o un uccello, o Kit, mai più.

"Ecco." Mi porge l'uovo di Fabergé. "Te lo sei meritato."

Sentendo le lontane grida rabbiose dei bogatyri che si avvicinavano, decido che è meglio trascinare Felix, ancora in iperventilazione, attraverso il portale e lasciare che si riprenda dall'altra parte.

Quando è di nuovo in grado di respirare normalmente, ripercorriamo la strada a ritroso attraverso gli hub con passo spedito.

Finalmente usciti nel JFK, rivolgo l'attenzione all'uovo.

La serratura per aprirlo è facile da individuare per i miei occhi allenati alle evasioni.

Dentro l'uovo c'è un ago molto dettagliato, fatto di un metallo argenteo.

"Un ago" dice Felix, asciugandosi il sudore dalla fronte. "Ha molto più senso di un agrifoglio o un agrume."

"Pensavo che stesse per dire qualcosa sul cibo o su una locanda" replico sulla difensiva. "Gli aghi non c'entrano niente con queste cose."

"Cosa ne facciamo?" chiede Kit, studiando l'ago mentre mi ruba di mano l'uovo aperto per rimetterselo in tasca.

Felix prende il telefono e tocca alcune volte lo schermo.

"Secondo Yandex.ru, e presumendo che il nostro Koschei sia legato a quello delle leggende russe, ci conviene rompere l'ago." Agita il telefono. "Ma non so quanto possiamo fidarci di questa fonte."

Prendo l'ago e cerco di spezzarlo in due.

Non si piega nemmeno.

"Lasciami provare" dice Felix, prendendomi l'ago.

Nemmeno lui può romperlo.

"Posso provare?" chiede Kit e, quando glielo porgo, si è già trasformata in un orco gigantesco.

L'orco tenta di rompere l'ago.

Non siamo fortunati.

Si mette l'ago in bocca, masticandolo, ma nessun risultato... ed è incredibile, visto che una volta un orco mi ha morso la pistola.

Kit si ritrasforma in se stessa e mi consegna l'ago. "Chiedi a Nero di romperlo" afferma. "La sua forza è leggendaria."

"Buona idea" rispondo e, fingo d'ingoiarlo come durante il mio numero con gli spilli.

Kit sembra sbalordita, perciò apro la bocca per farle vedere che è vuota.

"Hai nascosto l'ago in uno speciale piercing cavo nella lingua" dice Felix senza guardarmi in bocca. "Quando l'hai scambiato con il solito set da scasso che ci metti di solito?"

Kit nota il mio gioiello sulla lingua e sembra delusa.

Resisto sia al desiderio di strangolare Felix, per aver rivelato due dei segreti a cui tengo di più, sia alla tentazione di pregarlo di dirmi come poteva sapere una cosa che nessuno avrebbe mai dovuto scoprire.

La migliore ipotesi: Felix ha hackerato in qualche modo il computer del mio amico a Las Vegas. Avevamo concordato che non avrebbe tenuto delle copie del progetto, ma quell'individuo subdolo e avido deve averlo fatto lo stesso.

Con aria compiaciuta, Felix va a grandi passi verso l'uscita dell'hub.

Prendo il telefono per far sapere a Thalia che stiamo per uscire.

Sullo schermo c'è più di una decina di messaggi scritti e vocali di Nero, la cui data e ora non ha senso, finché non guardo l'orologio e mi accorgo di una cosa.

Il tempo dilatato delle Altre Terre mi ha giocato uno scherzo crudele.

È già lunedì mattina tardi.

Dovrei essere al lavoro.

CAPITOLO QUARANTATRÉ

LA RISPOSTA di Thalia arriva mentre comincio a controllare i messaggi di Nero, la maggior parte dei quali dice 'Chiamami appena possibile'.

Nero ti voleva in ufficio mezz'ora fa, dice il messaggio di Thalia.

Infatti, gli ultimi messaggi scritti e vocali di Nero riguardano questo.

Faccio correre tutti verso la limousine, dove io e Thalia concordiamo sul fatto che la situazione richieda una guida veloce fino al mio posto di lavoro.

"Qualcuno vuole del sashimi?" chiede Kit, dopo aver rovistato rumorosamente nel bar della limousine pieno di cibo.

"Non ho intenzione di mangiare pesce crudo in un'auto che ha fatto il giro del JFK tutta la notte." Felix arriccia il naso. "Non tutti possono trasformare lo stomaco in quello di una specie di mangiatore di carogne."

Kit ridacchia, poi ingurgita coraggiosamente il sashimi.

Preparo per me e Felix un bagel con burro di arachidi e marmellata e, al termine della colazione, la limousine si ferma accanto all'edificio dove lavoro.

Davanti ad altri impiegati sgomenti, Nero mi apre personalmente la portiera... un miliardario che si è trasformato in un fattorino d'albergo.

"Di nuovo le mie condoglianze" dice Nero a Thalia con un'autentica emozione sul viso. "Quando hai accompagnato Kit e Felix, prenditi il tempo che ti serve per il lutto. Baderò io personalmente a Sasha, nel frattempo."

Thalia annuisce solennemente.

Scendo, e Nero chiude la portiera della limousine.

"Buyan?" Si volta verso di me con espressione pacatamente furiosa. "Sul serio?"

Mi stringo nelle spalle. "C'era Kit con noi, e non è che tu ci avresti aiutato comunque con il tuo prezioso contratto, eccetera."

La sua mascella si contrae violentemente, poi lui sembra controllarsi. "Raccontami tutto" ordina, guidandomi nell'edificio. "Devo sapere esattamente cos'è successo, per capire chi ha fatto esplodere quell'auto e perché."

Mentre ci dirigiamo verso l'ascensore, gli spiego l'accaduto dal molo in poi, e dietro sua insistenza gli racconto nei dettagli del nostro viaggio nelle Altre Terre.

Sono così assorta nella narrazione del nostro

bizzarro viaggio attraverso Buyan, da non accorgermi dove Nero mi sta portando, finché non mi spinge nella mia nuova cassaforte/cella/ufficio.

"Questo posto?" Lo guardo di traverso. "Dopo tutto quello che è successo, mi rinchiudi un'altra volta?"

"Non avrei mai dovuto lasciarti uscire" replica con aria accigliata. "Sei fortunata ad essertene andata da Buyan viva."

"È da lì che vieni?" chiedo, andando a intuito. "Per questo sai se quel posto è sicuro oppure no?"

Evitando di rispondere, Nero fa per sbattere la porta.

"Aspetta." Gli afferro il braccio. "Non posso solo darti i miei consigli sulle azioni e andare a casa, senza essere tenuta prigioniera?"

Mi guarda la mano con un'intensità tale, che la ritraggo di scatto. "No." Blocca la porta di metallo, chiudendomi dentro.

"Beh, ti consiglierò l'Asia Tigers Fund" dico, se per caso avesse l'orecchio appoggiato contro la porta di metallo dall'altra parte. "Il ticker della loro azione è GRR."

Nero non torna indietro... non che io me l'aspetti.

Infastidita per il fatto di comportarmi esattamente come vuole Nero, mi siedo comunque per avere una visione.

È da un po' che non controllo Vlad, perciò tanto vale rimediare.

Con un brivido al ricordo dell'ultima volta, cerco di raggiungere lo Spazio Mentale.

Fallisco.

Devo essere ancora a corto della mia essenza, dopo l'ultima maratona.

Mettendomi comoda sul cuscino, medito, poi uso la Jacuzzi, consumo un altro pasto da gourmet, e schiaccio un pisolino.

Quando ci ritento, noto che il mio potere si sta ancora ricaricando.

Camminando avanti e indietro nella stupida cella, m'immedesimo profondamente nei criminali tenuti in isolamento. Questa è l'esperienza più vicina alla tortura, che abbia mai sperimentato.

Dopo quelli che sembrano due giorni, i miei tentativi di raggiungere lo Spazio Mentale finalmente hanno successo.

Una volta dentro, mi concentro su Vlad.

Ne risulta una nuvola di forme simili... e ciò significa che sto per avere una visione più tradizionale di un singolo evento riguardo a Vlad.

Un evento dal suono molto macabro, con una musica che urta le mie inesistenti terminazioni nervose.

Oh beh.

Devo sapere cosa sta per fare.

Con un fremito metafisico, tocco la forma più vicina a me e cado nella visione.

CAPITOLO QUARANTAQUATTRO

VLAD RAGGIUNGE a lunghe falcate l'entrata del ristorante Izbushka adornata dalle zampe di gallina.

Con indosso un cappotto di pelle nera, gli stivali alti, e gli occhiali da sole scuri nonostante il sole stia tramontando, il vampiro sembra pronto per un evento cosplay su *Matrix*.

Due buttafuori tarchiati gli bloccano la strada.

"Il ristorante è chiuso" dichiara uno con voce tonante.

"I nostri fornitori non sono riusciti a consegnarci niente, oggi" dice l'altro. "Le ballerine non sono venute, i..."

Il primo buttafuori lancia a quello chiacchierone un'occhiata talmente minacciosa, che l'uomo chiude il becco, canalizzando la rabbia in un'occhiataccia rivolta a Vlad.

Vlad solleva gli occhiali da sole, scoprendo gli occhi

a specchio e, prima che possano dire o fare qualcosa, ordina loro di dormire.

I due si appisolano immediatamente, lui ne scavalca i corpi e scivola dentro.

I pavimenti di marmo sembrano molto più lucidi oggi, e qualcuno ha aggiunto ovunque dei vistosi candelabri.

Il buttafuori non ha mentito. Il posto è privo dei clienti abituali. Ci sono solo alcuni membri dello staff che puliscono, e dei tizi, apparentemente mafiosi, che girano con aria annoiata.

Tuttavia, qualcuno forse voleva divertirsi: la palla a specchi sopra il palco centrale sta girando, lo spettacolo laser è acceso, e una musica russa risuona dagli enormi altoparlanti.

La canzone sembra la versione in russo di quella delle t.A.T.u. che Felix mi ha fatto ascoltare qualche anno fa, *All the Things She Said*.

Alcune teste si girano verso Vlad, che nel frattempo estrae una doppietta e un Uzi da sotto il cappotto.

L'Uzi crivella di proiettili i gorilla più vicini.

Crollano a terra, spargendo sangue dappertutto sul pavimento lucido.

Risuonano delle grida, e lo staff schizza verso l'uscita, mentre i gangster fanno per estrarre le pistole.

Vlad scarica loro addosso altri proiettili.

La maggior parte di loro cade, ma alcuni riescono a sparare a Vlad, e un proiettile gli perfora la spalla.

Ignaro della ferita, Vlad continua a sparare finché

l'Uzi non finisce i proiettili: a questo punto, lo getta addosso al gorilla più vicino.

Come azionato da un razzo, l'Uzi si schianta nel cranio dell'uomo, sfondandolo.

Con la mano ora libera, Vlad solleva gli occhiali da sole e fissa i nemici rimanenti con quegli occhi pronti per la malia.

"Dormite" ordina sopra i rumori della musica e delle urla.

Chiunque rientri nel campo visivo degli occhi riflettenti di Vlad crolla a terra.

Due tizi dietro di lui, però, non cadono.

Sollevano le pistole.

Vlad in qualche modo li percepisce, poiché si lancia in aria con una capriola all'indietro.

I gorilla spalancano gli occhi.

Atterrato dietro di loro, Vlad dà un pugno a uno con la mano libera e colpisce l'altro con il calcio della doppietta a mo' di randello.

I tirapiedi, abbattuti, stramazzano al suolo.

Ed è allora che, come scendendo dal cielo, Lucretia, Ariel e Gaius atterrano, circondando Vlad su tre lati.

CAPITOLO QUARANTACINQUE

VLAD INFILA una mano in tasca e prende una granata.

"Così vicino, è probabile che salti in aria insieme a noi" dice Gaius, ma indietreggia.

Con una tetra espressione meditabonda, Vlad toglie la linguetta della granata e la butta vicino ai propri piedi.

"State indietro!" sbraita Gaius a Lucretia e Ariel.

Obbediscono all'istante.

La granata non esplode, ma sprigiona un fumo denso.

Gaius arretra, confuso.

Con il fumo, è difficile seguire i movimenti di Vlad. Un attimo prima è in piedi nella nube, quello dopo si ritrova accanto a Gaius e punta la doppietta in faccia al vampiro.

Gaius sgrana gli occhi. "Aspetta..."

Vlad preme il grilletto.

La testa di Gaius esplode.

Vlad spara di nuovo, stavolta al petto di Gaius, continuando finché la doppietta non è scarica.

L'aura di Gaius svanisce. Deduco che esista un modo più pratico per uccidere un vampiro.

Ariel balza addosso a Vlad, dimostrando che l'effetto della malia si prolunga, anche se il vampiro che l'ha lanciata è morto.

Lucretia afferra Ariel da dietro, prova del fatto che il legame con il sire è stato spezzato.

"Uscite di qui" dice Vlad a denti stretti. "Tutte e due, andatevene subito."

Lucretia trascina Ariel verso l'uscita.

Gettata di lato la doppietta, Vlad estrae un machete e si dirige verso il retro del ristorante.

Il fumo della granata arriva fino al soffitto.

L'allarme antincendio comincia a squillare sopra il ritmo della canzone.

Gli ugelli si attivano ma, al posto dell'acqua, spruzzano un liquido viscoso che puzza di benzina.

Dei Johnny con indosso vestaglie da ospedale corrono fuori per gettarsi su Vlad. Sono chiaramente arrivati di corsa, alcuni senza gli occhiali da sole, scoprendo gli occhi neri controllati da Baba Yaga.

Vlad trancia sapientemente a metà due di loro con il machete, come un cacciatore che spazza via le sterpaglie.

Asciugandosi la benzina dalla fronte, guarda con occhi socchiusi qualcosa dietro un'altra decina di Johnny.

È Koschei, in piedi con un pugnale in mano.

Il machete di Vlad trapassa i Johnny restanti come un cucchiaio caldo nel gelato.

Dopo aver sventrato l'ultimo Johnny, Vlad effettua un salto dall'altezza disumana e, nell'atterrare, fende il braccio di Koschei con il pugnale.

Koschei grida.

Vlad mena fendenti verso il nemico, ancora e ancora.

Koschei urla più forte, mentre perde altre parti del corpo, ma in qualche modo riesce a restare vivo.

Quando non c'è più niente da tagliare, Vlad gli mozza la testa, aspetta la sua risurrezione, e poi ripete il macabro compito con l'entusiasmo di un bambino che stacca le ali a una mosca.

Quando Koschei, ormai privo di arti, urla e si contorce per terra come un serpente per la decima volta, Baba Yaga emerge dal fumo.

"Grazie per avermi servito un posto nel Consiglio su un piatto d'argento" dice con la sua voce androgina vecchia di mille anni. "Il tuo posto sarebbe stato preso da Gaius ma, dato che è morto, la tua presenza qui semplifica notevolmente i miei piani."

"Non avresti dovuto aiutare Gaius ad uccidere Rose." Vlad non è altro che un fremito di rabbia.

"Tu parli di vendetta" dice Baba Yaga, ma se Vlad si accorge che sta citando di nuovo *Il Padrino*, non lo dà a vedere. Piuttosto, solleva il machete, quasi volesse scagliarlo come un coltello.

Baba Yaga alza le braccia, mimando il movimento di Vlad, e prima che lui possa battere ciglio, un'energia nera proveniente dalle dita di lei penetra nella sua testa.

Molta energia.

La strega sembra invecchiare di qualche altro decennio per lo sforzo.

Gli occhi di Vlad si riempiono di un'energia nera identica a quella dei Johnny, e l'arma non gli cade di mano.

"Bene" dice Baba Yaga con voce debole. "Ora usiamo quella lama per tagliarti la gola."

Si sforza, finché il suo viso non esprime sofferenza per la fatica mentale.

Vlad inizia a muoversi come un automa. Posizionato il machete contro la propria gola, comincia pigramente a menare dei colpi.

La ferita sul collo sembra grave.

Vlad crolla in ginocchio.

Il sangue gli sgorga fuori, andando a mischiarsi con la benzina.

"Ancora" sibila Baba Yaga.

Vlad si colpisce di nuovo e fa per cadere sul pavimento di marmo.

Baba Yaga si accascia, esausta.

Il corpo di Vlad urta il pavimento.

Un uovo dell'uccello di fuoco gli rotola fuori dal cappotto di pelle nera, fermandosi nella pozza di benzina ai piedi di Baba Yaga.

"No" boccheggia lei, abbassando lo sguardo con orrore. "Non dopo..."

L'uovo si spacca, aprendosi.

L'esplosione trasforma in cenere Vlad, Baba Yaga e Koschei, che sta ancora lottando, e la benzina prende fuoco, spargendo le fiamme in un baleno.

Nel giro di pochi attimi, il ristorante sembra il Settimo Cerchio dell'*Inferno* di Dante...

CAPITOLO QUARANTASEI

SONO di nuovo nella mia cella, ricoperta da uno strato di sudore così denso, che sembrerebbe di essere stata davvero in un ristorante in fiamme poco fa.

Balzo in piedi e vado dritta al tastierino del monitor.

Sull'orologio si legge 1:49.52, il tempo che mi resta per l'incarico lavorativo.

Con un dito tremante, digito 911 sul tastierino.

Lo schermo all'inizio lampeggia di rosso, poi viene visualizzata un'app per le videoconferenze.

Spalancando gli occhi, confusa, accetto la chiamata.

"Non sembri una che ha bisogno di assistenza medica" ringhia Nero. "Pensavo di averti spiegato le conseguenze, se..."

"Vlad sta per morire" dico di getto. "Dobbiamo andare a salvarlo. L'incendio..."

"Rallenta." Nero si avvicina alla videocamera. "Come e perché Vlad sta per morire, stavolta?"

Con una voce squillante in maniera innaturale, gli racconto ciò che ho appena previsto.

"Era il tramonto quando siamo arrivati sulla scena, e il sole tramonta verso le sei di sera in questo periodo dell'anno." Agito il telefono. "Adesso sono le 03:45 di pomeriggio, e potremmo impiegarci più di due ore per raggiungere Brighton Beach a quest'ora. Dobbiamo..."

"Non posso mettere piede a Brighton Beach." Un muscolo si flette sulla tempia di Nero. "Te l'ho detto."

"Il contratto non è valido solo mentre Baba Yaga è viva?"

"Sì."

"Beh, nella visione l'ho vista morire. Non puoi..."

"No. Non funziona così. Se proprio, è un'ottima ragione per *non* andare, poiché potrebbe cambiare la visione e comportare la sopravvivenza di Baba Yaga."

"Ma non hai anche il diritto di attaccarla, se lei m'insegue?"

Le sue sopracciglia si uniscono di colpo. "Ha appena confermato di non aver cercato di ucciderti con quell'esplosione... e di nuovo, stava dicendo la verità."

"Sono cazzate." Sbatto una mano sul monitor, frustrata. "Vediamo se non cerca di uccidermi, quando vado là a salvare Vlad."

"Tu non andrai da nessuna parte." Nero si allunga verso il computer per interrompere la chiamata.

"Aspetta!" grido. "Per favore. Ho promesso a Rose di prendermi cura di Vlad."

La frase 'prendermi cura di Vlad' sembra risvegliare

qualcosa di oscuro negli occhi di Nero. Qualcosa di spaventoso.

"Non capisci che questo era esattamente il piano di Vlad?" La sua voce è abbastanza tagliente, da spezzare il vetro. "Sa che Baba Yaga ha il potere di prendere il controllo degli altri. La benzina negli ugelli, la granata fumogena, l'uovo dell'uccello di fuoco... fa tutto parte di una missione suicida. Vlad *vuole* morire. Perdere qualcuno che ami può..."

"Vlad non sta pensando razionalmente."

"Neanche tu" ribatte Nero. "Il tuo incarico lavorativo di oggi, adesso, è raddoppiato."

Detto questo, riattacca.

Assesto un pugno nella porta di metallo simile a una cassaforte, inutilmente.

L'orologio ricompare sullo schermo e adesso dice 9:45.12.

Resistendo all'impulso di dargli un pugno, ridigito il 911.

Lo schermo diventa rosso e l'app delle videoconferenze si avvia, ma viene subito disconnessa.

Nero non risponde nemmeno per dirmi che il mio 'incarico lavorativo' è raddoppiato di nuovo... l'orologio adesso mostra 15:44.59.

Per poco non strappo lo schermo dalla parete, ma ne ho bisogno.

Non potendo contare sull'aiuto di quel bastardo, devo indovinare la password.

Pregando il mio intuito di veggente, digito l'ipotesi migliore: 5317. Felix dice che, se si scrive 5317 su una calcolatrice vecchio stile e la si mette a testa in giù, si legge LIES.

Lo schermo lampeggia di rosso e risuona un fastidioso bip, ma la porta rimane chiusa e l'orologio cambia, mostrando 55:44.48.

Cosa?

Aveva detto che avrebbe raddoppiato il mio lavoro della settimana se avessi inserito la password sbagliata, ma non mi aspettavo che il bastardo lo facesse in questo modo.

La testa sta per esplodermi, e devo ricorrere a tutta la mia forza di volontà per calmarmi abbastanza e riflettere.

Se i miei poteri non mi forniscono la password, sono fregata. Ipotizzando che il codice sia composto da quattro cifre, esistono 10.000 possibili tentativi. Inserendone uno al secondo, impiegherò 166 minuti per farli passare tutti... o circa due ore e quarantadue minuti.

Sempre se non mi verrà negato l'accesso dopo troppi tentativi sbagliati per motivi di sicurezza, come con le password dei cellulari.

In ogni caso, Vlad non ha tutto questo tempo.

Se solo prendesse il telefono in questo posto. Almeno chiamerei Felix, che escogiterebbe un modo per hackerare la serratura.

Pensare a Felix mi fa venire in mente un'idea.

Quando cercavamo di hackerare il computer di Nero, Felix aveva suggerito un modo per indovinare una password con lo Spazio Mentale. In quel momento, non avevo idea di come fare ciò che stava descrivendo, ma adesso forse sì.

"Ipotizzerò le password" dico a me stessa con tanta sicurezza, da crederci veramente. "Digiterò 0001, poi 0002, e così via, fino a 9999."

Per chiudere definitivamente l'affare, digito 0001.

Non funziona, e sul mio orologio di lavoro vengono aggiunte altre quaranta ore.

Digito 0002.

Stesso esito.

Invece di digitare 0003, mi lancio nello Spazio Mentale.

IGNORANDO le forme predefinite intorno a me, mi concentro sulla mia situazione nella cella... in particolare sul gioco che ho cominciato dell'indovinare la password.

Una nuvola di forme legate alle visioni appare davanti a me; non ne avevo mai viste di così simili tra loro.

Se sono sulla pista giusta, queste sono così simili, perché l'unica differenza tra loro è il numero che digito in quel tastierino.

Mi concentro sul tendere i fasci multipli, come avevo fatto con le visioni di Vlad. Solo che stavolta non ho bisogno di toccarne una decina o giù di lì, ma diecimila.

La sensazione di essere fatta a pezzi è

esponenzialmente più potente, mentre vengo tirata in migliaia di direzioni, ma poi mi sento in diecimila posti allo stesso tempo, e iniziano le visioni.

———

DIGITO 0003 NEL TASTIERINO, senza successo.

———

DIGITO 0004 NEL TASTIERINO, senza successo.

———

HO delle visioni di me stessa che fallisce nel digitare 0005, poi 0006, e così via, fino ad arrivare a 7734.

———

DIGITO 7735 NEL TASTIERINO. La luce verde lampeggia e la porta della cella si sblocca.

———

HO delle visioni di me stessa mentre inutilmente digito 7736, 7737, e così via, fino ad arrivare a 9999, quando le visioni s'interrompono.

———

TORNO NELLA MIA STANZA, con le porte di metallo che mi girano intorno mentre salto da un piede all'altro per l'emozione.

Ce l'ho fatta.

Ho usato il mio potere per forzare quella stupida serratura.

Almeno lo spero.

Con un tremante dito indice, digito 7735 nel tastierino.

La luce verde lampeggia e la porta della cella si sblocca.

Era ora.

Adesso devo solo uscire dall'edificio, prima che Nero riesca a fermarmi.

CAPITOLO QUARANTASETTE

SCATTO verso l'ascensore come se m'inseguisse un gruppo di agenti zombie dell'IRS.

L'ascensore sembra raggiungermi dopo mille, frenetici battiti del cuore e, una volta entrata, premo il pulsante del pianoterra con tanta forza, da farmi male al dito, dopodiché mi mangio le unghie per tutta la risalita.

Le porte si aprono.

Nero non c'è.

Pfiù.

Corro fuori dall'ascensore e attraverso l'atrio.

I miei colleghi mi lanciano delle occhiate confuse, ma nessuno mi ferma.

Mentre esco dalla porta, m'imbatto in una donna dall'aria familiare, ma la oltrepasso troppo velocemente per rendermi conto di dove l'abbia incontrata.

Vedo un taxi giallo vuoto e balzo davanti ad esso, agitando freneticamente le braccia.

Il conducente si ferma e, dopo aver abbassato il finestrino, strilla qualcosa d'incomprensibile sulla mia sanità mentale.

"Le do duecento dollari per portarmi a Brooklyn" grido in risposta. "Trecento, se riusciamo ad arrivare prima del tramonto."

Mi sblocca la portiera e partiamo in velocità.

Nello svoltare l'angolo, intravedo Nero che corre fuori dall'edificio.

Troppo tardi, stronzo.

Prendo il telefono e chiamo Felix.

"Sasha" dice. "Come s..."

"Non c'è tempo. Metti il vivavoce, così Kit può sentire."

Felix fa come ho chiesto e comincio a spiegare l'accaduto, abbassando la voce ad un sussurro quando affronto le parti soprannaturali.

"Ti sei accorta che la password che hai decifrato è un'altra di quelle parole della calcolatrice a testa in giù?" dice Felix alla fine. "È SELL... che è *così* tipico di Nero, non credi?"

Chiudo forte gli occhi. "Non abbiamo tempo per questo. Ho chiamato perché speravo che potessi mandare il tuo robot per aiutarmi. Potrebbe essere l'unico modo per arrivare a Baba Yaga senza rimanere intrappolata nella sua magia del controllo mentale."

"Sembra proprio un buon uso di Golem" commenta Felix. "Lascia che lo sistemi e che mi prepari."

"Solo Golem, non tu" specifico. "Affinché funzioni al meglio, ho bisogno che lo controlli nel nostro appartamento, al sicuro, altrimenti qualcuno può arrivare a te prima che il robot arrivi a Baba Yaga."

Distorco la realtà solo leggermente. Non voglio nemmeno esporlo ad altri orrori.

"Ha senso" dice Felix con un palese sollievo nella voce.

"E io?" chiede Kit.

"Baba Yaga può controllare *te*?" chiedo.

"Probabile" afferma. "Ma, come Vlad, avrebbe delle serie difficoltà nel controllarmi. Cioè, se ci prova, ne sarà indebolita, e questo potrebbe offrirti un'opportunità cruciale."

"In tal caso, vorrei tanto che tu ti offrissi di venire" dico. "Ma capirei assolutamente, se preferissi non rischiare."

"Significa che adesso siamo amiche?" chiede allegramente. "Mi diverto così tanto ad uscire con te e..."

"Sì." Sono lieta che Kit non mi veda roteare gli occhi. "Siamo amiche, ma non di letto, che tu ti unisca alla missione o no. Ma se ti piace avermi come amica viva un po' più a lungo, ti prego di unirti."

"Buona motivazione" commenta Kit. "In effetti, mi devi ancora una visione."

"Già" dico, grata per una volta di dovere un favore a qualcuno.

"Okay allora" dice Kit. "Sono dei vostri. Ma ricorda che *non* ucciderò nessuno sotto il Mandato, né posso portare con me gli Esecutori o fare altro nella mia veste ufficiale di Consigliere."

Merda.

Baba Yaga, Koschei e Gaius sono tutti 'sotto il Mandato'... quindi Kit avrà le mani legate.

"Kit può comunque aiutare con i Johnny e gli altri gorilla" dice Felix. "Penso che ti convenga lo stesso portarla con te."

"Concordo" dichiaro. "Il nostro obiettivo principale è recuperare Vlad, Lucretia e Ariel vivi. La vendetta è un surplus facoltativo."

"Fluffster vuole aggiungere una cosa" avvisa Felix. "Dice: 'Non permetterti di morire'."

"Digli che m'impegnerò al massimo" replico. "Adesso, per risparmiare tempo, Kit e Golem possono raggiungermi a Broadway? Così, il mio taxi può passare a prenderli senza svoltare nella nostra strada."

"Nessun problema" dicono all'unisono Kit e Felix.

"Okay, sbrigatevi" concludo. "Saremo là presto."

Riattaccano, e in nervosa attesa osservo il taxi orientarsi nel traffico dell'ora di punta.

Per non impazzire, pratico la respirazione meditativa per qualche minuto, poi, quando sono più calma, cerco di entrare nello Spazio Mentale.

Non funziona, ma presumo che abbia senso.

Sebbene le visioni che mi hanno aiutato ad hackerare il codice di accesso siano state brevi, ce n'erano diecimila, e potrei aver esaurito il potere.

Se sono fortunata, riuscirò a ricaricarmi prima di arrivare a destinazione. E se c'è un'esperienza da veggente di cui potrei usufruire di più, sarebbe la gestione del potere.

Vedo i miei amici in piedi in un angolo a un isolato di distanza.

"Accosti vicino a quella signora vestita da ninja" dico al conducente, indicando Kit nell'avvicinarci. "Quella vicino a un robot."

Facendo spallucce, l'autista del taxi accosta dove richiesto.

Gli spossati newyorchesi non sembrano badare alla creatura metallica che sale su un taxi, ma alcuni turisti guardano Golem a bocca aperta, affascinati.

Il tassista, al quale importa ancora meno dei cittadini nativi, schiaccia semplicemente l'acceleratore, e partiamo con uno stridio di pneumatici.

Mi accorgo in ritardo che avrei dovuto chiedere a Kit di portarmi il Focusall, se per caso mi fossero tornati i poteri in tempo.

Oh beh, presumo di dovermi affidare al mio allenamento.

"Mettiti questo nell'orecchio." Kit mi porge un auricolare dall'aria familiare.

"Ho pensato che avremmo comunicato come durante il salvataggio di Ariel" dice la voce di Felix nell'auricolare. "Tocca l'auricolare per disattivare l'audio, o ritoccalo per parlare... altrimenti puoi anche parlare a Golem. Sto usando i suoi occhi e le sue orecchie come fossero miei."

"Buona idea" dico a Golem. "Faresti una fortuna, se potessi produrre dei robot come questo per il grande pubblico."

"Servono i miei poteri di tecnomante per

controllare Golem, al momento" dice Felix con delusione. "Ma forse potrei produrre qualcosa alla portata di tutti, un giorno."

"Ho provato a chiamare e scrivere a Vlad, per impedirgli di andare in quel ristorante" dice Kit. "Non ho avuto fortuna."

"Oh, sono felice che tu l'abbia fatto." Arrossisco. "Avevo talmente fretta, che mi sono dimenticata di provare con una soluzione così semplice."

"Dubito comunque che vi darebbe retta" replica Felix negli auricolari.

Mi squilla il telefono.

È Nero.

Clicco su 'Ignora'.

Compare la notifica di un messaggio vocale, seguito da un messaggio scritto.

Sorpresa, sorpresa. È un mix di minacce e suppliche.

Nero non vuole che io vada a Brighton Beach.

Non rispondo alla chiamata o al messaggio.

Se sopravviverò, affronterò il mio capo.

"Quasi dimenticavo." Kit mi porge una barretta energetica e una bottiglia d'acqua. "Fluffster temeva che non avessi mangiato."

"Fluffster aveva ragione" dico, assalendo il cibo con entusiasmo.

Mi tengo occupata mangiando e bevendo per metà del tragitto, mentre passo la seconda metà a cercare di raggiungere lo Spazio Mentale, più volte... senza successo.

Alle 06:04 di sera, svoltiamo a Brighton Beach e parcheggiamo.

"Ci conviene correre" dice Kit, gettando i contanti all'autista mentre scende dal veicolo.

Io e il robot ci sbrighiamo a raggiungerla.

Il sole sta già tramontando.

"Mettiti questa." Kit mi porge una maschera nera e nel frattempo ne indossa una lei stessa. "Nessun Esecutore cancellerà i ricordi quando avremo finito, perciò dobbiamo preoccuparci dei testimoni."

Sentendomi come la rapinatrice di un film su un colpo grosso, indosso la maschera che prude e accelero il passo verso l'entrata con le zampe di gallina del ristorante Izbushka.

Kit e Golem sono subito dietro di me.

I due buttafuori corpulenti giacciono già a terra, addormentati.

"Merda" commenta Kit, affiancandomi. "Forse siamo arrivati troppo tardi."

CAPITOLO QUARANTOTTO

ESTRAGGO la pistola e mi precipito dentro.

"La canzone delle t.A.T.u sta ancora risuonando dagli altoparlanti" osserva Felix nell'auricolare. "Questo mi dice che non siete *così* in ritardo."

Esamino il posto.

Felix ha ragione.

Siamo arrivati abbastanza presto.

Vlad è in mezzo alla stanza con una doppietta e un Uzi in mano.

"Non muovetevi" dice Felix nel mio auricolare, ma non è necessario. "Sappiamo che non gli succederà niente, ma se vi mettete nella linea di fuoco, potete morire."

Come per sottolineare le sue parole, Vlad scarica proiettili addosso ai gorilla più vicini, proprio come nella mia visione.

Gli uomini crollano a terra, spargendo sangue dappertutto sul pavimento lucido.

Riecheggiano delle urla disperate, e schiviamo al meglio possibile il fuggifuggi dello staff.

Come prima, i gangster sopravvissuti fanno per estrarre le pistole.

Vlad scarica loro addosso altri proiettili, come previsto.

La maggior parte di loro cade, ma alcuni riescono a sparare a Vlad, e un proiettile gli perfora di nuovo la spalla.

Ignaro della ferita, Vlad continua a sparare finché l'Uzi non finisce i proiettili.

"Adesso corriamo" dico, facendo uno scatto e scavalcando i corpi dalle ferite sanguinanti.

Vlad getta la pistola scarica addosso al gorilla più vicino, sfondandogli il cranio come prima.

Sia io, sia Kit abbassiamo lo sguardo, quando Vlad, sollevati gli occhiali da sole, ordina di dormire a tutti coloro che rientrano nel suo campo visivo, ora trasformato in arma.

Cadono tutti i gorilla, tranne due.

Nella mia visione, è a questo punto che Vlad si lancia in quell'incredibile capriola all'indietro.

Ma stavolta, Golem colpisce in testa i due uomini con le sue gigantesche braccia metalliche.

Sebbene l'impatto non sia tanto brutto quanto dopo l'azione di Vlad, funziona: i due crollano a terra.

"Vlad, siamo io e Kit" grido. "Non sparare!"

"Sasha?" Vlad mi guarda, come se mi fossero cresciute due teste. "Kit?"

"Attento!" grido. "Stanno per attaccare."

Come nella visione, Lucretia, Ariel e Gaius atterrano, piovuti dal cielo.

Però abbiamo cambiato il futuro con il nostro arrivo, e facendo in modo che Golem uccidesse i gangster.

E l'abbiamo cambiato in peggio.

Dato che Vlad non ha mai eseguito quella capriola, si trova in un punto diverso rispetto alla visione... e Gaius, nell'atterrare, gli toglie la doppietta di mano con un calcio.

Essa scivola fuori portata sul pavimento imbrattato di sangue.

"Prendetelo" ordina Gaius a Lucretia e ad Ariel.

Forza dell'esempio, dà un pugno in faccia a Vlad.

CAPITOLO QUARANTANOVE

"KIT, prendi Lucretia. Io penso ad Ariel" grida Felix nell'auricolare, mentre il robot balza verso la nostra coinquilina.

Diventando più alta e muscolosa, Kit scatta verso Lucretia.

Il pugno di Gaius fa volare Vlad indietro di qualche passo, ma lui si riprende all'istante.

Gaius aggrotta le ciglia, quindi segue Vlad così rapidamente, che faccio fatica a seguirlo con gli occhi alla luce fioca dello spettacolo laser.

Vlad infila una mano sotto la giacca e prende una granata.

Con una manata, Gaius la spinge via dalla sua presa, e la granata rotola impotente sul pavimento, fermandosi vicino alla doppietta.

Gaius faceva bene a vantarsi, in precedenza? È davvero più potente di Vlad senza gli incrementi di energia di Rose?

Vlad scarica un pugno in faccia a Gaius.

Quest'ultimo lo schiva, colpendo invece Vlad all'addome.

Fremo. Se il pugno di Gaius intercetta l'uovo dell'uccello di fuoco, loro e chiunque nelle vicinanze finiranno in fiamme.

Ovviamente, se la granata fosse esplosa dando fuoco agli ugelli con la benzina, un'esplosione data dall'uovo dell'uccello di fuoco avrebbe ucciso tutti.

Vlad vola di nuovo all'indietro.

Gaius si affretta ad inseguirlo.

Sollevata la pistola, sparo dove mi auguro si trovi Gaius tra un attimo.

Colpisco la sfera a specchi al posto di Gaius.

I due vampiri adesso sono troppo vicini, per rischiare con un altro sparo.

Si scambiano altri colpi.

"Ariel, non voglio farti del male" dice Felix, di lato rispetto a noi, con la voce robotica di Golem.

Lancio un'occhiata da quella parte.

Il robot sta tenendo le mani di Ariel dietro la sua schiena, ma lei si contorce e si dibatte come durante un esorcismo.

Anche Lucretia deve aver opposto resistenza. La maschera di Kit è a brandelli, tuttavia Kit ha bloccato Lucretia in un abbraccio stretto e inesorabile.

Mi giro in tempo per vedere Gaius colpire Vlad con un pugno così potente, che il vampiro vola all'indietro di qualche metro.

Gaius scatta in avanti.

Sparo... e manco un'altra volta il vampiro super-veloce.

Vlad tira fuori il machete da sotto il cappotto e lo fa roteare verso la testa di Gaius, che intercetta il suo polso ed esegue una specie di mossa di aikido.

Il machete penetra nella coscia di Vlad, strappandogli un grugnito di dolore.

Corro verso di loro. Se sparo a bruciapelo, ho meno probabilità di colpire Vlad.

A circa mezzo metro di distanza, alzo la pistola.

Gaius deve aver percepito il mio arrivo, poiché mi scaccia via come una mosca.

Mi sento come una palla da baseball che si è imbattuta nella mazza di Babe Ruth. La mia pistola vola nella direzione opposta rispetto a me.

Qualcosa si spezza quando sbatto contro una parete, e l'aria mi fuoriesce dai polmoni mentre scivolo sul marmo sporco di sangue.

Le mie terminazioni nervose cominciano a dare i numeri, e penso di svenire.

Quando torno cosciente, non vorrei fare altro che rimanere raggomitolata a riprendermi, ma non posso.

Vlad ha bisogno di me.

Con uno sforzo di volontà abbastanza potente da correre due maratone, striscio nella posizione delle flessioni.

Mi accorgo a questo punto di dove sono atterrata: a pochi passi dalla granata e dalla doppietta.

La disperata bozza di un piano prende forma nella

mia testa attraverso il dolore. Neanche un piano, solo un pensiero.

Nella mia visione, Vlad ha vinto grazie alla protezione del fumo, e l'ha fatto sparando a Gaius in faccia. Il futuro acquisterebbe un senso, se ci fossero in gioco le stesse variabili?

Striscio fino ad afferrare la granata e la doppietta e, usando quest'ultima a mo' di stampella, mi alzo sui piedi malfermi.

Prendendo un respiro, trascino un piede verso i vampiri che combattono.

Poi un altro, e un altro.

Gaius ha rubato il machete a Vlad e sta menando fendenti.

Vlad riesce a schivare solo metà dei colpi, gli altri gli riducono i vestiti e la carne a brandelli.

Il suo corpo è costellato di ferite, che per un umano sarebbero mortali.

Mi preparo a gettare la granata verso di loro per offrire un po' di riparo a Vlad, ma poi ricordo che il fumo ha attivato la benzina degli ugelli... e non si metteranno bene le cose, se Gaius colpirà l'uovo dell'uccello di fuoco... o se Vlad cadrà.

Cerco di dare un'occhiata al futuro, e vedere così se la granata può essere sicura, ma non ho fortuna.

O sto fallendo nel concentrarmi a sufficienza per lo Spazio Mentale, o il mio potere non si è ancora ricaricato.

Metto momentaneamente in tasca la granata e cerco di fare un altro passo, seguito da altri.

Presto dichiaro funzionanti le mie capacità di deambulazione. Significa, spero, che non devo essermi rotta niente di serio.

Dopo un'altra decina di passi nell'agonia, arrivo di nuovo alla distanza di un braccio da Gaius.

Sto contando sul fatto che sia troppo impegnato a cercare di togliere il machete dalla spalla di Vlad.

Silenziosamente, punto la doppietta, poi esito.

Una pallottola potrebbe colpire Vlad. D'altro canto, probabilmente, non sarebbe così male come ricevere un altro fendente con quel machete.

A meno che un proiettile non colpisca l'uovo dell'uccello di fuoco. In questo caso, tutti e tre arrostiremmo in un batter d'occhio.

Oh beh. Come dice Felix: 'Colei che non rischia, non beve mai champagne'.

Trattenendo il respiro, premo il grilletto.

CAPITOLO CINQUANTA

UN BUCO aperto esplode al centro del petto di Gaius.

Vlad sembra stare bene... se con 'bene' s'intende ferito selvaggiamente con un machete, ma privo di fori di proiettile.

Lasciando l'arma nella spalla di Vlad, Gaius si stringe il petto.

"Come fa ad essere ancora in piedi?" mi sussurra Felix nell'auricolare.

Con un grugnito, Vlad stringe il machete nella spalla con entrambe le mani e lo strappa via... riversando una cascata di sangue.

Gli occhi di Gaius si spalancano e lui comincia a indietreggiare, ma è troppo tardi.

Vlad gli trancia via la testa.

Essa rotola lontano, mentre il corpo crolla a terra e l'aura del Mandato scompare.

Anche Vlad si affloscia. Ai suoi piedi si è raccolta una pozza di sangue.

Spero che stia dritto abbastanza, da tenere monitorato quell'uovo.

"Puoi lasciarmi andare" dice Lucretia con voce roca. "Non obbedisco più agli ordini di Gaius."

Guardo indietro.

Come nella mia visione, la morte di Gaius ha interrotto il legame con il sire di Lucretia, ma non la malia di Ariel.

Kit la lascia andare.

"Credo che tu mi abbia rotto le costole" mormora Lucretia.

"Stai bene?" chiedo a Vlad.

"Sopravvivrò" risponde a denti stretti, con il sangue che gli sgorga di bocca. "Ma non so se riesco a combattere."

Guardo Lucretia. "Puoi tirarlo fuori di qui?"

Annuisce solennemente, affrettandosi ad afferrare Vlad da sotto le ascelle.

"Kit" dico. "Aiuta Golem a portare via Ariel, mentre copro la nostra uscita."

"Se ricordo bene la tua visione, sul retro ci sono dei Johnny" interviene Felix. "E Koschei e Baba Yaga."

"Per *questo* ho detto che mi occuperò del fuoco di copertura" brontolo, poi trascino i piedi fino a recuperare la mia pistola.

Kit corre ad aiutare Golem.

Un Johnny in abiti da ospedale emerge dal retro del ristorante, proprio mentre sollevo la pistola e sparo.

Il Johnny corre verso di me.

L'ho palesemente mancato.

Sparo di nuovo... e stavolta colpisco il Johnny in mezzo a quegli occhi neri.

Un altro ottiene lo stesso trattamento, e un altro ancora.

Qualcosa mi strattona la testa all'indietro così di colpo, da causarmi un colpo di frusta.

Mi chino, lasciando la mia maschera nella mano del Johnny che mi ha afferrato, prima di piantargli un proiettile nel cervello.

"Sono tutti fuori" mi comunica Felix nell'orecchio. "Lucretia sta tenendo a freno Ariel, e Kit sta dando il sangue a Vlad per non lasciarlo morire. Ora mando indietro Golem per aiutarti."

"Grazie" rispondo, mentre un altro Johnny scende con un balzo dalla pista da ballo.

Sparo anche a lui, chiedendomi poi se sia il caso di lanciare la granata fumogena per offrire protezione a me e al robot.

In questo caso avvierò un incendio, usando la pistola nella successiva pioggia di benzina? Non è successo nulla quando Vlad ha sparato a Gaius nella mia visione, ma potrebbe essere stato fortunato quella volta.

D'altra parte, a Vlad non importava se questo posto fosse crollato tra le fiamme con lui dentro, ma a me importa parecchio di quella possibilità.

Se solo potessi vedere il futuro. Allora potrei sicuramente prendere una decisione.

Con un profondo respiro, faccio ricorso a tutta la mia pratica in un travolgente bisogno di raggiungere lo

Spazio Mentale.

Un Johnny vanifica la mia concentrazione e paga con la vita.

Poi se ne fa vivo un altro.

In un momento di tregua tra le uccisioni, cerco di nuovo di concentrarmi.

Con mio sgomento, funziona.

Per la primissima volta, accedo allo Spazio Mentale nel bel mezzo di uno scontro a fuoco.

———

FLUTTUANDO TRA LE FORME, trattengo il respiro metafisico, godendomi per un attimo il fatto di non dover salvaguardare la mia vita.

Anche se sono piuttosto sicura che il tempo non scorra nel mondo esterno, quando sono nello Spazio Mentale, voglio comunque farla finita al più presto possibile.

Quindi, su cosa mi concentro?

La granata?

Finora sono riuscita a puntare meglio sulle visioni usando le persone, o affidandomi alle forme predefinite intorno a me.

Studio dubbiosamente i fiocchi di neve che mi circondano, neri, freddi come il ghiaccio, dal sapore amaro e a forma di piramide.

La musica che emanano non fa presagire alcunché di buono per questa visione.

Ed è proprio per questo che dovrei vedere di quale futuro sono portatrici.

Una volta deciso così, mi protendo verso un obiettivo singolo, risparmiando potere per dopo, poi lascio che il fascio faccia il suo dovere... e m'immergo nella visione.

CAPITOLO CINQUANTUNO

BABA YAGA È in piedi sopra un familiare corpo femminile che sembra spezzato, disteso scomposto come un cadavere sulla scena del crimine. Solo che manca la forma con il gesso.

Nella mano di Baba Yaga c'è un'enorme padella in ghisa, sporca di sangue. Il livido sulla testa del corpo afflosciato corrisponde a quella parte della padella.

"Grazie a questo attacco, hai reso nullo il mio contratto con Nero" dice Baba Yaga al corpo. "Adesso posso sistemarti per sempre."

Anche se di solito non provo emozioni in questo stato, un brivido gelido penetra attraverso la mia essenza incorporea.

Non c'è da stupirsi se quel corpo mi dice qualcosa.

È il mio.

In effetti, mi sono già vista così: durante il combattimento con Beatrice, dopo che mi aveva ucciso in una visione. Allora, ero riuscita a impedire quel destino modificando le circostanze che lo provocavano.

Spero di fare lo stesso stavolta.

Qualcuno mette piede su un pezzo di metallo dietro Baba Yaga.

È Kit.

Sta puntando una doppietta verso la sua testa.

Prima che la vecchia strega si possa voltare, Kit preme il grilletto.

L'arma emette un clic a vuoto... Dev'essere inceppata o scarica.

"Sembra che, dopotutto, riuscirò a prendere il *tuo* posto nel Consiglio." Baba Yaga si gira per fissare Kit con un sorriso carnivoro. "Ho cercato di farti sparare dai miei uomini e poi di farti saltare in aria, invano. Adesso vieni da me di tua spontanea volontà... e posso mascherare tutto da legittimo suicidio. Che..."

Senza finire con il suo discorso, Baba Yaga lancia la pesante padella in testa a Kit.

Kit, evidentemente colta alla sprovvista dalla confessione di Baba Yaga, non schiva il proiettile, e la padella la colpisce in testa.

Barcolla.

Proprio come nella visione su Vlad, Baba Yaga alza il braccio.

Un'energia nera si forma sulle sue dita.

Sembra invecchiare di diversi decenni per lo sforzo, prima di sparare l'energia.

Solo che non è diretta a Kit.

Descrive un arco da Kit alla Sasha immobile sul pavimento.

Perché sparare lì?

Poi capisco.

La collana della Grande Festa con quella pietra enorme.

La porto ancora al collo, e assorbe l'energia di Baba Yaga... come un anello che una volta mi aveva dato Rose.

Certo. È per questo che Rose mi ha chiesto di portarla con me.

Sapeva per chi lavora Koschei e cosa poteva succedere dopo la sua morte.

Lascia fare a Rose, e lei riuscirà ad avere la sua vendetta finale perfino dalla tomba.

Kit si riprende dalla botta e sogghigna, notando la situazione.

Poi cresce, trasformandosi in un drekavac: una creatura da incubo, incrocio tra uno xenomorfo e un dissennatore, che abbiamo studiato durante l'ultimo Orientamento.

"No" implora Baba Yaga, indebolita. "Sparami e basta. "Non..."

La drekavac-Kit le si avvicina a grandi passi e protende degli arti multipli, infestati dalle pustole.

L'urlo tormentato di Baba Yaga non sembra provenire da una gola, suona più come un infernale strumento a corde, che emette una singola nota capace di frantumare il vetro.

Contorcendosi e presa da spasmi così forti, che

quasi si strappa i suoi stessi legamenti, la vecchia strega crolla a terra.

Kit incombe sulla sua vittima.

Una lingua dall'aspetto orribile serpeggia lentamente fuori dalle fauci del drekavac.

In qualunque punto lecchi la pelle di Baba Yaga, essa si scioglie come se non fosse mai esistita, lasciandosi dietro la carne cruda.

"Essere uccisi da un drekavac è il destino peggiore che possa capitare" aveva detto il Dottor Hekima, e decisamente non aveva esagerato.

Se avessi un corpo, mi sarei messa a vomitare.

Alla terza leccata, la gola di Baba Yaga emette un ultimo grido agonizzante, poi lei si accascia, beatamente morta.

Kit si trasforma in un orco, sposta di lato i resti di Baba Yaga con un calcio, e si avvicina al mio corpo immobile.

Raccogliendomi con cautela, l'orco si reca a grandi passi verso l'uscita del ristorante.

CAPITOLO CINQUANTADUE

VENGO SPINTA di nuovo nella realtà dello scontro a fuoco e, adesso che ho un corpo, devo respirare profondamente per non vomitare di fronte a ciò che ho appena visto.

Quello che Kit ha fatto a Baba Yaga in quella visione mi perseguiterà più del corpo carbonizzato di Bentley... e non pensavo fosse possibile.

A proposito del povero Bentley: sembra che la bomba nell'auto che l'ha ucciso fosse destinata a Kit, non a me. Lo stesso vale per quell'attacco in bagno: Gaius stava aiutando Baba Yaga, quando ha attirato Kit in hotel con la promessa del sesso. Ecco perché Baba Yaga è stata in grado di dire sinceramente a Nero che non cercava di uccidere *me*. Era la verità. Mi sono trovata casualmente vicino a Kit, quando Baba Yaga ha colpito.

Se non fossi stata così egocentrica, l'avrei capito prima.

Più penso agli avvenimenti recenti, più mi rendo conto che Baba Yaga si merita il destino che le è stato riservato nella visione.

Ha ucciso Rose. Ha ucciso Kevin e Bentley. Nella visione, è perfino riuscita ad arrivare a me... o lo farà.

Già.

Lo farà.

Forse la mia priorità assoluta dovrebbe essere evitare di finire come quel corpo immobile?

Ma come? Non ho visto la causa di quella situazione, perciò mi servono più dati.

I tentativi di ritornare nello Spazio Mentale falliscono.

O sono troppo stressata dopo ciò che ho visto, o non ho abbastanza potere.

Un Johnny salta fuori dal retro del ristorante, e meccanicamente gli pianto un proiettile in testa.

Un altro compare, e sparo anche a lui.

"Ho avuto una visione davvero orribile" dico, rivolgendomi a Felix. "Devo fare qualcosa per impedirla, ma..."

Non termino la frase, perché vedo lui.

Koschei.

Sta tenendo il coltello, e i suoi occhi verdi brillano di una letale determinazione mentre mi salta addosso.

Gli sparo in testa.

Dal clic della pistola, capisco che è vuota.

Alzo la doppietta, ma è troppo tardi.

Koschei me la toglie con una manata, poi mi scaglia contro la parete più vicina come un frisbee.

La colpisco con la schiena ferita e, di nuovo, scivolo a terra.

La mia coscienza svanisce.

CAPITOLO CINQUANTATRÉ

SBATTENDO LE PALPEBRE, apro gli occhi davanti al pugnale di Koschei, che descrivendo un arco nell'aria sta per affondare nel mio petto.

Ci siamo.

Sono fritta.

CAPITOLO CINQUANTAQUATTRO

UN BRACCIO metallico afferra il polso di Koschei, prima che possa portare a termine la pugnalata, e un gigantesco pugno di metallo si schianta sulla sua mascella con un sonoro crac.

Koschei vola all'indietro.

Golem gli è addosso.

Koschei incide il busto di Golem con il pugnale, lasciando un profondo solco nel metallo e spezzando la lama, poi butta i residui dell'arma addosso al robot. L'impatto crea un'ammaccatura nel carapace di metallo con un rumore secco; poi i pezzi cadono a terra.

Golem dà un calcio a Koschei nello stinco.

Si sente un osso che si spezza.

Golem ripete il calcio nello stesso punto.

La gamba di Koschei schiocca, e un pezzo d'osso irregolare gli spunta mentre cade.

Il robot lo calpesta così forte, che alcuni bulloni delle gambe gli volano in direzioni diverse.

Sibilando di dolore, Koschei cerca comunque d'intercettare il piede di metallo.

Golem dà un calcio alla sua testa come se fosse un pallone.

Koschei muore, ma subito resuscita e colpisce il robot all'addome.

Il metallo si piega e le ossa si spezzano.

Inspiro profondamente, quasi svenendo per il dolore.

Forse ho le costole rotte.

E forse non solo quelle.

Digrignando i denti, rotolo di lato e comincio a strisciare verso la doppietta.

I rumori del metallo e delle ossa che cozzano diventano sempre più intensi e inquietanti.

Sembra che Koschei si stia facendo a pezzi man mano per vincere.

Lancio una rapida occhiata alle mie spalle e vedo Koschei che strappa la gamba destra di Golem.

Golem cade di lato.

Koschei si precipita verso di me, ma Golem gli corre incontro con i tre arti rimanenti, come un *Terminator* ferito.

In un baleno, un braccio metallico agguanta la caviglia di Koschei.

Usando la gamba staccata come una mazza, Koschei assesta un devastante colpo sulla testa di Golem.

L'adrenalina travolge il dolore, mentre striscio verso la doppietta con rinnovata determinazione.

I rumori del robot che viene ridotto a pezzi diventano più forti.

Striscio più velocemente.

I rumori cessano.

Sono a un passo dall'arma, quando delle mani ruvide mi fanno rotolare a testa in su, sbattendo la mia schiena ferita contro il marmo.

Grido di dolore.

Con un'occhiata maligna, Koschei mi prende per il collo con una mano e mi solleva in aria.

CAPITOLO CINQUANTACINQUE

UN PIACERE sadico scintilla negli occhi verdi di Koschei, mentre mi guarda penzolare davanti a sé.

La sua stretta sul mio collo mi sta bloccando l'aria e frantumando la trachea.

In base alla mia esperienza con gli annegamenti e all'allenamento per la fuga dall'acqua, so di non avere molto tempo.

Chiamando disperatamente a raccolta le lezioni di arti marziali, indirizzo un pugno verso la faccia di Koschei con la mano destra.

Le mie nocche si scontrano con la sua mascella, e dalla sensazione alla mano mi sembra di essermela rotta.

Con una smorfia, cerca di colpirmi con la mano libera.

Lo blocco con l'avambraccio destro, proprio come mi ha insegnato Thalia. Qualcosa si spezza ma, ignorando il dolore, lo colpisco con il pugno sinistro e nel frattempo gli do calci con le gambe.

Con la faccia contorta in una brutta espressione, Koschei mi stringe ancora di più il collo. Penso che intenda spezzarlo per velocizzare la mia morte.

Chinandosi in avanti, sussurra: "Non pensavo che mi sarei divertito così tanto. Sei..."

Non saprò mai cosa stesse per dire, poiché scelgo in quel preciso istante di ricorrere a un'ultima mossa.

Come ho messo in pratica così tante volte per il numero dell'ingerimento degli spilli, sputo fuori l'ago di Buyan, mirando all'occhio destro del bastardo.

L'ago finisce nell'iride di Koschei come un punteruolo da ghiaccio nella gelatina... e immediatamente dopo, la parte ancora sporgente dell'ago comincia a brillare.

CAPITOLO CINQUANTASEI

MOLLANDO la presa sul mio collo, Koschei ruggisce come un orso ferito e crolla in ginocchio.

Cadendo a terra carponi, digrigno i denti di fronte all'agonia e striscio verso la doppietta.

Le urla di Koschei si fanno più forti.

Con tutta la forza che mi resta, raccolgo l'arma.

L'aura del Mandato di Koschei sembra sfarfallare.

Punto la doppietta a distanza ravvicinata contro l'ago che gli sporge dall'occhio, e premo il grilletto.

Metà della testa di Koschei scompare, e le schegge dell'ago scintillante si spargono nel resto del suo corpo.

"Questo è per Rose" sibilo, e gli faccio un buco nel torace. "E questo per Kevin."

Sparo finché l'arma non emette un clic perché è scarica, e Koschei giace abbattuto a terra.

I frammenti dell'ago scintillante sembrano assorbire ciò che rimane della sua aura; poi il suo corpo diventa cenere davanti ai miei occhi.

Un secondo dopo, la cenere svanisce senza lasciare traccia.

Fissando il punto vuoto sul pavimento, getto via la doppietta ormai inutile.

Aspetta un attimo. Nella mia visione, Kit teneva in mano una doppietta vuota, perciò significa che...

"Povero Koscheiushka" dice Baba Yaga alle mie spalle, mentre qualcosa di duro mi sbatte dietro la testa. "Non era così immortale, dopotutto."

Mi rendo conto vagamente di essere appena stata colpita da una grossa padella.

È così che nella visione ero stramazzata a terra.

Poi tutti i miei pensieri svaniscono, mentre la coscienza sprofonda nell'oscurità.

CAPITOLO CINQUANTASETTE

MI RISVEGLIO NEL DOLORE.

Un orribile dolore.

Sento la testa come se mi stesse colando fuori il cervello, e la mia schiena è un unico, enorme spasmo.

Ma il lato positivo è che non sono morta... anche se quasi desidererei di esserlo.

Aprendo gli occhi, mi ritrovo stretta tra le braccia di un orco, che mi porta fuori dal ristorante Izbushka.

"Kit" gracchio, facendo una smorfia appena le mie costole urlano di protesta.

"Sei viva" tuona la voce da orco di Kit. "Continua così."

"Tu c'eri" dico con voce aspra, "subito dopo che Baba Yaga mi ha messo k.o. con quella padella. Poi ti sei trasformata in un drekavac e l'hai uccisa, non è vero?"

"Come lo..."

"Probabilmente una visione" dice Felix nelle nostre orecchie. "Sasha, sono così felice che tu stia bene. Spero che non ti dispiaccia, ma quando Baba Yaga è stata uccisa, ho mandato un messaggio a Nero. Mi ha chiesto lui di farlo. Penso che la sua limousine fosse parcheggiata appena fuori da Brighton Beach, attendeva la sua morte per sbarazzarsi del contratto e accorrere qui ad aiutare."

Il dolore m'impedisce di esaminare le parole di Felix.

Kit esce dal ristorante e la sua andatura irregolare è una tortura per il mio corpo fratturato.

Vlad giace sul marciapiede e sembra già stare meglio. Lucretia sta ancora tenendo buona Ariel, che si contorce.

Una limousine si ferma vicino al marciapiede con uno stridio di pneumatici.

Giusto.

Felix l'ha menzionata un secondo fa.

La porta del conducente si apre e Nero scende a velocità soprannaturale. Una donna dall'aria familiare smonta dal lato passeggeri.

È quella in cui mi sono imbattuta uscendo dall'ufficio.

Adesso che non sto correndo, mi accorgo che è Isis: la guaritrice i cui prezzi solo Nero si può permettere.

Nonostante sia difficile pensare a causa del dolore, mi chiedo comunque come mai Isis stesse entrando nell'edificio di Nero mentre io correvo di fuori. Lui l'ha convocata prima del tempo? Allora sarebbe più pazzo di me. E ciò implicherebbe che sapeva che sarei fuggita dalla mia cella. Ma in tal caso, perché non fermarmi? E come avrebbe potuto lui...

"Mettila dietro" ringhia Nero. "Con cautela."

Kit accelera il passo, e mi fa male dappertutto a tal punto, che smetto di pensare e prego di perdere i sensi.

L'agonia diventa quasi insopportabile, quando Kit mi posa sul sedile.

Devo avere chissà quante ossa rotte, o peggio.

"Dovrai quadruplicare la solita tariffa" comunica Isis a Nero, dopo avermi rapidamente analizzato. "Mi farà molto male, stavolta."

"D'accordo" risponde Nero senza un attimo di esitazione. "Sbrigati."

Isis emette un sospiro ostentato, poi punta le mani verso di me.

Da esse fuoriesce l'energia dorata, e sento che le mie ferite si chiudono e che le ossa rotte si raddrizzano.

Quando ci aveva guarito la scorsa settimana, la pelle di Isis aveva un sano colorito olivastro. Oggi è più pallida, e più energia emette, più sembra malata. Un paio dei suoi capelli corvini diventano grigi davanti ai miei stessi occhi.

Un piacevole calore scorre nel mio corpo, trasformando il dolore in piacere.

"Falla dormire" ordina Nero.

"Aspetta" dico, tirando fuori la granata fumogena di tasca. "Butta questa nel ristorante e di' a Vlad di aggiungerci il suo uovo dell'uccello di fuoco."

Nero prende la granata, toglie la linguetta e la getta contro il vetro sopra la porta.

Esso va in mille pezzi, e nel giro di pochi istanti scatta l'allarme antincendio.

"Fallo" ordina Nero, guardando Vlad sul lastricato. "Cancella questo posto."

Con un grugnito di dolore, Vlad prende l'uovo dell'uccello di fuoco e lo scaglia nel ristorante.

Le mie labbra si curvano in un sorriso cattivo, mentre guardo l'Izbushka avvolta dalle fiamme.

"Un pisolino di un'ora ti farà bene" sussurra Isis, sparando verso di me un getto più forte della sua energia.

"Aspetta" vorrei ripetere, ma le mie palpebre diventano più pesanti e scivolo in un sonno di guarigione.

———

RIAPRO gli occhi e vedo Nero che mi tiene in braccio sopra il mio letto.

Nero in camera mia?

"Dev'essere un sogno" mormoro, mentre mi posa con gentilezza.

"Sì." La sua voce profonda è melodiosa. "È solo un sogno."

"Mi piacciono i sogni come questo" dico intontita, poi lo afferro per il colletto. "Sicuro che sia *davvero* un sogno?"

Nero non risponde, ma i suoi anelli limbari occupano quasi tutto l'occhio.

Tirando il colletto, mi isso finché le nostre labbra quasi si toccano.

Lui non si ritrae, ma nemmeno si piega in avanti.

Non c'è problema. Tutta l'energia guaritrice che mi gironzola in corpo mi sta infondendo una forza quasi soprannaturale... e la libido di un succubo.

Sollevandomi facilmente per il resto della distanza, incollo le labbra a quelle di Nero. Sono sorprendentemente morbide, il suo alito sa vagamente di menta...

Qualcuno si schiarisce la gola nelle vicinanze. "È per questo che mi volevi qui?" chiede Isis. "Perché non sono sicura di avere abbastanza energia per guarirla se..."

"No." Nero si stacca da me con riluttanza. "Finisci il tuo lavoro."

L'energia guaritrice rende di nuovo pesanti le mie palpebre.

"Dormi bene" dice Nero in lontananza, e l'energia calda non mi lascia altra scelta se non obbedire.

CAPITOLO CINQUANTOTTO

MI SVEGLIO con la sensazione di qualcosa di peloso rannicchiato contro il petto e la schiena.

Aspetta, petto *e* schiena?

Sollevo la coperta.

Già. C'è qualcosa di peloso su entrambi i lati.

Un gatto e un cincillà.

"Buongiorno" risponde Fluffster nella mia testa.

"Ehi, amico" sussurro.

Lucifera mi guarda con gli occhi verdi che sembrano dire: "Se vuoi tenerti le interiora, serva, coprimi subito con quella coperta."

La copro di nuovo, felice di vedere che sta meglio.

"Come stai?" chiede Fluffster, alzandosi sulle zampe posteriori. "Ho sentito che ti sei fatta molto male."

Gettate le gambe fuori dal letto, studio il mio corpo alla ricerca delle contusioni della sera prima.

Niente.

No, molto meglio di niente.

"Mi sento come se fossi stata in vacanza per due anni" gli dico. "Con trattamenti spa, ragazzi del servizio spiaggia che mi davano da mangiare l'uva, sabbia bianca..."

"Sasha?" strilla Felix fuori dalla porta. "Fluffster mi dice che sei sveglia."

Lancio un'occhiataccia al cincillà traditore. "E se avessi voluto pisolare un altro po'?"

"È l'una" risponde Fluffster senza pentimenti. "Per fortuna, Nero ti ha esonerato dal lavoro, altrimenti con un ritardo del genere verresti licenziata."

"Mi ha esonerato dal lavoro?" dico, forse a voce troppo alta. Ricordo vagamente un sogno erotico più strano del solito, poiché oltre a Nero c'era anche Isis.

Alt un attimo. E se quel bacio fosse stato reale?

In tal caso, cosa intendeva dire Isis con quello strano commento? Sembrava che, se fossimo andati avanti, avrei avuto bisogno di cure.

Il che si collega ad una domanda che non avrei mai pensato di porre sul mio capo.

Quanto è grosso esattamente?

"Stai parlando di Nero?" chiede Felix da dietro la porta, e sento le guance cominciare ad avvampare. "Ha detto che puoi tornare al lavoro quando te la senti."

"Nero è gentile?" Accantono ogni pensiero sulle dimensioni falliche. "Dovevo essere ridotta *veramente* male."

Non commenta né Fluffster, né Felix, perciò mi alzo e cerco qualcosa da mettermi.

"Stiamo pranzando in cucina" dice Felix, mentre infilo la vestaglia. "Vieni lì con noi appena puoi."

Con uno slancio post-guarigione, corro in bagno per occuparmi rapidamente dei miei bisogni, prima di andare in cucina.

Mi avvicino, accolta da un intero coro di voci.

"Se fossi in te, assumerei sempre l'aspetto di uno dei Batman" sento dire Ariel. "O almeno di Christian Bale."

"No, dovresti incarnare uno dei personaggi di *Matrix*" controbatte Felix. "Soprattutto Neo."

"Mi annoio ad avere lo stesso aspetto per troppo tempo" dice Kit quando entro.

"Sasha!" Ariel posa la forchetta, si alza con un salto e mi abbraccia forte. "Sono così felice di vederti prima di andare."

"Andare?" Osservo il suo aspetto. Lascia fare ad Ariel, e sarà pronta per uno scatto fotografico da copertina anche dopo le peripezie di ieri. "Solo per controllo... non sei più sotto la malia, giusto?"

"No. Dopo la morte di Gaius..." S'interrompe e la sua espressione diventa cupa.

Sta davvero piangendo Gaius dopo tutto quello che ha fatto? Sarei tentata di chiederglielo, ma soffoco l'impulso.

Probabilmente le serve un po' di tempo per affrontare la situazione.

"È tornata in sé un'ora dopo che siamo arrivati a casa." Felix si alza prendendo un piatto vuoto, poi si avvicina ai fornelli. "Adesso, grazie alla guaritrice di Nero, è quasi come nuova."

"E ho deciso di tornare in riabilitazione." L'espressione di Ariel si distende, mentre torna a sedersi e ricomincia a mangiare quelli che sembrano i famosi Funghi alla Stroganoff di Felix.

Mi accomodo anch'io.

"Io e Kit l'accompagneremo a Gomorra, appena abbiamo finito." Felix mi mette davanti un piatto pieno di Stroganoff, poi mi porge una forchetta.

"Allora." Abbasso lo sguardo sul cibo, non sapendo bene come porre la domanda senza insultare i miei amici o richiamare ricordi dolorosi. "Gaius ha..."

"Non penso di aver più bevuto il suo sangue" dice Ariel con espressione indecifrabile. "O altro del genere." Raduna un bel mucchio di noodles in una parte del piatto, poi li infilza tutti insieme con la forchetta. "Le voglie sono molto più sopportabili, adesso. Mi sento quasi ridiventata una persona normale, ed è per questo che penso di dovermi allontanare dalla tentazione e ripulirmi del tutto. Inoltre, la terapia dei sogni di Bailey mi aiuta con le altre cose..." Si mette la forchetta in bocca, poi comincia a raccogliere altri noodles in una grande pila.

Io e Felix ci scambiamo occhiate furtive. Ariel non è mai arrivata così vicina ad ammettere di avere un disturbo da stress post-traumatico... che è un grande passo in sé e per sé. Se dovessi mai incontrare Bailey, la ringrazierò.

"Verrò con voi, ragazzi." Infilzo un mucchio di Stroganoff con la forchetta. "Lasciatemi solo finire."

"Spiacente, ma no" risponde Felix, senza incrociare

il mio sguardo. "Nero mi ha chiesto di assicurarmi che te ne saresti stata buona, oggi."

"Nero non è il mio capo" replico. "E neanche tu."

"Beh, se vogliamo essere precisi" dice, "lui è il tuo..."

"Rilassati a casa per un po'" s'intromette Ariel, conciliante. "Nero potrebbe fare del male a Felix, se la tua guardia del corpo ti vedesse uscire dall'edificio."

Fumante, mi caccio in bocca la forchetta e mastico con violenza.

"A proposito di Nero" dice Kit, assumendo le sembianze del mio capo, ma a torso nudo. "Io, lui e Vlad abbiamo stretto un patto che vi riguarda tutti." Si trasforma in Vlad a torso nudo. "Se il Consiglio dovesse mai scoprire tutti gli omicidi a cui abbiamo preso parte... ed è un 'se' improbabile... Vlad si assumerà tutta la responsabilità, anche per Koschei e Baba Yaga, non so se mi spiego." Mi guarda con gli occhi penetranti di Vlad.

Finisco di masticare e deglutisco. "È per non farmi finire nei guai per aver ucciso Koschei, un Conoscente sotto il Mandato, e lo stesso vale per te e Baba Yaga?"

"Esatto" dice. "È soltanto una precauzione, perché nessuno dovrebbe nemmeno accorgersi della loro morte."

"Eh?" chiede Felix con curiosità.

"Pada è stato nel ristorante distrutto dall'incendio e ha ripulito i resti" spiega. "E io, con i miei poteri, farò sì che tutti i morti compaiano nel radar del Consiglio di tanto in tanto." Assume brevemente le sembianze di uno degli Esecutori uccisi da Vlad sul molo, e ancora più velocemente di Gaius, Koschei e Baba Yaga.

Un brivido mi corre lungo la schiena, nel vedere gli ultimi due, anche se so che si tratta solo di Kit. Dovrò parlarne con Lucretia.

Sempre se i nuovi vampiri fanno le sedute di terapia, s'intende.

"Possiamo far sembrare che Baba Yaga e Koschei siano tornati in Russia" dice Felix, emozionato. "Io potrei addirittura creare una traccia elettronica."

"Buona idea" commento con un sorriso. La sua proposta mi ricorda un numero di magia, e niente mi rallegra come la progettazione di un valido inganno. "Anche Gaius potrebbe spostarsi da un'altra parte. Poi, dopo un po', potrebbe diffondersi la voce che se ne sono andati tutti in una delle Altre Terre con uno strano flusso temporale."

"Potrebbe funzionare." L'espressione meschina di Kit eguaglia la mia. "Vlad e Lucretia hanno già cancellato i ricordi degli umani sopravvissuti con la malia, ma possiamo farli tornare indietro e impiantare dei ricordi coerenti con la storia. Lo stesso vale per tutti i poliziotti umani che ficcano il naso."

"Scusate se interrompo il divertimento, ma vorrei proprio andare." Ariel posa la forchetta. "Anche quel riferimento casuale ai vampiri..."

"Non aggiungere altro." Felix si riempie la bocca con gli ultimi bocconi, imitato da Kit.

"Torneremo presto" dice nell'alzarsi.

"Quando vedi Lucretia, puoi per favore ringraziarla per aver convinto il mio programma scolastico di medicina a concedermi una proroga?" Anche Ariel si alza. "Non so se mi sentirò mai al sicuro, nel parlarle faccia a faccia."

"Certo" rispondo. "È comico il fatto che serva la malia per ottenere quella proroga."

"È quello che ho detto anch'io." Felix ridacchia ed esce dalla cucina.

Kit si schiarisce la gola, guardando Ariel in modo eloquente.

"Oh, giusto" dice lei, roteando gli occhi in un gesto quasi impercettibile. "Kit può rimanere nella mia stanza, intanto che non ne ho bisogno."

"Dovremmo bruciare le lenzuola, dopo" dice mentalmente Fluffster... presumibilmente a tutti tranne Kit.

"Ci vediamo al funerale." Ariel mi dà un bacio frettoloso sulla guancia e segue Felix fuori dalla cucina.

Rimango sulla sedia, stordita, mentre perdo completamente l'appetito.

Ariel intendeva il funerale di Rose.

Un evento che avevo bandito dalla mia mente, probabilmente per non impazzire. Adesso che...

"Sarò di ritorno con Felix." Kit interrompe i miei pensieri con un bacio rapido sulle mie labbra unte di salsa.

Una volta che se ne sono andati, infilzo il resto del cibo tra cupe riflessioni, mentre Fluffster mangia il suo fieno.

Quando abbiamo finito entrambi, pulisco la cucina, il che mi fa sentire un po' meglio.

Almeno finché non torno in camera mia e vedo i vestiti di ieri, laceri e ordinatamente piegati sulla sedia.

Ah.

Mi sono svegliata nuda, senza nemmeno farmi delle domande, ma probabilmente sarebbe stato necessario.

Nero mi ha spogliato?

Le mie guance ridiventano bollenti, così come altre parti del mio corpo.

Accantonato il film a luci rosse nella mia mente, frugo nelle tasche dei pantaloni sporchi di sangue per prendere la mappa per Buyan, quindi getto gli stracci nella spazzatura.

"Stai per giocare di nuovo con lo Spazio Mentale?" chiede Fluffster, quando mi accomodo e comincio con la respirazione meditativa.

"Sì" rispondo, anche se stavo solo cercando di calmarmi.

Fluffster salta sul letto per osservarmi meglio. Un occhio felino lo guarda, affamato, da sotto la coperta, ma con mia sorpresa Lucifera non attacca.

"La gatta impara in fretta" commenta compiaciuto Fluffster nella mia testa. "Adesso, se riuscissi a insegnarle ad apprezzare una marca di cibo per gatti più economica, sarebbe perfetta."

Scuotendo la testa, cerco di accedere allo Spazio Mentale.

Il mio potere dev'essersi completamente ricaricato, poiché funziona subito.

———

FLUTTUO LÌ PER UN PO', semplicemente godendomi la sensazione dell'assenza di gravità.

Non possedere un corpo può essere alquanto di conforto... soprattutto sapendo che non sto lottando per la sopravvivenza nel mondo esterno.

Per quanto non mi sia mai venuto in mente prima, lo Spazio Mentale è ottimo per allontanarsi e pensare. In effetti, poiché il tempo non sembra scorrere nel mondo esterno, posso riflettere senza sprecare momenti preziosi della mia vita.

Ehi, magari la prossima volta che ho bisogno di pensare a un numero di magia, lo faccio nello Spazio Mentale. Forse è così che inventerò uno spettacolo capace d'impressionare i Conoscenti. Dopotutto, se a Nero è davvero piaciuta la mia dimostrazione con il trucco delle carte, potrebbe piacere anche ad altri esseri soprannaturali.

Fluttuo per un momento, cercando di capire cosa fare durante l'attuale sessione nello Spazio Mentale, quando mi si accende la lampadina.

È da un po' che non lo sfrutto per tentare di chiamare Rasputin, mio padre biologico.

Raggiungerlo dovrebbe essere più facile adesso che, grazie ad un raro momento di schiettezza da parte di Nero, ho scoperto altre cose sul suo conto.

Sì, proprio così.

Avrei dovuto cominciare con questo.

Dotato d'immaginazione, così lo definiva Nero, e scommetto che Rasputin lo è... supponendo che abbia creato di proposito il misterioso personaggio delle storie degli umani.

Originale... un altro epiteto che gli ha dato Nero, e che ha senso. Se penso all'immagine di quell'uomo con la barba, originale ed eccentrico sono proprio i termini che mi vengono in mente.

Nero l'aveva anche definito intraprendente, cosa altrettanto facile da credere. Secondo la storia, mio padre era stato un abile manipolatore della famiglia reale russa, a tal punto che, alla fine, volevano ucciderlo.

L'unica descrizione di Nero che non condivido è la lealtà. Come può valere per un uomo che ha abbandonato me, sua figlia, per essere cresciuta da estranei in una terra straniera?

In ogni caso, mi sforzo di concentrarmi sull'essenza di quell'uomo... compreso *tutto* quello che ha detto Nero.

Con mia grande sorpresa, funziona.

O almeno credo, perché un'entità dello Spazio Mentale compare accanto a me.

E non è né Darian, né il bannik.

L'entità pulsa di curiosità e di terrore in egual misura.

Mi protendo verso di essa/lui.

L'entità ricambia il favore a malincuore.

Sarà la mia immaginazione, ma il reciproco tocco

metafisico mi fa venire in mente scene di parenti che si abbracciano, dopo essere stati separati per tanto tempo.

Le nostre menti si fondono e mi preparo per un'eccitante avventura.

CAPITOLO CINQUANTANOVE

SONO SEDUTA su un letto e passo i capelli di una donna con una spazzola riccamente decorata.

La mia mano è forte e mascolina... segno che potrei trovarmi nei ricordi di Rasputin, o in quelli di un altro spettatore uomo.

La donna è girata da un'altra parte, quindi non vedo il suo viso. Le sue spalle pallide e la schiena aggraziata mi ricordano una ballerina, e dal modo in cui geme e mugugna di piacere quando lui/io la spazzolo è seducente al punto, da rasentare la pornografia.

Potrebbe essere mia madre?

Sto per assistere al ricordo del mio concepimento?

Sarebbe come scoprire i genitori che fanno sesso da qualche parte, ma in un modo decisamente più strano.

O questa è la loro beatitudine post-coito?

"Mi piaci perché sei così imprevedibile" dico in russo con una profonda voce maschile. La lingua è un'altra prova del fatto che si tratta di un ricordo di mio padre.

"Non è l'unica cosa che ti piace di me" risponde la donna con voce soave e melodiosa.

Sebbene pronunci le parole in russo, riesco a capirle... un vantaggio del trovarsi nella testa di un madrelingua russo. Mentre parla, riesco perfino a sentire che ha un accento, ma non so bene quale.

Fa per voltarsi ma, prima che la veda in faccia, il ricordo cambia.

———

SONO in un opulento edificio a cupola, pieno di decorazioni dorate e icone religiose nello stile della Chiesa ortodossa russa.

Se mi trovo davvero nei ricordi di Rasputin, potrebbe essere una chiesa nel Palazzo d'Inverno.

Nero è vicino ad un elegante candelabro, con indosso degli abiti che sembrano saltati fuori da una foto in bianco e nero scattata in Russia nei primi anni del Novecento. Rasputin dev'essere *altissimo*: guardo Nero dall'alto in basso, ed è una strana esperienza.

Per essere uno che diventerà il mio capo tra cent'anni, Nero ha esattamente lo stesso aspetto. Beh, tranne quella barba perfettamente curata, che fa venire in mente un hippy troppo zelante.

"Se seguiamo questa strada, lei vivrà una vita tranquilla fino al suo ventiquattresimo anno di età" dice Rasputin/io. "Non posso vedere oltre... ma *posso* dire che, quell'anno, succederà qualcosa che farà a pezzi il suo futuro oltre ogni immaginazione."

"Sarò molto più vigile, quando arriverò a quel punto" afferma Nero. "Ora, per..."

———

SI VERIFICA un altro scambio di ricordi, e vengo circondata su tutti i lati dal trambusto del JFK.

Lui/io stringe la piccola mano di una bambina.

Ha la carnagione pallida, e i suoi grandi occhi azzurri guardano verso l'alto con espressione spaventata.

Riconosco quel viso.

Io apparivo così nelle prime foto scattate dai miei genitori adottivi.

"Come posso abbandonare la mia bambina?" è un pensiero che gli passa per la testa, e il dolore che prova è travolgente. "È l'unico modo" ripete poi fra sé in continuazione. "È l'unico modo che sono riuscito a escogitare" sussurra alla bambina.

Una parte sadica di me gode del suo turbamento.

Sta per abbandonarmi come un sacco d'immondizia.

Dovrebbe sentirsi di merda.

Lui/io guarda il bar nelle vicinanze.

Mamma e papà, più giovani, sono seduti a bere dei cocktail.

"Saranno dei bravi genitori per te" lui/io dice alla me da piccola in russo. "È l'unico..."

———

GLI OCCHI DI RASPUTIN/MIEI sono chiusi.

Dalle esercitazioni con le fughe, riconosco la sensazione dei polsi e del petto bloccati.

È quella che si prova ad essere legati ad una sedia con una corda.

Arriccerei il naso, se potessi. Qualunque posto sia, puzza come un obitorio sotterraneo.

Poi mi affondano un pugno nello stomaco.

Beh, quello di Rasputin, non il mio, ma il dolore mi fa dimenticare per un momento chi è chi.

I miei polmoni si svuotano, e boccheggiamo alla ricerca di aria... ma manteniamo un'espressione il più tranquilla possibile in simili circostanze, con gli occhi chiusi.

"Quando *questo* aguzzino vede il dolore, le percosse diventano molto peggiori" pensa Rasputin, resistendo alla tentazione di stringere i pugni.

Il colpo successivo è alla rotula... e il dolore è così intenso, che non riesce a trattenere un rantolo di dolore.

Ahi, ahi, ahi.

Devo trovare il modo di disconnettermi da questo ricordo, alla svelta.

Il dolore è anche troppo reale.

"Me lo merito" pensa Rasputin, mentre desidererebbe gridare per un altro attacco. "Tutto quello che mi fanno, me lo merito per aver abbandonato la mia bambina."

CAPITOLO SESSANTA

MI RITROVO per la terza volta in un'oscurità simile al vuoto, di fronte all'ologramma, simile a sinapsi, di un uomo che non riconosco.

Calvo e senza barba, all'inizio non assomiglia affatto alle immagini di Rasputin che ho visto online.

Ad eccezione degli occhi.

Gli occhi sono uguali.

E c'è il suo mento, ora scoperto.

Sembra proprio quello su cui mi sono venuti i brufoli da adolescente.

Il *mio* mento.

"Grigori Rasputin?" chiedo timidamente.

Tutte le emozioni umane possibili sembrano attraversare il suo volto semitrasparente, come in un caleidoscopio, mentre annuisce e mi indica. "Sasha?" chiede, pronunciando il mio nome alla maniera russa, come i genitori di Felix.

Annuisco.

Dice qualcosa in russo, parlando come una mitragliatrice, e fluttua verso il basso.

"Non capisco." Fluttuo fino alla sua altezza. "Non parlo russo."

Il dolore nei suoi occhi sembra diventare più profondo.

"*Ja ne govorju po-anglijski*" dice molto lentamente Rasputin, indicando se stesso, poi la propria bocca e la mia bocca.

"Non parli inglese" deduco.

Si stringe nelle spalle.

Se non parla inglese, tanto da non capire *quella* frase, il suo inglese dev'essere tanto pessimo quanto il mio russo.

O anche peggio. Felix mi ha insegnato a dire ciao e un paio di altri modi per dire arrivederci in russo... e almeno qualche imprecazione.

"*Opasno*." Rasputin indica i dintorni, poi le entità, se stesso e me. "*Opasno*." Lo dice varie volte.

"*Opasno*" ripeto, e annuisce.

"Non so proprio cosa signifíchi, ma lo scoprirò appena esco di qui" gli dico.

Si stringe nelle spalle e ripete la parola ancora una volta.

"Come ti trovo?" chiedo. Indicando lui, mimo il movimento delle gambe che camminano con l'indice e il medio. "Voglio incontrarti."

"*Net*." Scuote vigorosamente la testa, indicando poi me e se stesso. Imita quindi il gesto di camminare e fa una croce con le braccia.

Il messaggio è forte e chiaro.

Non vuole che io vada a cercarlo.

"Perché no?" chiedo. "Dove sei? Chi ti torturava? Perché?"

"*Proshaj*" dice solennemente, e mi sento strappata via da lui.

Felix mi ha insegnato quella parola.

Significa addio... ma il tipo di addio con il sottinteso di non incontrarsi mai più.

"No. Aspetta!" grido, ma la sensazione di essere strappata via s'intensifica, finché qualcosa si disconnette e vengo ricacciata indietro nel mondo reale.

———

RIMANGO SEDUTA per un attimo a riprendermi. Mio padre deve aver usato un afflusso di potere per interrompere il collegamento con me: la versione dei veggenti del riattaccare.

Prendo il telefono per cercare la parola '*opasno*'.

La traduzione è 'pericolo'.

Okay. Cosa intendeva dire?

L'ha pronunciata indicando intorno a sé, quindi forse mi voleva comunicare lo stesso messaggio di Darian sulla pericolosità del parlare nello Spazio Mentale in quel modo.

Mi alzo e comincio a camminare per la stanza.

"Qual è il problema?" chiede Fluffster. "Hai avuto una visione inquietante?"

Sentendomi stupida per essermi dimenticata della sua presenza, racconto a Fluffster l'accaduto, e alla fine conferma che *opasno* significa davvero pericolo, e *proshaj* addio.

"Magari quelle conversazioni sono pericolose, perché rendono il tuo futuro più difficile da prevedere?" Fluffster piega la testa di lato. "Darian ha detto che nessuno poteva prevederle, perciò..."

"Forse" dico, mentre mi cade l'occhio sulla mappa per Buyan. "Aspetta un attimo."

Fisso la mappa come se la vedessi per la prima volta.

Qualcosa nella mappa mi tormenta da quando Kit l'ha disegnata, e il contesto attuale sembra d'aiuto.

Sì. Mi ha sempre ricordato qualcosa... che ha a che fare con Rasputin, me ne rendo conto adesso, ma non ho proprio idea di cosa.

Seguendo l'intuito, sblocco il telefono e comincio a far passare le foto. È a questo punto che finalmente ricordo dove ho già visto questo tipo di mappa-diagramma di Venn.

E il collegamento con Rasputin.

Dopo aver fatto scorrere le foto del contratto tra Nero e mio padre, la trovo.

È stata nel mio telefono per tutto questo tempo.

Un'immagine di qualcos'altro nella cassaforte di Nero.

Un'altra mappa delle Altre Terre, simile a quella usata da Kit.

Una mappa che Nero teneva nella stessa cartella insieme a tutto ciò che riguardava Rasputin e me.

Può essere?

Ho scoperto come trovare mio padre?

Qualcosa... forse l'intuito di veggente... mi assicura che è così.

Sì.

So di averlo scoperto.

Proprio come so un'altra cosa.

Ovunque sia Rasputin, lo stanno torturando... e le sue strategie per affrontare le avversità implicano che gli succede spesso, magari tutti i giorni.

A questo punto, non mi resta che un'azione da compiere.

Indipendentemente da quello che mi ha detto, non posso starmene fuori.

È mio padre.

Non crescermi è stata la sua scelta, e questa sarà la mia.

Lo troverò, in un modo o nell'altro.

Anche se questa mappa dovesse portarmi nelle viscere dell'inferno.

RINGRAZIAMENTI

Grazie per aver letto questo libro! Spero che la storia di Sasha ti piaccia! Le sue avventure continuano in *Deviazione Paranormale (Serie di Sasha Urban: Libro 5)*.

Vorresti leggere altri miei libri? Puoi dare un'occhiata a:

- **Le dimensioni della mente** - le avventure urban fantasy ricche di azione di Darren, che può fermare il tempo e leggere la mente

Se vuoi sapere di più sulle mie prossime uscite, iscriviti alla newsletter sul mio sito dimazales.com/book-series/italiano/.

E ora, voltate pagina per un breve assaggio di *I lettori di pensieri*.

IN ANTEPRIMA RISERVATA: I LETTORI DI PENSIERI

Descrizione

Tutti pensano che io sia un genio.

Si sbagliano.

Certo, mi sono laureato ad Harvard a diciotto anni e ora guadagno cifre folli con delle speculazioni finanziarie, ma questo non dipende dal fatto che io sia incredibilmente intelligente o un gran lavoratore.

È perché baro.

Vedete, ho un'abilità unica. Posso uscire dal tempo, entrare nella mia personale versione della realtà, il luogo che io chiamo "la Quiete", dove posso esplorare ciò che mi circonda mentre il resto del mondo rimane immobile.

Pensavo di essere l'unico a poterlo fare, almeno fino a quando non ho incontrato *lei*.

Il mio nome è Darren e questa è la storia di come ho capito di essere un Lettore.

Capitolo 1

A volte penso di essere pazzo. Sono seduto al tavolo di un casinò ad Atlantic City e attorno a me sono tutti immobili. La chiamo la Quiete, come se darle un nome la rendesse più reale – come se darle un nome cambiasse il fatto che i giocatori al mio tavolo siano congelati come delle statue, e che io stia camminando tra loro guardando quali carte hanno ricevuto nell'ultima mano.

Il problema con la teoria che io sia pazzo è che quando "sblocco" il mondo, come ho appena fatto, le carte che i giocatori rivelano sono le stesse che ho visto durante la Quiete. Se fossi pazzo non dovrebbero essere diverse? A meno che io non sia così andato da immaginarmi anche le carte sul tavolo.

Eppure vinco. Se questa fosse solo immaginazione, se la pila di fiche sul mio lato del tavolo non fosse reale, allora tanto varrebbe che io mettessi in discussione ogni cosa. Forse il mio nome non è nemmeno Darren.

No, non posso vederla in questo modo. Se sono

davvero prigioniero di un'allucinazione non voglio tornare alla realtà, perché, se lo faccio, probabilmente mi risveglierò in un ospedale psichiatrico.

E poi amo la mia vita, per quanto pazza sia.

La mia strizzacervelli pensa che la Quiete sia un modo originale con il quale descrivo il "lavoro interiore del mio genio". Ecco, questa cosa mi sembra davvero folle. Ho anche il sospetto che mi desideri, ma questo è un fattore del tutto irrilevante. Basta considerare come lei sia al di fuori della fascia d'età con cui mi interessa uscire, che attualmente è attorno ai ventiquattro. Ancora giovani, ancora sexy, ma che hanno finito la scuola e superato la fase delle uscite per locali. Odio andare per locali quasi quanto ho odiato studiare. In ogni caso, la spiegazione della mia strizzacervelli non funziona, perché non tiene conto di come io venga a conoscenza di particolari che nemmeno un genio dovrebbe sapere – come l'esatto valore e il seme delle carte che hanno gli altri giocatori.

Mi guardo attorno mentre il dealer comincia un nuovo giro. Oltre a me, ci sono altre tre persone al tavolo: Nonnina, il Cowboy e il Professionista, come li ho soprannominati. Sento quella paura quasi impercettibile che accompagna sempre la transizione. È così che chiamo questo fenomeno: la transizione nella Quiete. Preoccuparmi della mia sanità mentale ha sempre reso la transizione più facile, visto che la paura pare aiutare questo processo.

Effettuo la transizione e ogni cosa diventa silenziosa, da qui il nome per un simile stadio.

Mi risulta inquietante perfino adesso. Fuori dalla Quiete, il casinò è pieno di rumori: persone ubriache che parlano a voce alta, slot machine, i suoni squillanti delle vincite, la musica; l'unico luogo più rumoroso sarebbe una discoteca o un concerto. Eppure, in questo esatto momento, potrei probabilmente udire uno spillo che cadesse a terra. È come se io fossi diventato sordo a tutta la confusione che mi circonda.

Essere attorniato da persone congelate nel tempo rende tutto ancora più strano. Vicino a me c'è una cameriera bloccata a metà di un passo, che regge un vassoio con degli alcolici. Poco lontano, una donna sta per abbassare la leva di una slot machine. Al mio stesso tavolo, il dealer ha la mano alzata e l'ultima carta che stava distribuendo è rimasta sospesa innaturalmente a mezz'aria. Cammino verso di lui costeggiando il tavolo e la afferro. È un re, destinato al Professionista. Una volta che la lascio andare, invece di tornare a fluttuare come prima, la carta cade sul tavolo, ma so bene che quando uscirò dalla Quiete tornerà sospesa nell'aria, nell'esatta posizione in cui si trovava prima che la afferrassi.

Il Professionista ha l'aspetto di chi guadagna giocando a poker, o almeno è come ho sempre immaginato una persona del genere. Trasandato, con gli occhiali da sole, l'aria un po' losca. Sta facendo un ottimo lavoro nel mantenersi impassibile, praticamente non ha mosso un singolo muscolo da quando ha cominciato a giocare. Il suo viso è tanto inespressivo che mi chiedo se abbia usato del Botox per mantenere quella facciata scolpita nella pietra. La sua mano è sul tavolo, impegnata a coprire in modo protettivo le carte che gli sono state date.

Quando sposto le sue dita inerti, mi risultano normali. Beh, in un certo senso almeno, visto che la sua mano è sudata e pelosa, quindi toccarla per muoverla è spiacevole ed è effettivamente una cosa non tanto normale da fare, ma ciò che è normale è il fatto che sia calda, anziché fredda. Quando ero un ragazzino, mi aspettavo che le persone fossero fredde nella Quiete, come statue di pietra.

Ora che la mano del Professionista è stata spostata, prendo le sue carte. Con il re che stava fluttuando a mezz'aria, ha una coppia vestita. Buono a sapersi.

A questo punto raggiungo Nonnina. Sta già tenendo in mano tutte le sue carte e le ha aperte a ventaglio per me, così posso evitare di toccare la sua pelle grinzosa e piena di macchie. Questo è un sollievo, visto che di recente sono stato combattuto sul fatto di toccare le persone, o, più precisamente, le donne, nella Quiete. Se dovessi farlo, penserei razionalmente che toccare la mano di Nonnina sia una cosa innocua, o almeno non perversa, ma è meglio evitare questi contatti dove possibile.

In ogni caso, ha una coppia di basso valore. Mi dispiace per lei, perché ha perso parecchio questa sera. Le sue fiche stanno diminuendo rapidamente per le perdite, dovute almeno in parte al fatto che ha una pessima faccia da poker. Anche prima di guardare le sue carte sapevo che non sarebbero state belle: avevo già notato la sua delusione non appena le era arrivata la sua mano. Ho anche riconosciuto un barlume di trionfo nei suoi occhi qualche partita fa, quando ha vinto con un tris.

L'intero gioco del poker è in larga misura un esercizio per imparare a leggere le persone, qualcosa in cui voglio davvero migliorarmi. Dove lavoro mi dicono spesso che sono bravissimo a leggere le persone, ma in realtà non è vero, sono semplicemente bravo a usare la Quiete per farlo credere. Voglio imparare a leggere le persone per davvero, perché sarebbe bello sapere ciò che pensano tutti.

Quello di cui non mi importa molto del poker sono i soldi. Guadagno già abbastanza bene da non dover dipendere da una grossa vincita nel gioco d'azzardo. Non mi importa di vincere o perdere, anche se è stato divertente quintuplicare i miei soldi al tavolo del Black Jack. Ho fatto l'intero viaggio per provare il gioco d'azzardo, visto che adesso, avendo compiuto ventun anni, finalmente *posso*. Non avendo mai aspirato ad avere delle carte d'identità fasulle, questa è una vera e propria tappa fondamentale.

Allontanandomi da Nonnina, passo al giocatore successivo, il Cowboy. Non resisto all'impulso di togliergli il suo cappello di paglia per provarlo e mi chiedo se sia possibile prendermi i pidocchi, in questo modo. Siccome non sono mai stato capace di sbloccare qualcosa di inanimato nella Quiete o di influenzare il mondo reale in modo permanente, immagino che non mi sarà possibile nemmeno prendermi dei parassiti.

Dopo aver mollato il cappello, guardo le sue carte. Ha una coppia d'assi, cosa che rende la sua mano migliore di quella del Professionista. Forse è un professionista anche il Cowboy. Ha una buona faccia da poker, per quello che ho potuto notare, e sarà interessante vedere entrambi in questo round.

A quel punto arrivo al mazzo e guardo le carte che ci sono in cima, memorizzandole. Non lascio mai nulla al caso.

Quando ho terminato di servirmi della Quiete, ritorno dove c'è il me stesso immobile. Oh, già, ho accennato al fatto che vedo me stesso seduto al mio posto, congelato come tutto il resto della gente? Questa è la parte più strana, è come avere un'esperienza extracorporea.

Avvicinandomi al mio corpo immobile, lo guardo. Di solito evito di farlo, in quanto è troppo inquietante: nessun quantitativo di tempo trascorso a fissare se stessi allo specchio, o a guardare i propri video su YouTube, può preparare all'esperienza di vedere da vicino il proprio corpo tridimensionale. È qualcosa che non dovrebbe succedere, a parte, immagino, nel caso di gemelli identici.

È difficile da credere che questa persona sia me. Sembra più un ragazzo qualunque, o meglio, forse qualcosina di più di quello. È un ragazzo che troverei interessante, che sembra figo, intelligente. Penso che le donne probabilmente lo considererebbero attraente, anche se so che non è un pensiero modesto.

Non che io sia un esperto nel valutare quanto un

uomo sia attraente, ma in alcune situazioni si tratta semplicemente di buonsenso. Riconosco quando un tizio è brutto, e questo me congelato non lo è. So anche che, generalmente, la bellezza fisica richiede un viso simmetrico, e la me-statua ce l'ha. Una mascella volitiva non guasta, e ho anche quella. Avere spalle larghe è un punto a favore e aiuta anche essere alti. Fin qui ho tutto. Ho anche gli occhi azzurri, che sembrano un ulteriore bonus. Le ragazze mi hanno detto che amano i miei occhi, anche se, ora come ora, gli occhi del me congelato risultano inquietanti. Sono velati, come se fossero quelli senza vita di una statua di cera.

Rendendomi conto di essermi soffermato su quello studio fin troppo a lungo, scuoto la testa, mentre immagino la mia strizzacervelli che analizza un simile momento. Chi potrebbe immaginare di ammirare se stessi in quel modo come parte della propria malattia mentale? Posso figurarmela alla perfezione mentre annota *Narcisista* sul suo blocco e lo sottolinea più volte per enfatizzarne l'importanza.

Ma basta, per ora. Devo lasciare la Quiete. Sollevando la mano, tocco il me stesso congelato sulla fronte e sento di nuovo tutti i rumori nel momento in cui torno alla realtà.

Tutto è di nuovo normale.

La carta che ho guardato solo un istante prima, il re che ho lasciato sul tavolo da gioco, è di nuovo nell'aria e da lì segue la traiettoria che gli era stata destinata, atterrando vicino alle mani del Professionista. Nonnina sta ancora guardando le sue carte con grande disappunto e il Cowboy ha di nuovo il capello sulla testa, malgrado io gliel'abbia tolto durante la Quiete. Ogni cosa è esattamente com'era prima.

A un certo livello, il mio cervello non smette mai di sorprendersi per la mancanza di continuità tra l'esperienza nella Quiete e quella al di fuori di essa. Come umani, siamo programmati per mettere in discussione la realtà, quando succedono cose simili. Cercando di dimostrarmi più furbo della mia strizzacervelli, ai tempi dei primi incontri, una volta ho letto un intero libro di psicologia durante un appuntamento. Lei naturalmente non l'ha notato, visto che l'ho fatto mentre ero nella Quiete. Il libro parlava del fatto che perfino i bambini di due mesi si sorprendono, se vedono qualcosa al di fuori dell'ordinario, come ad esempio la gravità che funzionasse al contrario, quindi non c'è da stupirsi che il mio cervello abbia difficoltà ad adattarsi. Fino ai miei dieci anni, il mondo si comportava normalmente; da allora ogni cosa è diventata strana, per usare un eufemismo.

Abbassando lo sguardo sulle carte, mi rendo conto di avere un tris. La prossima volta guarderò le mie carte prima di effettuare la transizione, visto che se ho qualcosa di buono in mano potrei sfidare il fato e giocare in modo leale.

Poiché so già che carte hanno tutti, il gioco si svolge in modo prevedibile, fino a quando Nonnina si alza. Deve avere perso abbastanza soldi, ormai.

Ed è in quel momento che vedo la ragazza per la prima volta.

È sexy. Bert, l'amico che ho dove lavoro, afferma che io ho un "tipo", ma non sono d'accordo. Non mi piace pensare di essere così superficiale o prevedibile, eppure, in realtà, potrei essere un po' entrambi, perché questa ragazza rientra alla perfezione nell'analisi che ha fatto Bert su quale sia il mio tipo. E la mia reazione è di estremo interesse, giusto per non esagerare.

Grandi occhi azzurri, zigomi ben definiti in un viso ovale con una sfumatura esotica, lunghe gambe affusolate, come quelle di una ballerina. Ha i capelli ondulati legati in una coda, un tipo di pettinatura che mi piace molto, e non ha la frangia, cosa che rende il tutto ancora migliore. Odio le frange e non so per quale motivo le ragazze si facciano delle cose simili. Anche se la mancanza della frangia non è uno dei punti salienti della descrizione del mio tipo fatta da Bert, probabilmente dovrebbe esserlo.

Continuo a guardarla mentre si unisce al mio tavolo. Con i tacchi alti e la gonna attillata, è vestita fin troppo bene per questo posto, o forse sono io che sono vestito in modo troppo informale, con i miei jeans e maglietta. In ogni caso non mi importa, perché ho tutta l'intenzione di parlarle.

Considero l'idea di entrare nella Quiete e avvicinarmi a lei, così da fare qualcosa di estremamente inquietante come guardarla da vicino, o magari perfino frugare nelle sue tasche, cercando qualcosa che mi aiuti per quando le parlerò, ma alla fine, forse per la prima volta, decido di non farlo.

So che il ragionamento per cui ho infranto la mia abitudine è strano, ammesso che si possa considerare un ragionamento, ma la verità è che mi sono immaginato una simile sequenza di avvenimenti: lei accetta di uscire con me, ci frequentiamo per un po', la nostra relazione si fa seria e, grazie alla profonda connessione che instauriamo, le rivelo della Quiete. A quel punto lei si rende conto che ho fatto qualcosa di inquietante, si infuria e infine mi scarica. È ridicolo pensarlo, naturalmente, considerando che non abbiamo ancora nemmeno parlato. Bel modo di fasciarsi la testa prima di rompersela. Quella ragazza potrebbe avere un QI al di sotto dei settanta, o la personalità di un comodino. Ci potrebbero essere venti motivi diversi per i quali io decida di non voler uscire con lei e, tra l'altro, non dipende nemmeno tutto da me. Può anche succedere che lei mi dica di andare a fanculo la prima volta che provo a cominciare una conversazione.

Eppure, lavorare nelle speculazioni finanziarie mi ha insegnato a speculare. Per quanto quel ragionamento possa essere folle, seguo comunque la mia decisione di non effettuare la transizione perché so che è come si comporterebbe un uomo ben educato. Attenendomi a questo momento di insolita cavalleria, decido anche di non barare in questa mano.

Mentre le carte vengono di nuovo distribuite, penso a quanto mi faccia sentire bene aver scelto di comportarmi in modo onorevole, anche se questo non lo saprà nessuno. Forse dovrei cercare di rispettare la privacy altrui più spesso. *Sì, proprio.* Devo essere realista. Non sarei dove sono ora se avessi seguito una simile risoluzione. In effetti, se avessi stabilito di rispettare la privacy della gente con cui sono entrato in contatto, avrei perso il mio lavoro in pochi giorni e con esso molte delle comodità a cui mi sono abituato.

Copiando la mossa del Professionista, copro le mie carte con la mano non appena le ricevo. Sto giusto per dare un'occhiata a quello che mi è capitato, quando succede qualcosa di insolito.

Il mondo diventa silenzioso, esattamente come succede quando effettuo la transizione... ma questa volta non ho fatto nulla.

E in quel momento vedo *lei*, la ragazza che mi si è seduta di fronte, quella a cui stavo pensando. È in piedi accanto a me e sta allontanando la sua mano dalla mia o, per meglio dire, dalla mano del me congelato, visto che io sono in piedi accanto a lei, impegnato a guardarla.

E anche lei è seduta al tavolo, di fronte a me, una statua immobile come tutti gli altri.

La mia mente va in sovraccarico mentre mi ritrovo con il cuore in gola. Non ho considerato nemmeno per un istante la possibilità che la seconda ragazza sia una sua gemella, o una cosa del genere. So che è lei. Sta facendo ciò che ho fatto io solo pochi minuti prima. Sta camminando nella Quiete. Il mondo attorno a noi è congelato, ma noi non lo siamo.

Un'espressione d'orrore si allarga sul suo viso mentre si rende conto della stessa cosa. Prima che io possa reagire, balza sul tavolo, allungandosi a toccare la sua stessa fronte, e il mondo torna di nuovo normale.

Lei mi guarda dall'altro lato del tavolo, scioccata, con gli occhi sgranati e il viso pallido, poi si alza in piedi e, senza una parola, si gira e comincia a camminare per allontanarsi, prima di mettersi a correre nel giro di un paio di secondi.

Una volta superato lo shock, mi alzo per inseguirla. Non è la cosa più intelligente da fare, perché se si accorge di un ragazzo sconosciuto che la sta inseguendo, uscire con lui sarà l'ultima cosa che vorrà fare, ma adesso non mi importa più di quello. Quella ragazza è l'unica persona che ho incontrato che può fare ciò che faccio io, è la prova che non sono pazzo e potrebbe avere ciò che voglio di più al mondo.

Potrebbe avere delle risposte.

Per saperne di più, visitate il sito www.dimazales.com/book-series/italiano/!

NOTE SULL'AUTORE

Dima Zales è autore bestseller del *New York Times* e di *USA Today* con romanzi fantasy e di fantascienza. Prima di diventare scrittore, ha lavorato nel settore dello sviluppo software a New York, sia come programmatore che come dirigente. Dima ha fatto di tutto, dai software di trading ad alta frequenza per importanti banche alle mobile app per le riviste più famose. Nel 2013 ha lasciato l'industria del software per dedicarsi alla sua carriera di scrittore e si è trasferito a Palm Coast, in Florida, dove vive attualmente.

Per saperne di più visita www.dimazales.com/book-series/italiano/.